HANDE ALTAYLI, 1971 yılında Edremit'te doğdu. Galatasaray Lisesi'ni bitirdi. Boğaziçi Üniversitesi'nde Uluslararası İlişkiler ve Siyaset Bilimi okudu. Çeşitli ajanslarda reklam yazarlığı yaptı ve şarkı sözleri yazdı.

İlk romanı *Aşka Şeytan Karışır,* 2006 yılında yayınlandı ve o yılın en çok satan kitapları arasında yer aldı.

HANDE ALTAYLI

MARAZ

13. Basım

Remzi Kitabevi

MARAZ / Hande Altaylı

Editör: Neclâ Feroğlu
Kapak: L. Bekata Özdikmen

ISBN 978-975-14-1345-1

BİRİNCİ BASIM: Mayıs, 2009
ON ÜÇÜNCÜ BASIM: Temmuz, 2009

Kitabın her basımı 2000 adet olarak yapılmıştır.

Remzi Kitabevi A.Ş., Akmerkez E3-14, 34337 Etiler-İstanbul
Tel (212) 282 2080 Faks (212) 282 2090
www.remzi.com.tr post@remzi.com.tr

Baskı ve cilt: Remzi Kitabevi A.Ş. basım tesisleri
100. Yıl Matbaacılar Sitesi, 196, Bağcılar-İstanbul

Eski püskü cenaze arabası, son yolculuğun cennete olacağına dair pek güven vermiyordu. Yaptığı işten sıkılmış sürücüsü tarafından kaldırıma gelişigüzel park edilmişti ve yaz sıcağının altında uyuşuk bir tavırla yükünü bekliyordu. Yer yer dökülmüş yeşil boyası ve yorgun kaportası onu ölülerin hak ettiği düşünülen nezaket ve saygıdan yoksun kılıyordu. Meydan okuyan, zorlayıcı havasında, yanından geçen insanların gözlerini kaçırmalarına yol açan bir halden anlamazlık vardı.

Aslı sigarasını arabanın hemen önünde yere atıp, adımlarını hızlandırırken, 'Beni yaksınlar,' diye geçirdi içinden, 'bu arabaya koyacaklarına yaksınlar daha iyi.' Ölümle ilgili detayların çoğu tatsızdı; bir gece morgda kalmak, akrabalar tarafından yıkanmak, kefene sarılmak, tabuta konulmak, geceleri ıssız bir mezarlıkta kalmak... Hepsinin tüyler ürperten bir tarafı vardı ama şu teneke yığınıyla şehirde son bir tur atmak, bir yerlere yetişmeye çalışan henüz ölmemişlerin yanından geçmek, kesinlikle en kötüsüydü. 'Sigarayı bırakmak lazım,' diye geçirdi aklından ve hemen vazgeçti; daha uzun ya da daha sağlıklı yaşamak sonucu etkilemiyordu. Er ya da geç, herkesi bekleyen bir cenaze arabası olacaktı.

Erken olmasına rağmen caminin avlusunda hatırı sayılır bir kalabalık birikmişti. Eski mahalleden bir sürü insan vardı; komşu, arkadaş, bakkal, kapıcı, renkli renksiz çeşitli simalar... Birçoğu yıllar içinde taşınıp gitmiş, diğerleri ısrarla orada kalmıştı. Girişin yan tarafındaki duvarın gölgeliğinde, gündelik etek bluzlarının üzerine başörtüsü takmış bir grup yaşlıca kadın toplanmıştı. Ellerinde eskimiş yelpazeleriyle, kilolarına ve sıcağa karşı savaş veriyorlardı.

Aslı bazılarını gayet iyi tanıyordu, bazılarıysa kim olduklarını tam olarak çıkaramadığı uzak, soluk figürlerdi... Kadınlardan birkaçı dönüp ona baktı, Aslı selam bekleyen bakışları görmezden gelerek birkaç adım attı ve burada olmasının sebebini yani annesini aradı. O tutturmasa asla gelmezdi buraya. Otuz beş yıllık ömründe sadece bir kez, o da on bir yaşındayken bir cenazeye katılmıştı. Çok sevdiği bir aile büyüğünün, Nezoş'un cenazesiydi. Çocuk aklı için ölümün henüz uzak bir hayalden öte bir anlam ifade etmediği günlerdi ve annesi ile babasının elini tutup hoplaya zıplaya gitmişti camiye. Büyük bir kalabalık hatırlıyordu, üzgün yüzler ve Nezoş'un tabut başında bekleyen oğlu Hikmet... Biraz geriydi Hikmet. O gün camideki herkes Nezoş'un ardından ona kimin bakacağını konuşup durmuştu.

Aslı açısından korkutucu olan, mezarlık faslıydı. Küçük kız daracık, tozlu yolun kenarına biçimsizce dizilmiş kabirlerden fena halde ürkmüştü. Mezarcılar kazmalarını bırakıp, tabutun kapağını açarlarken, "Sen bakma," demişti annesi ve o da gözlerini yummuştu. Tam o sırada güm diye bir ses duyulmuştu ve Aslı gözlerini açmamış olsa da o sesin mezarcıların ellerinden kayıp düşen Nezoş'un bedeninden geldiğinden emindi. Annesi yıllar yılı, "Uydurma, öyle bir şey olmadı," dese de, Aslı ikna olmamış hatta zaman içinde o an gözlerinin açık olduğunu iddia eder hale gelmişti.

Ölüm korkusu denen şey, ilk o gün düşmüştü içine ve bir daha da çıkmamıştı. Sonraki yıllarda cenazelerden kararlılıkla uzak durmuştu. Ne camiye ne de kabristana adımını bile atmamıştı. 'Tamam işte, o kadar da fena değil, korkacak bir şey yokmuş,' diye düşünerek etrafına bakındı, annesini bulmak zorundaydı. Kendini gösterip çıkacaktı hemen, fazla kalmanın bir âlemi yoktu. Annesi de öyle demişti zaten, "Görünüp gidersin."

Onu durduran şey, ilerideki kocaman bir ağacın altındaydı. Midesi şiddetle bulanmaya başladı, dünyası fazla rüzgâra maruz kalmış bir fırıldak gibi dönüyordu. Tek istediği koşarak kaçmaktı ama olduğu yere çakılıp kaldı. Gözlerini yeşil örtülü tabuttan ayıramıyordu.

Karşısındakinin buz gibi gerçek olduğunu biliyordu. Ortada bir cenaze varsa bir de tabut olmasından doğal ne olabilirdi? Bunu düşünmemiş olmasi kendi aptallığıydı, o cenaze arabasının ne taşıdığını sanıyordu? Yine de içinden sessiz bir isyan çığlığı yükseldi. Cenk, o derme çatma tahta yığınının içinde uzanmış yatıyor olamazdı. Biraz önce gördüğü yaşlı kadınlar pekâlâ orada olabilirlerdi ama Cenk, o gencecik adam, daha otuz beş yaşında; onun o tabutta işi yoktu. Kendini toparlayıp arkasını döndü ve orta yaşlı bir adamın yakasına iğnelenmiş fotoğrafla burun buruna geldi, daha doğrusu siyah beyaz fotoğraf fotokopisiyle. 'Ne kadar değişmiş,' diye düşündü. Esmer, fırça saçlı, boncuk gözlü, koca ağızlı genç adam gitmiş yerine kelliğe aday, yorgun bakışlı biri gelmişti. Yıllar var ki görmemişti Cenk'i. Üniversiteyi kazanamadığı için ailesi bir telaş Amerika'ya yollamıştı oğullarını. O da bir daha dönmemişti. Orada kendine bir hayat kurmuş; evlenmiş, ev bark, iş güç sahibi olmuştu. İlk senelerde Türkiye'deki arkadaşlarıyla bağını koparmamıştı. Mektuplar, telefonlar, siparişler, postadan çıkan 501'ler, Timberlandler, haberler, selamlar... Sonunda verilecek haberler azalmış, söylenecek sözler bitmiş, mahalle değişmiş ve Cenk hayatlarından uçup gitmişti. Bazıları zenci çocuk olarak hatırlıyordu onu, bazıları da Aslı'nın ilk sevgilisi olarak.

Cenk'in sesini duyar gibi oldu bir an. Kalbi umut ve acı arasında gelip gitti ve acı kazandı. 'Artık sesi yok,' diye düşündü. 'Bütün vücudu orada, o kutunun içinde olduğu gibi duruyor ama sesi gitti.'

* * *

Omzuna sarılıp, onu uzak bir köşeye doğru götürenin kim olduğunu önce anlayamadı. Sadece sesini duyuyordu. "Tamam, sakin ol," diyen erkeğin sesi tanıdıktı ama kim olduğunu çıkaramıyordu. Umurunda da değildi zaten.

Adam onu bir sandalyeye oturttu ve onun sesine, yine tanıdık ama yine yüzü olmayan birkaç kadın sesi eklendi.

"Aslı, iyi misin?"

"Su falan ister misin?"

"Bembeyaz olmuş yaa..."

Konuşup duruyorlardı. Hiç susmadan, seslerinin ne kadar rahatsız edici olduğunu bilmeden kulağının dibinde uğulduyorlardı. Çenelerini kapatmalarını söylemek istedi ama o gücü kendinde bulamadı.

"Aslı, gözlerini açar mısın? Hadi bak bana!"

O zaman gerçekten de gözlerini sıkı sıkı yummuş olduğunu fark etti. Oysa hâlâ yeşil örtülü tabuta baktığından emindi, örtünün etekleri hafif rüzgârın etkisiyle usulca kıpırdıyordu.

"Seni buradan götürmemi ister misin? Gidelim mi?"

Onu buraya getiren adamın sesiydi. Zorlukla gözlerini açtı ve kendisine doğru eğilmiş Devrim'le burun buruna geldi. Aslı'nın saçlarını okşarken "Seni buradan götürmemi ister misin?" diye tekrarladı Devrim. Onun hemen arkasında duran Burcu ne yaptığını bildiğinden emin, itiraz etti.

"Burada kalıp yüzleşmesi gerek."

"Saçmalama, kızın halini görmüyor musun?" dedi Devrim ters ters.

"Görüyorum ama kaçarak çözemez bunu. Bak bizim kedi öldüğünde, pedagog, cenaze töreni yapın, hep birlikte gömün dedi, biz de Ceren'le birlikte..."

"Burcu, sus artık, tamam mı!" Devrim öldürücü bakışlarını Burcu'nun üzerinde bir süre tuttuktan sonra yavaşça Aslı'ya doğru eğildi ve "Gitmek istiyor musun?" diye sordu, "eğer istersen hemen gideriz."

"Yok gidemem... Annemi bulmam lazım. Cenk'in ailesine de başsağlığı dileyeceğim."

Devrim içini çekip Aslı'nın yanına diz çöktü.

“Tamam. Biraz sakinleş, ben yanlarına götürürüm seni.”

“Önce anneme bakalım.”

Devrim’in koluna tutunup kalkarken, Burcu ve Sevil’in kedi yavruları gibi birbirlerine sokulduklarını gördü.

“Onun için bizden daha zor, sonuçta sevgiliydiler,” diye fısıldadı Sevil, Burcu’nun kulağına. Aslı bir şey söylemek için onlara döndü ama hiçbir şey söyleyemedi. Kendilerine benzemiyorlar gibi gelmişti. Arkadaşları her zamanki arkadaşları değildi sanki. Ürkmüş görünüyorlardı ve bakışlarında yabancı bir şeyler vardı. Biri silgiyle fazla bastırmadan üzerlerinden geçmiş ve varlıklarını hafifletmiş gibiydi. Kendisinin de öyle görünüp görünmediğini merak etti. Artık hayatında Cenk olmadığına göre o da daha mı az Aslı’ydı? Aslı’dan Cenk çıkınca sonuç ne olurdu? ‘Saçmalama!’ dedi kendi kendine, ‘elmalardan armutları çıkaramayız. Yoksa çıkarabiliyor muyduk?’

Kafası karışmıştı. Başını çevirip geride kalan arkadaşlarına baktı, hâlâ farklı görünüyorlardı. Bir an ürperdi, ne olduğunu bulmuştu.

O ikisi ölülere benziyordu.

* * *

“Sevgilisiydi, dedi yaa! Bin yıl olmuş, sevgililiğimiz mi kalmış artık.”

“Sevil unutmaz!” dedi Devrim. Haklıydı, Sevil unutmazdı. Aslı bile tam hatırlamıyordu sevgili oldukları zamanları, ne yaparlardı, nerelere giderlerdi, ne yer, ne içer, ne konuşurlardı? Pek az görüntü düşüyordu zihnine. Tüm hadise topu topu bir sene sürmüştü zaten, daha ikisi de lisedeyken. Sonra Aslı başka sevgili bulup bırakmıştı Cenk’i. Ardından kısa süren sıkıntılı bir dönem yaşanmıştı. Cenk Aslı’ya küsmüş, aksi bir tavırla, onun gittiği yerlere gitmeme konusunda inat etmişti.

Gel gör ki, aynı mahallede yaşayıp da birinden kaçmak mümkün değildi. Herkesin birbiriyle arkadaş olduğu, çocukların özgürce gece yarılarına kadar sokakta oynadığı, gençlerin bahçe duvarlarına tüneyip sohbet ettiği bir yerde, birinden kaçmak herkesten kaçmak demekti. Cenk de haysiyetli tutumunu uzun süre koruyamadı ve ilk başlarda nazlana nazlana, sonrasında tamamen koyvermek suretiyle mahallesine geri döndü. Buzlar eridi, arkadaşlık yeniden yapılandırıldı ve bir duvarın üzerinde gülüşürken kırgınlıklar unutuluverdi. Yine de dedikoducular Cenk'in içten içe Aslı'yı sevdiğini fısıldamaktan geri durmuyor, kendilerine karşı çıkanlara kanıt olarak onun Aslı'yla konuşurken kekelemeye başlamasını gösteriyorlardı. Amerika'ya gittikten sonra Cenk, kimi arkadaşlarının blucin ve ayakkabı siparişlerine duyarsız kalsa da, istemesine bile lüzum kalmadan en yeni, en görülmemiş renklerdeki 501'ler Aslı'nın kapısında beliriveriyor, o yıllarda yeni yeni diskolarda boy göstermeye başlamış olan Aslı da bunları memnuniyetle giyiyordu.

Devrim'in peşi sıra yürürken, gözleriyle kalabalığın içinde annesini arıyor ama göremiyordu. En sonunda uzak bir köşede, eski mahalleden, adını hatırlamadığı bir komşularıyla konuşurken buldular onu. Yorgun adımlarla yanına ulaştığında, annesi Beyza Hanım, onaylayan gözlerle baktı kızına ve hiçbir şey söylemeden onu belinden tuttu. Aferin demekti bu. Devrim Beyza Hanım'ı öptü ve yanlarından uzaklaştı. Annesinin karşısındaki kadın eski mahallede, sokağın tam başındaki apartmanın en üst katında otururdu. Aslı'nın gözü kadının kulak memelerine takıldı; hayatında gördüğü en büyük kulak memeleriydi bunlar. Yıllar boyu taktığı ağır küpeler yüzünden olsa gerek, delikleri de aşağıya doğru uzamıştı. Bakmamaya çalıştı ama başaramadı; kadın konuştukça başının yanında iki koca et parçası sallanıp duruyordu.

Ölümün getirdiği hiçlik duygusu her yanı kaplamıştı ve dünyevi şeylerden konuşmak insanı hiç olmadığı kadar rahatlatıyordu. Komşu kadın ballandıra ballandıra, sahile yakın açılan yeni süpermarketi anlatıyor, annesi de ilgisizce başını sallıyordu.

Aslı kendini tutamayıp tabuttan tarafa baktı. Seviştiği ilk erkek orada cansız yatıyordu. Unuttuğunu sandığı görüntüler kendiliğinden gelip buldu onu. Böyle şeyler düşünmek istemiyordu, uygun olmadığının pekâlâ farkındaydı ama insan bazen beynine söz geçiremiyordu. İstekten daha çok meraktan kaynaklanan bir hevesle buldukları her fırsatta sevişirlerdi. Cenk'in annesi gezmeyi seven bir kadın olduğu için yer bulmak sorun olmazdı, asıl sorun Aslı'nın mahalleliye görünmeden o eve girip çıkmasıydı. O yıllarda gençler arasında yaygın olan şekliyle "sınırlı sevişmelerdi" bunlar ve Aslı gerçekten zevk alıp almadığını hatırlamıyordu bile. Yine de hatırladığı şeyler vardı, hafızasının hiç silmediği anlar duruyordu aklının bir köşesinde.

Aniden içini bir sıkıntı kapladı, kötü bir şey olacaktı. Annesine baktı, kadını dinliyor görünüyordu. Felaket alameti olacak hiçbir şey yoktu, ama kalbi deli gibi çarpıyordu. Cenk'in cenazesindesin, daha kötü ne olacak diye teskin etmeye çalıştı kendisini. İçinden elliye kadar saydı, iyi şeyler düşünmeye çalıştı, dikkatini tekrar kadının kulak memelerine verdi. Başını avlunun giriş kapısına çevirirken neredeyse sakinleşmişti. Sonra onu gördü...

Babası belinden tuttuğu yeni karısıyla cami avlusuna girdiğinde, etraftaki uğultu bıçak gibi kesildi. Soğukkanlı olanlar ayakkabılarına ya da 'garbın afakı'na bakarken, heyecanına yenik düşenler birbirini dürtüklüyordu. Arif Bey, eski sigortacısı yeni eşi Banu'yu ilk defa insan içine sokuyordu. Aslı dışında bütün bu insanlar son dört yıldır sürekli adını duydukları, arkasından konuştukları kadını ilk kez görüyorlardı. Arif Bey'in aklını çelen, Beyza Hanım'ın yuvasını dağıtan meşhur Banu... Yuva da ne yuvaydı hani! Aslı annesine bakmaya korkuyordu, gayriihtiyari ona sokuldu, kolları birbirine değdi. "Bak şunun yaptığına, pes valla... Orospusunu getirmiş." Beyza Hanım'ın sesi beton gibi sertti.

Bebeyaka siyah bir elbise giymiş Banu'nun ayağında uzun boyunu iyice belirginleştiren yüksek topuklu ayakkabılar, kolunda araba fiyatına bir çanta ve yüzünde kederli bir ifade vardı. Omuzlarına dökülen uzun siyah saçlarıyla kocasının yanında olduğundan da genç görünüyordu. Biraz iriydi ama kesinlikle çirkin değildi ve bu da insanın canını sıkıyordu.

"Bakıp durma anne," dedi Aslı, Beyza Hanım da mecburen başını çevirdi.

Arif Bey en üzgün halini takınmıştı ama Aslı onun tarifsiz bir neşe içinde olduğunu sezebiliyordu. Her zaman dikkat çekmeyi sevmişti babası. Daha genç olduğu yıllarda bunu başarmak için uğraşmasına gerek kalmazdı, çok yakışıklıydı o zamanlar. Bugün bile, yetmiş yaşını geçeli birkaç hafta olmasına rağmen, koyu gri yazlık takım elbisesinin içinde fena görünmüyordu. Yine de artık dikkati çekmek için skandallara ihtiyacı vardı. Gözleri karşılaştığında Aslı soğuk soğuk baktı babasına, Arif Bey'inse belli belirsiz bir neşe değip geçti yüzünden. Aslı bir an bile babasının o kadını sevdiğini düşünmemişti. Kimseyi sevmezdi Arif Bey.

İster istemez annesini Banu'yla kıyasladı. Bunu yapmasının adil olmadığını biliyordu. Biri kırk, diğeri altmış beş yaşında iki kadını karşılaştırmak vicdansızlıktı ama o sırada avluda olanların çoğunun aynı şeyi yaptıkları su götürmezdi. Son zamanlarda çok yaşlanmıştı annesi, özellikle de babası gittiğinden beri gözle görülür bir şekilde çökmüştü. Cildi fazla yıkanmış bir kumaş gibi eskimiş, bakışları bile eski canlılığını yitirmişti. Yaşlandıkça gözleri de mi soluyordu insanın?

Banu'nun ise içinden hayat fışkırıyordu. Dimdik, dünyanın merkezi olduğundan emin bir şekilde duruyordu kocasının yanında. Oysa Beyza Hanım'ın üzerine iyiden iyiye yaşlı bir kadın hali gelmişti. Gözlerinin dolmasını engelleyemedi. Yaşamak, bitmek bilmeyen bir can çekişmeydi. Bir sürü acı vardı, bir sürü haksızlık... İnsanın üstün bir varlık olduğu da koca bir palavradan ibaretti, bu dünyadaki en zavallı, en aciz yaratıklar bizdik. Bir parça, sadece küçücük bir parça şansımız olsaydı aslan, kaplan, gergedan ya da eşek olarak gelirdik yeryüzüne. Her gün hayatı yeniden öğrenmek zorunda kalmadan, bugün doğru olanın yarın yalan olmadığı bir dünyada, üstümüze yapışan sinekleri bir kuyruk darbesiyle bertaraf ederek yaşar giderdik. Gerçi kendi hayatımızı mahvettiğimiz yetmezmiş gibi o zavallıcıkların kini de darmadağın ediyorduk ama yine de durumları bizden iyiydi. En azından genç ölen arkadaşları ya da yaşlanan anneleri için üzülmüyorlardı. Ne mutlu onlara ki Allah onlara akıl vermemişti.

Babasının yanına gidip, "Sonunda sen de öleceksin," demek istedi, "karın yaşlı da olsa öleceksin, genç de olsa öleceksin."

Namaza duruldu. Başı önünde bir sürü adam, omuz omuza son görevlerini yerine getirirken, kadınlar da sosyete muhiti camilerinde sık sık görüldüğü şekilde, kaymış eşarplarına çeki düzen verdiler. Aslı tekrar tabuta bakmaktan kendini alamadı. Cenk'in nasıl boşaldığını hatırlayınca, düşüncelerini kovalamak için kafasını salladı. Çocukluğundan beri hep böyle olurdu; düşünmek istemediği şeyler bir türlü rahat bırakmazdı onu. Şimdi yine en olmadık anda, en münasebetsiz düşüncelerin istilasına uğramıştı. Namaza duranları inceleyerek dikkatini dağıtmaya çalıştı. Kıyafetlerine, yüz ifadelerine baktı, neler hissettiklerini tahmin etmeye uğraştı. Cenk'i tanıyanları, hayatında onu hiç görmemiş olanlardan ayırmaya çalıştı ve sonunda bunun imkânsız olduğuna karar verdi. Anladığı kadarıyla cenazede insanlar merhuma yakınlıklarına göre davranmıyor, farklı bir hesaplaşmanın içine giriyorlardı. Bir an her şey basit bir provaymış gibi geldi Aslı'ya. Cenazelere gidiyor, henüz gerçekleşmemiş ölümümüz için yas tutuyorduk. Baktığımız kendi sonumuzdu, gördüğümüz de kendi korkularımız. Bazıları, hiç tanımadıklarının arkasından bile gözyaşlarına boğulurken, Cenk'in teyzesinin sakin bir şekilde yanındakilerle sohbet etmesinin başka bir açıklaması olamazdı.

Ortada büyütülecek bir şey yoktu aslında. Ölüyordun, sonra seni seven birkaç kişi de ölüyordu ve hep birlikte unutulmuşlar arasına katılıyordunuz. Kurumuş birkaç kemik parçası ve bir avuç toz... Dünya yeni sahiplerine kalıyordu ve siz de hep birlikte hayal oluyordunuz. Neyse ki yeni sahiplerin de sonu yakındı ve bu insanı rahatlatıyordu. Gülünç bir tarafı da vardı bütün yaşananların; dünyanın efendisi olmak için kıçını yırt, çal, kazan, kaybet, dolandır, ez, ezil, intikam al, uzlaş ve sonunda, en sonunda, şanslıysan bir kalp kriziyle, değilsen, kıçına yapışıp kurumuş boklarını temizlemekten aciz bir halde, çeneni titrete titrete geberip git. Üstelik de Allah sana akıl vermişken... İnsanın kahkaha atası geliyordu.

"Hayat sefil bir şakadır," derdi Devrim'in babası Hüsnü Amca, "gölgelerin peşinden, gölge olduklarını bile bile av köpekleri gibi koşar dururuz." Neredeydi Hüsnü Amca? Bakındı, göremedi.

* * *

"Gömerken mutlaka tabuttan çıkarıyorlar mı?"

"Bilmem ki, galiba öyle."

"Rezalet!"

Devrim gözünü yoldan ayırıp ona baktı. Aslı başını arabanın camına yaslamış dışarıyı seyrederken gözünün içine giren güneşten rahatsız olmuşa benzemiyordu.

"Bizde mezarlıklar çok çirkin. Neden o kadar çok ağaç dikiyorlar ki?"

"Nereye gitmek istersin?"

"Kalabalık bir yere... Bence hiç ağaç olmasa daha az kasvetli görünür."

"Başka bir şeyden konuşsak..."

"Neden bizde özel mezarlıklar yok?"

"Bilmem. Yasa müsait değil galiba."

"Gece iyice korkunç oluyordur herhalde, yani o ağaçlar..."

"Taktın sen de ağaçlara!"

"Ama sana da öyle gelmiyor mu?"

"Nasıl?"

"Ürkütücü. Arkalarına bir şey saklanır gibi..."

"Ne gibi?"

"Ne bileyim... Hem gece niye o kadar karanlık? Doğru düzgün bir ışık koysunlar, aydınlatsınlar. Ölüler için elektrik harcamaya değmez, diye mi düşünüyorlar acaba? Bana kalsa neon bile koyarım mezarlıklara."

"Yok deve!"

"Hiç de değil. İnsanın zoruna gidiyor, sevdiğin birinin, öylece karanlıkta tek başına yattığını düşünmek. Yatan için değil de, kalan için daha iyi bir şey bence..."

Devrim sesli bir şekilde içini çekti.

"Kahveye gitmek ister misin?"

"Hayır, karşısında cami var. Bugün yeterince gördüm."

"Pardon!"

"Şarap içmek istiyorum."

"Peki."

"Bir de niye hep selvi dikiyorlar ki? Ne bileyim, çam falan diksinler bari. Manolyalar olsun mesela, insanın içi açılsın."

Kopuk kopuk dizeler cirit atmaya başladı kafasında. "Ve serin selviler altında yatan kabrinde..." Yahya Kemal'di. "Ne hasta bekler sabahı, ne taze ölüyü mezar..." Bu da Necip Fazıl... Taze ölü mü? Ne korkunç bir sözdü bu böyle; hayran olunacak kadar korkunçtu. Hayran oldu.

* * *

Kadeh taşıyamayacağı kadar ağır geldi eline. Bir yudum alıp masaya bıraktı. Pipet istese ayıp olur muydu acaba? Daha hafif olduğunu düşünerek bir sigara yaktı ve derin bir nefes çekti. Kesinlikle daha taşınabilirdi.

Nişantaşı'nda bir restorana gelmişlerdi. Burayı sevmesinin tek nedeni masalarında daima beyaz örtü olmasıydı. Nefret ederdi çıplak tahtanın ya da kâğıt amerikan servislerin üzerinde yemek yemekten. Gerçi masalar fazla küçük ve birbirine yakındı ama bunu dert etmezdi. Sigara yasağı çıktı çıkalı, bu zıkkımı içenler için yol tarafında, açık duran cam kapıların yanında yer ayrılmıştı. Aslına bakarsanız restoranın oturmak isteyeceğiniz tarafı da burasıydı. İç kısım fazla ışık almıyordu.

Etrafını sarmış kalabalığa baktı, iş yemeğine gelmiş takım elbiseli erkekler, alışverişe ara vermiş süslü kadınlar, birbirlerinin gözünün içine bakan birkaç âşık... Kadınlar daha çok gülüyordu, erkeklerse birazdan kalkıp dünyayı kurtarmaya gidecek gibi ciddiyet içindeydiler. Garsonlar ellerinde kocaman tabaklar, yüzlerinde kibar ifadelerle koşturup duruyordu. Pizzalar, salatalar, kahveler, içkiler... Burada ölüm yoktu. Tozlu mezarlık yolları, tabutlar, cenaze arabaları, selviler, ağıtlar, sümüklü mendiller yoktu. Yeşil örtüler de yoktu. Mis gibi kolalanmış beyaz örtüler vardı.

"Buradan hiç kalkmazsak, ölmeyiz."

"Ne?" Devrim şaşkın şaşkın Aslı'ya baktı.

"Burası ölmeye müsait bir yer değil. Yani işi gücü bırakıp, hiçbir yere gitmeden burada otursak... Ölmeyebiliriz."

"Gecenin bir saatinde kapatıyorlar, gitmek zorundasın."

"Haklısın, ölmek zorundayım."

"Ölümden bu kadar korktuğunu bilmiyordum."

"Ölümden korkmuyorum, cenaze arabasından korkuyorum. Yani cenaze arabasından daha çok korkuyorum."

Devrim arkasına yaslandı ve sıkıntıyla elindeki kocaman mönüyü incelemeye başladı. 'Orada yazanları ezbere biliyoruz,' diye düşündü Aslı, 'Neden bakıyor ki?' Ne kadar bakarsa baksın sonunda pizza isteyecekti. Hep öyle yapardı.

"Bitmiş midir artık? Yani onu gömmüşler midir sence?"

Devrim gözünü mönüden ayırmadan, "Evet," dedi, "bitmiştir... Sen bir şey yemek istemediğinden emin misin?

* * *

Devrim'le yan yana evlerde büyümüşlerdi. Tarabya'nın tepelerinde daracık bir sokağın dibinde, bahçelerini kocaman taş bir duvarın ayırdığı iki beyaz evde... Aynı yaştaydılar, ikisinin de gözleri aynı renkti, kahverenginin hafiften sarıya çalan en açık tonu ve ikisi de insanda acıma duygusu uyandıracak kadar zayıftı. Boyları değişik zamanlarda uzamış, bazen biri uzun olmuş bazen diğeri onu geçmişti ama ergenliklerinin sonunda ikisi de aynı boyda kalmıştı. Yüz yetmiş üç santimetre, Aslı'yı uzun boylu bir kadın yaparken, Devrim'i kısa sayılabilecek boyda bir erkek olmaktan kurtaramamıştı.

Arkadaş olmaları ailelerinin fikriydi ve ilk seneler kesinlikle zor geçmişti; sıklıkla Devrim'in kolları Aslı'nın diş izleriyle, avuçları da uzun siyah saçlarıyla dolu olurdu. Eğer anneleri, birbirini hiç durmadan acımasızca döven bu iki çocuğun birlikte oynamalarını yasaklasaydı, beraber yazılacak kaderleri çöpe gidebilirdi ama Aslı'nın babası kızının Devrim'le arkadaşlık yapmasından pek hoşnuttu. Arif Bey için isim ve zenginlik önemliydi, bu yüzden de kızının sokağın ilerisindeki orta şınıf kızlardansa, varlıklı bir erkek çocukla arkadaşlık yapmasını tercih etmesi anlaşılabilirdi. Ne de olsa dayağı yiyen Arif Bey değil, Aslı'ydı.

Devrim'in bitmek bilmeyen merakına ve yaramazlığına karşılık, daha sakin bir çocuk olan Aslı'nın kırılmaz bir inadı vardı. Bu inat yüzünden, aslında hiç istemediği halde Devrim'in peşinden inşaat iskelelerine çıkar, terk edilmiş metruk binalarda dolaşır ve pataklanırken canı ölesiye yansa da ne ağlar ne de şikâyet ederdi. Dişlerinin çoğunu Devrim çekmişti. İpin bir ucunu Aslı'nın sallanan dişine, diğer ucunu kapıya bağlar sonra da güçlü bir tekmeyle kapıyı kapatırdı. Diş yerinden fırlar, Aslı koca bir pamuk parçasını ısırarak otururken, Devrim de zevkle ganimetini incelerdi.

Okula birlikte yürür, aynı sırada oturur ve gözlerini birbirlerinin beslenme çantalarına dikerlerdi. Başka çocuklar da vardı elbette; arkadaş oldukları, oynadıkları, sevdikleri, nefret ettikleri, dövdükleri, onları döven, bir sürü çocuk... Yine de özel birinin gelmesi için dördüncü sınıfı beklemeleri gerekti. Cenk, koca çantası ve sıkkın ifadesiyle öğretmenin peşi sıra sınıfa girdiğinde, Devrim herkese Aslı'nın bitlendiği yalanını uyduruyordu.

Orta bir, Aslı ve Devrim'in kolej sınavlarında farklı okullar kazanıp, ilk defa ayrı düştükleri yıldı. Aynı yaz, Seviller sokağın ilerisine taşındı ve iki sene kadar sonra tam Sevillerin karşısına, sokaklarına yapılan ilk apartmana Burcu diye bir kız geldi.

Devrim kıza âşık oldu.

* * *

Diğerleri geldiğinde Aslı üçüncü kadehi devirmişti. Restoran boşalmaya başladığı için daha büyük bir masaya geçmeleri sorun olmadı. Sevil sessiz sessiz ağlayıp duruyordu, arada iç çekişleri duyulmasa kimse ağladığını anlayamazdı. Aslı başını Devrim'in omzuna yaslamış, elindeki anahtarlıkla oynuyordu. Uzun zamandır, böyle tam takım bir araya gelmediklerini düşündü. Aynı mahallede büyümüş, çocukluk ve gençliklerini hiç ayrılmadan bir arada geçirmişlerdi ama son yıllarda birbirlerinin hayatında gittikçe daha az yer kaplar hale gelmişlerdi. Bu kimsenin suçu değildi, sadece hayatın temposu çok hızlıydı. Burcu'nun kocası ve ilgi bekleyen iki çocuğu vardı, Devrim çok çalışıyordu, Sevil ise hem çalışıyor hem de koca bulmak için üstün gayret sarf ediyordu. Senede bir ya da iki sevgili değiştirir, hepsiyle büyük aşk yaşar ve çoğunlukla da terk edilirdi. Gözyaşı ve bunalım içinde geçen bir dönemin sonunda, bahar gelir, çiçekler açar ve Sevil yeniden âşık olurdu.

"Ali döndü mü?" diye sordu Burcu. Ali, Aslı'nın kocasıydı ve birkaç gündür iş için İtalya'daydı.

"Yok, yarın dönüyor."

"Peki senin iş durumunda bir gelişme var mı?"

"Yok. Zaten herkes adam çıkarıyor..."

"Hani geçen hafta bir görüşmen vardı."

"Olmadı o. Çok az para veriyorlar."

Aslı, çalıştığı reklam ajansı batınca, yaklaşık bir ay önce işsiz kalmıştı. İyi bir kreatif direktördü, sektörde yaratıcı bir isim olarak biliniyordu, yine de boşta kalınca üzerine atlayan olmamıştı. Ajansın batması onun suçu değildi, patronun başka işlere heves etmesi ve oralarda büyük borç yapması sonucu işler sarpasar-

mıştı. Sıkıntılı bir dönemin ardından kapıya kilit vuru.
lar ayrılmıştı. Üniversiteyi bitirdiği günden beri çalışıyo.
hiç işsiz kalmamıştı. Şimdilik bu durumu dert etmiyordu, h..
aylaklık kimi zaman hoşuna bile gidiyordu ama bir süre sonra sıkılacağının farkındaydı. En büyük sorunu evde nasıl vakit geçireceğini bilmemekti. Kendini dışarı atmak için bir sebep bulamamışsa, kitap okumanın dışında tek yaptığı biraz bilgisayara, biraz da duvarlara bakmaktı. Annesi bu duruma şaşıyor, "Bir evin işi bitmez," deyip duruyordu, "tabii yapmaya niyetin varsa." Onun pek yoktu.

"Çok tuhaf hissediyorum kendimi."

Hepsi Aslı'ya baktı.

"Yani ölmeye başlamışız gibi... Mesela bizim Cenk'le bir sürü anımız var, bazılarını ben hatırlamazken o hatırlıyordu. Şimdi Cenk öldü ve sadece onun hatırladığı anılar da öldü. Anladınız mı?"

"Hayır," dedi Devrim.

"Şunu söylemek istiyorum. O ölünce benim hayatımın bir kısmı da yok oldu. Aynı şey sizin için de geçerli. Bizimle ilgili bir sürü şey onun hafızasındaydı ve artık kaybolup, gittiler. Ölmek yok olmaksa, yok olmaya başladık işte! Yeryüzündeki varlığımızın bir kısmı silindi."

"Ölmek, yok olmak değil ki!" diye itiraz etti Sevil vızıldar gibi bir sesle.

"Tamam, başlama!"

Sevil gözlerini devirdi ve "Ne yapayım, ben inançlı biriyim," dedi.

Bu doğruydu, Sevil inanırdı ama her şeye. Allah'a, reenkarnasyona, burçlara, fallara, Buda'ya, meditasyona, biyoenerjiye, Meryem Ana'ya, muskalara... İnanmadığı şey yoktu. Bu konu defalarca konuşulduğu için Aslı tekrar açmaya lüzum görmedi.

Bir müddet sessizce içkilerini içtiler. Restoran iyiden iyiye boşalmış, garsonlar akşam yemeği servisi için hazırlık yapmaya başlamıştı.

kim gördü?” Sevil yeni bir hüzün bulutunun
yordu.
erhalde,” dedi Devrim, “dört-beş sene önce
nda karşılaşmıştık, karısı vardı yanında.”
“Cenazede çok kötüydü kadıncağız.”
i Cenk'in karısını; sarışın, kısa boylu, toplu-
nun da yüzü epeyce berelenmişti ama ciddi
bir yaralanması yoktu. Yan koltukta, hepsi hepsi otuz santimetre uzağında oturan kocasının beyni patlarken onun payına düşen birkaç sıyrık olmuştu. Ne kaderdi ama!

Kadıncağız cenazede kayınbiraderine yaslanmış, zorlukla ayakta duruyordu. İçine işlemişti o görüntü, kendisini kadının yerine koymuştu. Ali ölse, ben de ölürüm diye düşünmüştü. Annesinin, babasının, kız kardeşinin hatta kendisinin ölümünden bile çok korkutuyordu bu fikir onu. Ali ölürse, Ali ölürse, Ali ölürse... Ağlamamak için kendisini tutmaktan göz çukurları acımaya başlamıştı. Elinde olmadan Ali'yle birlikte trafik kazası geçirdiklerini ve onun yanı başında öldüğünü hayal etti. Ne korkunç bir şey gelmişti bu insanların başına. Kimsenin kendisine yakıştırmadığı, açıkça söylemese de kendi başına gelmeyeceğine için için inandığı, acıklı filmlere ait gibi görünen olaylar, gelip hayatın ta kendisi oluveriyordu. Hiç kimsenin ayrıcalığı yoktu ve hiçbir güç, insanı hayatın kendisinden korumaya yetmiyordu.

Kafasının arkasına attığı tüm korkular, vesvese olup akın akın yüreğine doluştu. Ya Ali İtalya'dan dönerken uçağı düşerse? Ya şöyle olursa, ya böyle olursa... Kalbi hızlı hızlı çarpmaya başladı.

“Ben aslında düşündüm de...” diye lafa girdi Sevil.

“İnşallah içinde reenkarnasyon kelimesi geçmeyen bir şey düşünmüşsündür!” Aslı'nın sesi sertti. “Çünkü, eğer o kelimeyi kullanacak olursan sana vururum.”

Reenkarnasyon Sevil'in son ilgi alanıydı, bu sıralar en çok inandığı oydu.

Cevap Burcu'dan geldi. "Sen ne karışıyorsun? Ne konuşacağını sana soracak hali yok!"

"Benim de onun saçmalıklarını dinleyecek halim yok!"

Her zamanki kavgalardan biriydi, hep aynı şey olurdu, Burcu ile Aslı olmadık şeylerden birbirlerine girer, diğerleri de sessizce izlerdi. Ufak tefek bir kadındı Burcu. Minicik elleri, sarı cılız saçları, ona ağlamaklı bir ifade veren aşağıya doğru gözleri, minicik bir burnu ve o burna hiç uymayan geniş bir ağzı vardı. Hatları değişik suratlardan alınıp konulmuş gibi birbiriyle ilgisiz de olsa, hoş bir ahenk ve tuhaf bir güzellik oluşturuyordu. Çarpıcı ya da bariz bir güzelliği olmasa da, baktıkça insanın hoşuna giden kadınlardandı. Son senelerde bir hayli büyüyen poposunu bile öyle büyük bir gururla taşırdı ki, insan ona yakıştığını düşünmekten kendini alamazdı.

"Bari bugün kavga etmeyin," dedi Sevil cılız ve ağlamaklı sesiyle.

Aslı ve Burcu şaşkınlıkla Sevil'in perişan yüzüne baktılar. Kızın çenesi sıtmaya tutulmuş gibi titremeye başladı ve Aslı onun bir sinir krizinin eşiğinde olmasından korktu.

"Onun cennete gittiğini biliyorum," diye fısıldadı Sevil, "ama bu bile beni avutmuyor."

Aslı içinden bir hıçkırığın yükseldiğini sandı ama ağzından çıkan şey histerik bir kahkahaydı. Kesinlikle durduramıyordu ve gülmekten boğulacak hale gelmişti. Gözlerinden yaşlar gelirken masaya kapandı ve gülmeyi sürdürdü. Omuzları sarsılıyordu.

"Delirdi," dedi Burcu.

Aslı, hayır anlamında başını salladı, konuşabildiğinde sesi inler gibi çıkıyordu.

"Cenk'in cennete gitmesi fikri... Bir anda, o kadar komik geldi ki."

* * *

Restorandan çıktıklarında hava neredeyse öğlenki kadar sıcaktı.

"Siz ister gelin ister gelmeyin, ben duaya gidiyorum," dedi Burcu. Sesi, gizlemeye gerek görmediği bir kınama taşıyordu.

Sevil, "Ben geliyorum," dedi ve yüksek sesle ağlamaya başladı. Kol kola girmiş yaşlı bir çift, yolun ortasında dikilmiş duran tuhaf gruba merakla bakarak geçip gitti. Devrim Aslı'ya sarılıp, "İyi misin kıymık?" diye sordu. Sevil ve Burcu birbirlerine baktılar. Öteden beri Devrim'in en esaslı arkadaşının Aslı olduğunu, o olmasa Devrim'in onlara yüz vermeyeceğini konuşur dururlardı. Cenk hepsinin arkadaşıydı ama Devrim yalnız Aslı matemdeymiş gibi davranıyordu.

"Hadi seni eve bırakayım," dedi Devrim.

"Yok," diyerek omuzlarını silkti Aslı, "yürürüm ben."

"Saçmalama, o kadar yol yürünür mü? Bari bir taksiye bindireyim seni."

"Taş çatlasın yarım saat sürer, koşu bandında her gün bir saat yürüyorum ben."

Arkasını döndü ve kimseye veda etmeden yürüyüşüne başladı. Nişantaşı'ndan Galatasaray Lisesi'nin arka tarafına uzun bir yolu vardı. Gözlerini ayaklarına dikti ve hiçbir şey düşünmeden, tüm dikkatini adımlarının ritmine vererek kafasını boşaltmayı denedi.

Hava insanı doğduğuna pişman edecek kadar sıcaktı ve boğucu bir sıcak ağzından, burnundan ve tüm gözeneklerinden içine doluyordu. Bir an gözü yoldan vızır vızır geçen taksilere takılacak olduysa da bu fikri hemen aklından kovaladı. Yürümek onun terapisiydi. Acılardan, sıkıntılardan, endişelerden arınıp hızlı adımlarla, aslında hiç de gitmesi gerekmeyen, kimsenin onu beklemediği yerlere yürümeyi severdi. Bazen en olmadık yerlerde bulurdu kendini; İstanbul'un münasebetsiz semtlerinde, o semtlerin hiç görmediği, görmese de olur sokaklarında. 'Avrupa'da yaşamalıymışım,' diye düşünürdü, 'yedi tepe üzerine kurulmamış, düzayak bir şehirde. Sık saçlı, kısa boylu, esmer erkeklerin arsız bakışlarından uzak, insanın görünmez olup, yürüyebildiği bir yerde.'

Kollarını göğsünde kavuşturmuş, hızlı adımlarla ilerliyordu, tam da istediği gibi, hiçbir şey görmeden, düşünmeden, hiçbir yere bakmadan. Eve vardığında, durduğunda, böyle olmayacaktı. Orada gerçeklere yakalanacaktı. Aksi gibi Ali de yoktu akşam. İçini çekti ve yürümeye devam etti, Ali'siz evi sevmiyordu. Bugün defalarca eski günleri hatırladığı için vicdan azabı duydu ve sonra bunun saçma olduğunu düşündü. 'Durduk yerde eski sevgilimi düşünmüyorum ki ben,' diyerek içini ferahlatmaya çalıştı. Gerçekten de yıllardır aklına bile gelmemişti Cenk. Sahil yolunda arabanın içinde sevişmeleri aklına gelince, kafasını elektrik direklerine vurmak istedi. Dünya kadar zaman geçirmişlerdi Cenk'le. Peki neden inatla bunlar geliyordu aklına. 'Kendinden utan, daha çocuk gömüleli birkaç saat oldu; arkasında soluk yüzlü bir kadın ve iki yaşında bir oğlan bıraktı!' Maalesef, bütün bu telkinlerin tek etkisi, hafızasını daha hızlı çalıştırmak oldu.

Sokağa girdiğinde, ilerideki avize atölyesinde çalışan genç çocuğun sesini duydu, her sabah ve her akşam olduğu gibi yanık sesiyle türkü söylüyordu:

Cahildim dünyanın rengine kandım,
Hayale aldandım boşuna yandım.

Kendini çok yorgun hissetmese sokağı boydan boya koşar ve delikanlının insanın içine işleyen tiz sesinden kaçardı ama düzensiz döşenmiş parke taşların üzerinde değil koşmak, yürümek bile yeterince zordu. Türkünün gerisi, çocuğun sesini beklemeden, beyninin duvarlarında yankılanmaya başladığında şaşırdı; biliyordu türküyü.

Seni ilelebet benimsin sandım,
Ölürüm sevdiğim zehirim sensin,
Evvelim sen oldun ahirim sensin.

Mahallenin bitirimleri döküntü bir apartmanın altındaki büfenin kapısına dayanmış sohbet ediyorlardı; onu görünce kenara çekildiler. Selam vermeden önlerinden geçti. Avizeci çocuğun sesi gittikçe uzaklaşıyordu.

Üç sene önce buraya ilk gelişlerini anımsadı. Ali'nin bir arkadaşı, Beyoğlu'nda olağanüstü güzellikte bir apartmanın en üst katının kiralık olduğunu söylediğinde, gelip görmek için sabahı zor etmişlerdi. Yağmurun kenti birbirine kattığı karanlık bir şubat günüydü ve atölyeden yine bir türkü sesi yükseliyordu. Gözleri, çifte kapılı eski asansörü pek tutmadığından beş katı tırmanmışlardı. Ali apartmana ve eve hayran kalmıştı, Aslı ise onun beğendiği her şeyi büyük bir aşkla sevmeye çoktan hazırdı. Evi, hemen o gün tutmuş, birkaç hafta içinde de taşınmışlardı. Ali o kadar mutlu olmuştu ki, Aslı haftalar boyunca evde ustaların dolaşmasına sesini çıkarmamıştı. Seviyordu burayı; evi, sokağı, insanları, iki dakika yürüyüp İstiklal Caddesi'nin kalabalığına karışıp orada kaybolmayı... Apartmanın ferforjelerle süslü koca kapısının önüne geldiğinde durdu ve onu bekleyen upuzun yalnız gece için cesaretini toplamaya çalıştı.

Yerin birkaç metre altında, karanlıkta, yapayalnız, kabarmaması için sarılmış bir parça hamur gibi yatan Cenk'i düşündü. Garip bir şekilde, kendini onu kazıklamış gibi hissediyordu. "O öldü, ben kaldım." Sevinç değil ağır bir mahcubiyet barındıran bir duyguydu bu. İlk öpüşmelerini anımsadı, Cenklerin bahçesinin bir ucunda, karanlıkta, küçük, masum bir öpücük. Daha önce kimseyi öpmemişti ikisi de. O gün Aslı'nın aklında sadece Devrim'den duyduğu bir cümle vardı: "Öpüşürken ağzını açman gerek!" Onun da tek düşündüğü buydu, ağzını açmak. Farkında olmadan gülümsedi. Bütün cinsel bilgilerini Devrim'e borçluydu. Burcu asla böyle şeylerden bahsetmezdi, Sevil'in anlattıkları da genelde o kadar saçmasapan olurdu ki, duymayı Aslı istemezdi.

Kapıyı zorlukla itip içeri girdiğinde sırtından terler süzülüyordu, yine de asansöre binmeyecekti. Durmak istemiyordu;

durmak, hatırlamak demekti. Elektrik düğmesine dokundu ve ölü gözü gibi yanan lambaların loş ışığında merdivenleri tırmanırken eve girdiğinde kendini meşgul edebilecek bir şeyler düşünmeye başladı. Aklına gelen en iyi fikir, kütüphaneyi düzenlemekti. Evin bir odasıydı kütüphane dediği yer. Eve temizliğe gelen kadının dokunmasına izin vermediği ve kendisi de sürekli üşenip ertelediği için kütüphane, gelişigüzel yığılmış kitaplar, dosyalar, dergiler dağına dönüşmüştü. 'Saatler sürer,' diye düşündü, eski dergileri ayıklamak, işe yaramayanları atmak, kitapları yazarlarına ve türlerine göre ayırmak, tozlarını almak, yerleştirmek sahiden saatler sürerdi ve bu da tam ihtiyacı olan şeydi.

Dördüncü kata geldiğinde soluğu kesilmiş, bacaklarında derman kalmamıştı. Sadece bir kat daha diyerek cesaretlendirdi kendini. Onun kadar antrenmanlı birinin bu kadar yorulması normal değildi ama bütün geceyi gözünü bile kırpmadan geçirmişti. Bitkin adımlarla son merdivene doğru yürürken, yaşlı kadının kapısında asılı duran naylon torbayı gördü. Kapıcının her sabah servisinde kapıların tokmağına astığı yarı saydam poşetlerden biriydi. Gayriihtiyari içine baktığında yanılmadığını anladı. İçinde bir ekmek ve bir gazete duruyordu. Saat neredeyse akşamın altısı olmuştu. 'Neden hâlâ almadı acaba?' diye düşündüyse de, başka biri için endişelenebilecek halde değildi ve son bir gayretle kalan merdivenleri tırmanmaya başladı.

Yaşlı kadın, büyük ihtimalle apartman yapıldığından beri burada oturuyordu. Hiç sohbet etmemişlerdi ancak ender de olsa karşılaştıklarında selamlaşıyor, bir-iki laf ediyorlardı. Yaşlı bir kadının yanından başını çevirip geçecek biri değildi ama günlük, sıradan hatır sormaların bir milim bile dışına taşmayan üç-beş kelimelik konuşmalardı bunlar. Birkaç kere apartman girişinde kadının paketlerini asansöre taşımasına yardım etmişliği de vardı Aslı'nın ama hepsi o kadardı işte. Adını bile bilmiyordu, hiç merak etmemişti oysa apartmandaki diğer sekiz dairede oturan herkes hakkında az ya da çok bir fikri vardı. Komşularıyla ahbaplık eden biri olmamasına rağmen birçoğunun ismini, ne iş yaptığını, karısını, kocasını, çocuğunu, arabasını biliyordu. Merakın değil zamanın getirdiği bilgilerdi bunlar, kulağa çalınan birkaç cümleden kalan tortulardı.

Eve girdi, geniş koridoru geçip çantasını yemek masasının üzerine fırlattı ve doğruca kütüphaneye gitti. Kapısı salona açılan bu odayı, evin eski sahipleri yemek odası olarak kullanıyorlardı ve Ali de aynı yoldan gitmek niyetindeydi ama Aslı, evin dekorasyonu konusunda tüm yetkiyi Ali'ye bırakmakta bir an bile tereddüt etmemesine rağmen, bu odayı kendisine almakta son derece ısrarlı davranmıştı. Evin geneline hâkim olan ince detaylardan tek bir iz bile yoktu burada. Sadece raflar vardı. Raflar, kitaplar, eski püskü bir müzik seti ve kocaman kırmızı bir koltuk... Aslı'nın bekârlık günlerinden kalanlardı bunlar. Koltuk öyle büyüktü ki, içine gömülüp dünyanın kalan kısmıyla bağlantınızı rahatlıkla kesebilirdiniz.

Işığı açtı, kapıyı kapattı ve müzik setine dokundu, "While my guitar gently weeps'in" olağanüstü melodisi odayı doldurduğunda içinde sevince benzer bir his uyandı. Bir an önce, karar verdiği gibi kitapları toparlamaya başlaması ya da kendini meşgul edecek başka bir şey bulması gerekiyordu ama o bunun yerine, kırmızı koltuğuna oturup anıların beynini ele geçirmesine izin verdi. Nereden çıkıp geldiğini anlamadığı, çoktandır unuttuğu, unuttuğuna yemin edebileceği bir sürü görüntü yavaş yavaş tüm beynini ele geçirdi. Hepsi Cenk'e ve çocukluklarına aitti, hiçbiri de çok önemli değildi.

* * *

İlkokuldalar, Cenk salonda hasta yatıyor ve annesi oğlunun başına sirkeli suya batırılmış bez koyuyor, Aslı yere oturmuş *Şeker Kız Candy*'yi seyrediyor... Bir cumartesi, gündüz vakti Airport Disco'ya gidiyorlar, Cenk Aslı'nın gereğinden fazla süslenmiş olduğunu söylüyor, Aslı'nın morali bozuluyor...

Cenk, Devrimlerin bahçesinde, kimbilir neye, gözlerinden yaşlar akarak deli gibi gülüyor, üzerinde lacivert bisiklet yaka bir kazak var. İşte bu son görüntü kalbinin vücuduna kan yerine şiddetle acı pompalamasına sebep oldu. Öyle güzel gülüyordu ki, öyle güzel gülerdi ki... Gözleri doldu. Hayat ne berbat bir şeydi böyle!

* * *

Can havliyle denebilecek bir gayretle ayağa kalktı ve odadan çıkıp banyoya gitti. Bir toz bezini ıslatıp, ince bileklerinin izin verdiği ölçüde iyice sıktı. Eğer gözü duvardaki aynaya yansıyan aksine ilişseydi, üzüntünün bedenine yansıdığını fark edebilirdi. Kendini bildi bileli hep zayıf olmuştu ama bugün iyiden iyiye çökmüş, kolu kanadı kırılmış bir hali vardı. Kütüphaneye dönüp ilk kitabı eline aldığında yüzüne buruk bir gülümseme yayıldı. *Çelik Bilye...* Kitabı okşadı ve silip yerine koydu.

Makine gibi işe koyuldu; ayırdı, ayıkladı, sildi, dizdi, attı. Keşke insan kendi hayatını da böyle düzene koyabilseydi, keşke beynimizde de tozu alınacak raflar olsaydı. Gelen telefonlara cevap vermenin dışında hiç durmadı. Sırasıyla annesi, Devrim, Ali ve tekrar annesi aradı. Devrim ve Ali nasıl olduğunu soruyorlardı, iyiydi, sorun yoktu. Annesi ise babasının oraya o kadınla gelmesine ne kadar içerlediğini, komşuların bunu ne kadar ayıpladığını, bir cenazeye bile o kadar süslenip gelen bir kadının zaten orospunun biri olduğunu anlatıp duruyordu. Evet anne, biliyorum anne, boş ver anne.

Babası aramamıştı, zaten aramasını da beklemiyordu. Pek ender konuşurlardı. Annelerinden ayrıldıktan sonra kızlarıyla ilişkisini muhafaza etme konusunda pek istekli davranmamıştı Arif Bey. Şu anda büyük olasılıkla genç karısına eskiye ait hikâyeler anlatıyordu. Cenk'in onu nasıl sevdiği, nasıl hayran olduğu, çocukken etrafından ayrılmadığı gibi, yarısından fazlası yalan olan bir sürü safsata...

Saat ona gelirken işinin üçte ikisi tamamlanmıştı. Taş çatlasa iki saat sonra yapacak hiçbir şeyi kalmayacaktı ve uyuyamamaktan öyle korkuyordu ki... Belki bir uyku ilacı olsa ya da onu sakinleştirebilecek başka bir şey, biraz rahatlayabilirdi ama yoktu, hayatında uyku ilacı kullanmamıştı. Aklına alt kattaki yaşlı kadın geldi; kadının uyku ilaçlarıyla tıka basa dolu, cam kapağında kırmızı bir ay işareti olan, eski tip bir ecza dolabı olduğundan emindi. Torbanın hâlâ kapıda asılı olup olmadığını merak etti ve hiç huyu olmamasına rağmen, sırf o geceye mahsus, başkasının işine burnunu sokmaya karar verdi.

Zile tereddüt etmeden bastı. Bir kez daha ve sonra bir kez daha... Kapı açılmadı. Kulağını yaklaştırıp bir ses duymayı denedi ama çıt bile çıkmıyordu. Tekrar kendi katına çıktı ve açık bıraktığı kapıdan evine girip kapıcının duafonuna bastı. Yanıt için biraz beklemesi gerekti.

"Buyurun Aslaaaanım!"

Kapıcı Ziya Efendi'nin sesi uykulu geliyordu.

"Ziya Efendi, kusura bakma bu saatte rahatsız ettim seni..."

"Estağfurullah Aslaaaaanım."

"Şu benim alt katta oturan yaşlı hanım var ya..."

"Münevver Hanım mı?"

"Bilmiyorum adını. O bir yere falan mı gitti?"

"Yoooo, gidecek olsa haber ederdi bana. Niye ki?"

"Senin sabah bıraktığın ekmek ve gazete hâlâ kapısında asılı da... Zilini çaldım, açan da yok. Sen bir gel istersen..."

"Allah Allaaaaaah, hemen geliyorum Aslaaaaanım."

Yaklaşık iki dakika sonra, Münevver Hanım'ın kapısında buluştular. Ziya Efendi pijamasının üzerine geçirdiği kısa kollu, kareli buruşuk gömleği ve alnının tam ortasında endişeli bir kavisle kavuşan kaşlarıyla, parmağını kaldırmadan zile basıyor, bir taraftan da söyleniyordu. "Öldü mü ki kadıncık? Vah Münevver Hanım vah!"

"Yeter Ziya Efendi, basma artık, açmıyor işte kadın."

"Ne yapsak ki, Aslaaaaanım?"

"Haber verebileceğimiz kimsesi yok mu?"

"Kızı var, karşıda oturuyor."

"Var mı numarası sende?"

"Var, var. Aşağıda, evde."

"E git ara o zaman, ben eve çıkıyorum, haber ver bana da."

"Tamam Aslaaaaanım."

Ziya Efendi koşar adım asansöre yöneldi, Aslı da tekrar merdivenleri tırmanmaya koyuldu. Sıkılmıştı artık, in çık, in çık... Arayan var mı diye cep telefonuna baktı, Devrim iki kere daha aramıştı. 'Bu da iyilik meleğine dönüştü bugün,' diye düşündü. Normal şartlarda bu kadar düşünceli biri değildi Devrim, hatta duyarsız olduğu bile söylenebilirdi. Dün haber geldiğinden beri ise Aslı'nın etrafında pervane olmuştu.

Ali ise gün boyunca sadece bir kere aramıştı. Tanışmamış olsa da, Cenk'in Aslı'nın hayatındaki önemini biliyordu. Bir dönem en iyi arkadaşlarından biri olduğundan, yaşadıkları gönül macerasından ve daha bir sürü şeyden haberi vardı. 'Onun şimdi beni düşünecek hali yoktur,' diye geçirdi içinden. Ali, Roma'ya önemli bir toplantı için gitmişti ve böyle zamanlarda daima gergin olurdu.

Kendi kısırdöngüsünü yaratmakta ustaydı kocası. Gerginlik, kötümserliğe, kötümserlik de daha büyük gerginliğe dönüşüyordu ve Aslı da işte tam bu noktada devreye giriyordu. Ortada kötü bir şey olmadığını göstermek ve kocasının ruhsal ibresini negatiften pozitife döndürmekte üstüne yoktu. Çocukluğundan beri tanıdığı çoğu insan için aynı şeyi yaptığından, bunu başarmakta zorlanmıyordu. İşin garip tarafı, Aslı da gerçekte öyle çok iyimser biri sayılmazdı, o da çoğu insan gibi sıklıkla kendi içindeki boşluğa düşer, hiç anlamı olmayan mutsuzluklar yaşardı ama yanında surat asan birine tahammülü yoktu. Başkalarının sıkıntısı onu kendininkinden daha çok boğar, rahatsız ederdi. Sırf bu yüzden, mecbur kalmadıkça sorunlarını paylaşmayı sevmezdi; yanındakilerin keyfi kaçar ve sonra onların keyifsizliğini tamir etmek yine kendisine düşer diye.

Tam işine kaldığı yerden devam etmek üzere tekrar kütüphaneye girmişti ki kapı çalındı. Ziya Efendi'ydi. Adamcağız heyecan içinde, Münevver Hanım'ın kızına ulaşamadığını ama apartman yöneticisine haber verdiğini, yöneticinin de endişelenip çilingir çağırdığını anlatıyordu.

Asansörün alt katta durduğunu duyunca ikisi de fırladılar. Yönetici Mahmut Bey ve elindeki çantadan çilingir olduğu anlaşılan tıknaz bir adam, Münevver Hanım'ın kapısının önündeydi.

"Selamın aleyküm," diye mırıldandı çilingir, yüzünde durumun ciddiyetine uygun bir ifadeyle.

"Merhaba," dedi Aslı.

"Yahu ne oldu acaba Münevver Hanım'a?"

Mahmut Bey heyecanlı görünüyordu. Çilingir alet edevatını çıkarırken, üzüntüyle başını sallayarak, "Ah bu yalnızlığın gözü çıksın," dedi, "Ölsen kimsenin ruhu duymuyor."

Üç tane ayrı kilit taktırmıştı eski kapısının üzerine Münevver Hanım. Çilingir hem çalışıyor, hem de hiç durmadan konuşuyordu. "Ben ona dedim, bu kilitler çözüm değil, kapıyı değiştireceksin diye. Allah'ına yan bakıyor kapı. Ama bu ihtiyarlar hiç laf anlamaz, ha duvara konuşmuşsun, ha onlara..."

Kapı sonunda açıldı, dördü birlikte tereddütlü adımlarla içeriye girdiler. Eskici dükkânlarının kokusu vardı evde. Zarif oymalı eski kadife koltuklar, belli ki salona çok sonradan gelen hantal ve çirkin çekyata yer açmak için, biçimsizce yan yana dizilmişti. Eski model tüplü bir televizyon, en az yirmi yaşında bir müzik seti, ayakları pirinçten mermer tablalı sehpalar, sehpaların takımı yüksek bir telefonluk ve bej rengi, nuh nebiden kalma eski bir telefon, duvarda iyi ellerden çıktığı belli desenler ve üzerinde güller ve yarı çıplak melekler olan bir tablo, kocaman bir hereke halı... İlk gözüne çarpanlar bunlardı; bir de ona babaannesini hatırlatan, belli belirsiz menekşe kolonyası kokusu.

"Münevver Hanım!" diye seslendi Mahmut Bey.

Hepsi antrede dikilmiş, kıpırdamaya cesaret edemeden duruyordu.

"Münevver Hanım!" Mahmut Bey'in sesi daha yüksek çıkmıştı bu kez. Kulak kesilip bir cevap beklediler. Çıt yoktu.

"Öldü kesin!" dedi Ziya Efendi, bilmiş bir tavırla, "Vah kadıncık vah! İçerilere bakalım bari..."

Aslı yutkundu, ne işi vardı ki burada? "Siz bakın, ben bakamam. Eve gidiyorum," dedi korkudan çatallaşmış sesiyle. Usturupsuz bir şekilde yere yığılmış, kıçı başı açılmış bir yaşlı kadın cesediyle karşılaşma ihtimali damarlarında akan kanı dondurmuştu. Kimbilir Cenk'i ne halde çıkarmışlardı o arabanın içinden? Kargatulumba, kolu bir yerde, bacağı bir yerde...

Adamlar anlayışla başlarını salladılar. Mahmut Bey, "Biz size haber veririz, merak etmeyin," bile dedi. Çok derinden bir inleme sesi duyduklarında, Aslı kaçarcasına kapıya doğru yürüyordu.

"Münevver Hanım?" Bu kez seslenen, heyecan içindeki Ziya Efendi'ydi.

Cevap koridorun sonundan geldi, cılız, yorgun bir, "Buradayım..."

"Geldik, Münevver Hanım!"

Telaşla sesin geldiği yöne koştular, yollarının üzerindeki her kapıyı açtılar, sonuncu kapı kilitliydi.

"Kilitli kaldım burada, açın Allah rızası için, çıkarın beni artık."

"Hiç merak etmeyin, çilingir de var yanımızda, beş dakikaya kalmadan çıkarırız sizi." Mahmut Bey'in sesi sevinçle çınlıyordu.

"Arka sokaktaki çilingir mi?"

"Evet," dedi Mahmut Bey.

"Kapıya zarar vermesin ama... Eli hoyrattır onun."

Tıknaz adam fesuphanallah dercesine başını salladı ve diğerlerine dönüp, "Açmayayım da kal o zaman içerde," diye fısıldadı.

Mahmut Bey çilingirin sırtını sıvazladı. "Sen ona bakma, yaşlı kadın işte... Hadi, yap işini aslanım."

Adamın eli ya gerçekten hoyrattı ya da ev sahibesine sinirlendiği için kapıyı açarken bir hayli zarar verdi. Odaya girdiklerinde, Münevver Hanım üzerinde beyaz penye bir gecelikle pirinç karyolanın kenarında oturuyordu. Geceliğin rengindeki seyrek saçları, darmadağınık bir halde omuzlarına dökülmüştü. Yüzü korku ve yorgunluktan olsa gerek, her zamankinden daha yaşlı görünüyordu. Aslı kapının ağzında dikilmiş, içeri girmek ile girmemek arasında tereddüt ediyordu. Tam girmeye niyetlendiği sırada odadan yükselen çiş kokusu midesini altüst etti ve gayriihtiyari geri çekildi.

"İyi misiniz, Münevver Hanım?" Mahmut Bey şefkatli bir biçimde yaşlı kadının koluna girip, yataktan kalkmasına yardımcı oldu. "Bir doktor falan çağıralım mı?"

Münevver Hanım tir tir titreyen çarpılmış bacaklarının üzerinde zorlukla dikilebilmesine rağmen, şiddetle itiraz etti.

"Aman yok, istemem doktor moktor."

İrikıyım, posbıyıklı, her yanından sağlık fışkıran kırmızı yanaklı Mahmut Bey ve onun koluna konmuş bir kuş gibi görünen Münevver Hanım kol kola koridora çıktılar. Münevver Hanım'ın iyice çukuruna kaçmış gözleri Aslı'yı görünce dikkatle kısıldı.

"Siz de mi buradasınız?"

Aslı ne cevap vereceğini bilemedi, belli belirsiz bir "Evet" yuvarlanıp düştü dudaklarının arasından. Allahtan Mahmut Bey imdada yetişti.

"Aslı Hanım fark etmiş kapıdan ekmek ve gazeteyi almadığınızı da öyle haberimiz oldu durumdan."

Münevver Hanım teşekkür etme gereği duymadan elini Aslı'ya uzattı.

"Tuvalete gitmem gerek. Size zahmet, yardım eder misiniz bana? Dizlerim pek tutacak gibi değil de..."

Aslı kadının kemik kemik elini tuttu ve birlikte banyoya girdiler. Kahverengi ve sarı desenli banyo perdesinin birkaç halkası kopuktu, pembe duvar karoları, pembe klozet ve pembe lavabo insanın üzerine üzerine geliyordu. Banyo, en aşağı yirmi sene önce yenilenmişti ve büyük ihtimalle eski hali çok daha iyiydi. Aslı yaşlı kadının klozete oturmasına yardımcı oldu ve işini rahatça görebilmesi için arkasını dönüp, gözlerini tavandan sarkan ampule dikti. Münevver Hanım'ın çiş sesini dinlemek rahatsız ediciydi. Üstelik bitmek bilmiyordu.

Orada ne işi olduğunu düşündü. Ne yapıyordu bu çirkin banyoda, doğru düzgün tanımadığı ihtiyar bir kadınla? Çiş sesi durdu ve taharet musluğu devreye girdi. Aslı gözlerini yumdu ve bu işkencenin bir an önce bitmesini diledi.

"Bitti!" dedi Münevver Hanım. "Dün gece havluya yapmak zorunda kaldım. Olacak iş mi?"

Aslı hâlâ klozette oturan kadının koluna girdi. Çamaşırlarını düzeltmesi için başka yana bakarken, kadın hâlâ söyleniyordu, "Ama oluyor işte, dünyanın bin türlü hali var derler ya, doğru."

"Nasıl kaldınız içerde?"

"Tam yatmıştım, bir de baktım su almayı unutmuşum, tüh dedim kalktım yataktan. Kilit bozulmuş. Nasıl olduysa artık? Nasıl olacak, eskiliktendir elbet. Neyse, uğraş uğraş, açamadım. Odada telefon da yok, nasıl haber vereceksin? Kaldım öyle içeride."

"Niye kilitlediniz ki?"

Yaşlı kadın ellerini yıkamak için musluğu açmadan önce Aslı'ya şaşkınlıkla baktı ve "Yalnızlıktan..." dedi. "Siz bilmezsiniz bunu, daha gençsiniz. Sizin yaşınızdayken ben de kilitlemezdim. Eh, yalnız değildik tabii biz de o zamanlar..."

Aslı kızardığını hissetti. Bunu akıl edememek için aptal olmak gerekirdi. Yalnız başına yaşayan, yaşı seksenden ileri, ufak tefek, çelimsiz, güçsüz bir kadın... Elbette korkacaktı. Kendisi de hafiften ürpermiyor muydu Ali'nin olmadığı gecelerde. Acaba, Cenk de korkuyor muydu orada? Düne kadar belki de hiç gitmediği bir mezarlığın ortasında, yapayalnız...

"Bari cep telefonunuzu yanınıza alın bundan sonra."

“Yok ki cep telefonum. Ne gözüm görüyor, ne aklım alıyor o mereti. Çocuklar getirmişti, başa çıkamadım, geri verdim. Bu yaştan sonra olmayıversin, adam sende...”

Birlikte banyodan çıktıklarında, Ziya Efendi telefonda Münevver Hanım'ın torununa iyi haberi veriyordu. Onları görünce heyecanla, “Torununuzu buldum, annesi yokmuş, ben gelirim dedi. Alıp götürecekmiş sizi,” diye atıldı.

Münevver Hanım, Aslı'ya baktı.

“Kızım Amerika'ya gitti geçen hafta, büyük oğlunun yanına...”

Aslı gülümsedi, bir taraftan kadının uzun uzadıya ailesini anlatmaya girişmesinden korkuyordu ama korktuğu olmadı ve Münevver Hanım konuyu uzatmadan çekyatın ucuna oturuverdi.

Mahmut Bey, yaşlı kadının uzanması için ısrar ediyordu. Münevver Hanım'ın terbiyesi ise yabancıların, özellikle de yabancı erkeklerin yanında uzanmaya müsait değildi.

“Katiyen olmaz,” dedi ama Mahmut Bey kulak asmadı. Kadıncağız kendinde, bu sağlık topunu andıran adamla cebelleşecek gücü bulamamış olacak ki, birkaç cılız itirazın ardından seriliverdi çekyata.

Köhne salon uzun süredir böyle bir kalabalığı ağırlamamış olmalıydı. Aslı ve çilingir, ince fitilli kadife kaplı bej-yeşil koltukların ucuna iliştiler. Ziya Efendi hiç susmadan, nokta virgül kullanmadan, kurulmuş gibi Münevver Hanım'a olan biteni anlatmaya koyuldu.

“...Torununuz birazdan burada olur... valla Aslı Hanım haber vermese sabaha kadar kalırdınız içeride... Sonra yetiş Selami dedim, Allah razı olsun beş dakikaya kalmadan geldi çocuk... Seslendik seslendik, sizden ses gelmeyince, şeytan kulağına kurşun, aklımıza kötü şeyler geldi...”

Münevver Hanım uzandığı yerden ses çıkarmadan anlatılanları dinliyor, yorgun gözleri ara ara kapanıp açılıyordu. Aslı saatine baktı, on iki olmuştu.

Çilingir ayağa kalktı, "Ben şu kapıları halledeyim."

"Ne kadar sürer?"

"Valla Münevver Teyzem, şimdilik idareten bir şey takacağım, yarın marangoz falan gelmesi lazım."

"Aç mısınız?" diye sordu Aslı, "neredeyse yirmi dört saattir hiçbir şey yemediniz."

Mahmut Bey yeni aklına gelmiş gibi yerinden fırladı.

"Açtır tabii ya!"

"İsterseniz buyurun bana gelin," dedi Aslı, niye böyle bir şey yaptığını bilmiyordu. Diğerleri de onun bu ani yakınlığı karşısında hayrete düşmüş olmalıydılar ki ne diyeceklerini bilemediler.

"Hem bir şeyler yersiniz, hem de bende beklersiniz torununuzu. O arada arkadaş da kapılarınızı tamir eder."

"Zahmet olmasın size! Hem beyiniz de var."

"Merak etmeyin eşim yurtdışında, bana da zahmet olmaz, zaten ben de yemeğe fırsat bulamadım bugün..."

"Gerek yok yahu, ben hanıma söylerim o getirir bir şeyler," diye araya girdi Mahmut Bey.

"Yok ben giderim Aslı Hanım'la."

Mahmut Bey'in itirazına fırsat kalmadan Münevver Hanım çekyatın kenarına tutunup, kalkmaya davranmıştı bile.

* * *

Çorbasını içerken, yaşlı kadın çok daha iyi görünüyordu. Takma dişlerini takmış, üzerine kahverengi bir etek ile krem rengi triko bir bluz giymiş ve saçlarını tarayıp, Aslı'yı hayrete düşüren bir hünerle topuz yapıvermişti.

"Ben altı saat uğraşsam sizin gibi toplayamam," demişti Aslı, yaşlı kadın da ilk kez gülmüştü.

"Elli senedir yapıyorum bu topuzu, elim alışık," dedi.

Temizlikçi kadının gündüzden yapıp bıraktığı tarhana çorbası ile ıspanağı ısıtmıştı Aslı.

"Elinize sağlık!"

"Ben yapmadım ama afiyet olsun."

"Yemek pişirmez misiniz?

"Bazen ama öyle pek sık değil... Haftalarca hiç yapmadığım olur."

"Ben de hiç sevmem yemek yapmayı!"

Aslı şaşkınlıkla kadına baktı. Onun yaşında birinden duymayı beklediği bir cümle değildi bu. Yaşlı kadınlar böyle şeyler söylemezdi, onlar mutfaktaki becerileriyle gurur duyardı. Babaannesinin, "Ben bir börek yapardım ki..." diye başlayan ve uzayıp giden cümlelerini hatırladı.

Münevver Hanım bir yandan iştahla çorbasını içiyor, bir yandan da usturuplu bir şekilde etrafı inceliyordu. "Ne kadar güzelmiş eviniz... İçim açıldı."

"Sağ olun."

"Beyiniz mimar diye duymuştum, o yaptı herhalde burayı."

"Evet, her şeyi o yaptı, ben pek anlamam bu işlerden."

"Siz ne iş yapıyorsunuz?"

"Ben reklamcıyım ama şu sıralar çalışmıyorum. Geçen ay işsiz kaldım."

"Vah vah..."

"İyi oldu bir taraftan, mecburen dinleniyorum."

"Sıkılmıyor musunuz? Gerçi daha pek yeni..."

"Daha sıkılmaya fırsat olmadı... Sergileri geziyorum, okuyorum... Geçiyor vakit."

"Kitaplara meraklı mısınız?"

"Çok severim okumayı."

"Ben de çok severdim ama son yıllarda eski hevesim kalmadı."

"Gerçekten mi?"

Yaşlanınca insanlar daha çok kitap okur sanıyordu. Beden güçten düşünce, vakit geçirmenin ya da doldurmanın en elverişli yolu gibi görünüyordu Aslı'ya kitaplar.

"Evet. Hele son dört-beş senedir pek az okuyorum. Zamanında çok okuduk, yetti herhalde. Eski kocam yazardı, daha doğrusu eski kocalarımdan biri."

"Öyle mi? Adı nedir?"

"Reşat Anlar."

"Aaaaa, gerçekten mi? O benim çok sevdiğim bir yazardır. Hatta yerli yazarlar arasında en sevdiğimdir. Ben de çok isterdim yazabilmeyi. Küçükken en büyük hayalim yazar olmaktı."

"Neden yazmıyorsunuz peki?"

"Bilmem ki... Pek yeteneğim yok galiba. Birkaç defa denedim başlamayı ama sonradan okuyunca hiç beğenmedim yazdıklarımı."

"Yazdıkça terakki kaydedersiniz. Sizin pek beğendiğiniz Reşat Anlar pek mi istidatlıydı sanıyorsunuz?"

Münevver Hanım'ın yüzünü buruşturarak söylediği bu son cümle karşısında, Aslı az kalsın küçük dilini yutacaktı.

"Bence o çok çok iyi bir yazar," dedi inanarak.

"Bırakın Allah aşkına. Zekiydi, azimliydi ve doğru zamanda, doğru şeyleri yazdı. Yoksa onu üstün vasıflı bir yazar saymak nicelerine haksızlık etmek olur. Küçümsemek için söylemiyorum, çok çalışkandı ve zaman içinde meleke kesp etti. Yoksa ilk zamanlarına bakarsanız, doğuştan gelen bir istidadı olmadığını göreceksiniz. Demek istediğim o ki, eğer yazmayı çok istiyorsanız, çok okuyun ve çok çalışın."

Aslı gülümsedi. "Yazacağım falan yok canım... Çoktan vazgeçtim o sevdadan."

Misafirinin tabağına ıspanak koymak için kalktığında, kafasına bir sürü soru üşüştü. Reşat Anlar'ın öldüğünü biliyordu, neredeyse on sene olmuştu. Acaba öldüğünde hâlâ evli miydiler? Kadın "eski kocam" dediğine göre, değillerdi herhalde. Öyle olsa, rahmetli derdi kocasından bahsederken. Kaç kere evlenmişti acaba? Neden boşanmıştı? Kaç çocuğu vardı? Neden bu yaşta, elden ayaktan düşmesine ramak kala, burada tek başına yaşıyordu? Hiçbirini sormadı. Her fırsatta kapısını çalacak bir komşu teyze istemiyordu. Bu geceye mahsus, tek gecelik bir ilişki olmalıydı onlarınki.

Münevver Hanım'ın bluzunun önünü kaplamış ekmek kırıntılarını görünce, sohbeti derinleştirmeme kararından dolayı kendini tebrik etti. Sınırlarını korumak, iyi olduğu konulardan biriydi. Zamanla öğrenmişti bunu yapabilmeyi. Anın cazibesine kapılıp sonradan pişman olacağı dostluklar kurmazdı, zaman içinde kendi kendine öğrendiği bir şeydi bu. Gerektiğinde can sıkıntısına katlanmak ve meraka gem vurabilmek... İşin püf noktası buydu işte!

Kapı çalındığında Münevver Hanım telaşla, "İzzet gelmiştir," dedi, "torunum."

Aslı hemen fırlayıp, "Siz rahatsız olmayın ben açarım," diyerek kadının yerinden kalkmasına engel oldu. Münevver Hanım'ın göğsündeki ekmek kırıntılarının etrafa saçılmasını istemiyordu. Kapıya doğru giderken, 'Eninde sonunda kalkacak,' diye düşündü, 'kalkacak ve yerler batacak.'

İzzet oldukça uzun boylu, kumral, zayıf bir gençti. Yirmi yedi-yirmi sekiz yaşlarında olmalıydı. Anneannesinin soluk mavi gözlerinin aksine onunkiler suluboyayla renklendirilmiş gibi canlıydı. Mavi gözleri sevmezdi Aslı, gerçi yeşili de sevmezdi ama onu daha katlanılır bulurdu. Göz dediğin kahverengi olmalıydı; ılık, açık kahverengi... Ali'ninki, Devrim'inki ve Aslı'nınki gibi...

İzzet sıkıntılı bir şekilde, yüzüne dökülen saçlarını geriye attı. Üzerinden dökülen bol kot pantolonu ve eski süsü verilmiş gri tişörtüyle Münevver Hanım'ı soracak birine benzemiyordu. Beyoğlu, Bebek ya da Nişantaşı'nda karşınıza çıkıp yol sorabilirdi ama takma dişli yaşlı bir kadın ile bu hoş genç adam arasında bir bağlantı kurmak zordu.

"Çok özür dilerim, bu saatte rahatsız ettim ama kapıcı anneannemin burada olduğunu söyledi," derken, Aslı onun hafiften peltek olduğunu fark etti.

"Buyurun lütfen..."

"Ben girmesem daha iyi, alıp gideyim."

"Ama yemek yiyor..."

İzzet çekingen adımlarla içeri girdi, ayakkabılarını ne yapacağını bilemeden Aslı'ya baktı.

"Yok yok çıkarmayın lütfen, biz çıkarmıyoruz."

Salona girdiler, İzzet anneannesini öptü, hatırını sordu. Ekmek kırıntılarının bir kısmı yere dökülürken, Aslı, anneanne ile torun arasında normalden daha mesafeli bir ilişki olduğunu hissetti. İzzet'in anneannesine "siz" demesinin ötesinde bir resmiyetti bu. O sırada Ali aramasa bu konu üzerine daha uzun düşünebilirdi. Telefonun sesi, gecenin sessizliğinde bir çığlık gibi geliyordu insanın kulağına.

"Alo?"

"Kusura bakma, öyle yoğunduk ki, bir türlü fırsat bulup arayamadım." Ali'nin sesi sıkkın geliyordu. "Nasılsın?"

"İyiyim ben, merak etme," dedi Aslı elinden gelen en neşeli şekilde.

"Gerçekten mi?"

"Gerçekten. Nasıl geçiyor toplantılar?"

"Eh, fena değil... Keşke annende falan kalsaydın bu akşam. Cenazeye gitmek sarsmıştır seni."

"Korktuğum kadar kötü olmadım. Hem annemde kalsaydım kendimi öldürmem garanti olurdu. Babam Banu'yla geldi cenazeye."

"Yapma ya!"

"Evet. Şimdi annemin yanında olduğumu düşünsene."

Ali güldü, kayınvalidesini tanıyordu. Beyza Hanım, konu Arif Bey olduğunda, susmak bilmeden konuşur, karşısındakini sıktığını bir an bile aklına getirmeyecek kadar kendinden geçerdi. Üstelik bunu yaparken en güçlü insanları bile bunalıma sokacak kadar yoğun bir karamsarlık püskürtürdü etrafına.

"Ne yapıyorsun peki?"

"Hiç," dedi Aslı. Ali'ye, alt katta yaşananları, şu anda Münevver Hanım ve torunuyla karşılıklı oturmuş olduğunu anlatacak kuvveti bulamamıştı kendinde. "Yatacağım birazdan... Sen ne yapıyorsun?"

"Ben de şimdi otele geldim, çok yorgunum, bir duş alıp hemen uyuyacağım."

"Sesin pek iyi değil, bir şey mi oldu?"

"Yooo, yorgunluktandır."

"Hemen yat o zaman, hadi iyi geceler, yarın görüşürüz."

"Tamam, sana da iyi geceler."

Tam kapatacağı sırada Ali'nin bir şeyler söylediğini duydu ve telefonu tekrar kulağına götürerek, "Efendim?" dedi. Cevap gelmedi, kocası başka biriyle konuşuyordu, bir kadınla! Öyle tuhaf şeyler söylüyordu ki, Aslı'ya, yabancı bir dilde konuşuyorlarmış gibi geldi. Zihnine vuran kelimeler önce kocaman bir boşluk oluşturuyor, anlamları arkadan geliyordu.

"İyi misiniz?"

İzzet endişeli gözlerle ona bakıyordu, endişeli mavi gözlerle... Aslı onun ne sorduğunu kavrayamadan boş boş baktı genç adamın yüzüne. Kulağındaki telefondan akan kelimeler, üzerinden silindir gibi geçerken, İzzet'in ayağa kalktığını ve kendisine doğru çekingen bir hamle yaptığını gördü.

"Siz... iyi misiniz?"

Aslı, evet anlamında başını salladı. Parmaklarını dudaklarına götürüp sus işareti yapmak istedi ama duyduklarının ve hâlâ duymakta olduklarının getirdiği dehşet, kısmi felç geçirmiş gibi vücudunun bazı bölümlerine hükmetmesini engelliyordu. Karşısındaki adamın yüzündeki korku dolu ifadeye bir anlam veremiyordu. İzzet uzandı ve masadan bir peçete alıp ona uzattı.

"Burnunuz kanıyor da..."

* * *

Ayten üzerinde bornozu, gözleri aleve bulanmış bir halde banyodan çıktı.

"Kiminle konuşuyordun?" diye sordu, biraz sonra katil olmaya hazırlanan birinin sesiyle.

“Annemle...”

“Yalan söyleme bana!”

Ali sustu.

“Bütün bunlar midemi bulandırıyor,” dedi Ayten ve hırsla elindeki tarağı yatağın üzerine fırlattı.

“Lütfen yapma! Benim için de kolay olmadığını biliyorsun.”

“Nedense bana hiç zorlanıyormuşsun gibi gelmiyor.”

“Ben aramasam o arayacaktı. Öylesi daha mı iyi sanki?”

“Hiçbir türlü iyi değil. Ben banyoya girince gizli gizli telefona sarılman da, onun seni arayıp durması da... Madem bu kadar düşkünsünüz birbirinize, ben niye burdayım?”

Ali Ayten'in öfkesinin kolay kolay yatışmayacağını biliyordu. Ne zaman Aslı'yla konuştuğuna şahit olsa benzer bir kriz patlak veriyor ve uzadıkça uzuyordu.

“Keşke onunla konuştuğun zaman kendini benim gözümle görebilsen. İki yüzlü, aşağılık bir yalancı.”

“Ne yapabilirim ki?”

“Ne mi yapabilirsin? Soru mu bu şimdi?

“Ama, aşkım...”

“Aşkım falan deme bana! Nasıl da yumuşak yumuşak konuşuyor, düşünceli koca havalarında. Yok keşke annesinde kalsaymış da, böyle zamanda yalnız kalınmazmış da...”

Ali başını ellerinin arasına aldı ve yatağın kenarına oturdu. Nasıl böyle bir belaya bulaştığını bilmiyordu. Her şeyin nasıl kontrolden çıktığını hatırlamaya çalıştı ama başaramadı. Daha bir yıl öncesine kadar karşısında tir tir titreyen, toplantıda bir şey sorduğunda eli ayağına dolaşan bu kızın şimdi ona avaz avaz bağırdığına inanamıyordu.

“O geri zekâlı kadından ayrılmaya hiç niyetin yok senin.”

Elbette yoktu ve hiç olmamıştı.

“Lütfen, onun hakkında böyle konuşma!”

“İstediğim gibi konuşurum. Sen de öyle yapmıyor musun? İşine geldiğinde onun hakkında söylemediğini bırakmıyorsun.”

Ali, acaba gerçekten öyle mi yapıyorum, diye hafızasını yokladı. Birkaç defa, Ayten sorduğunda, seks hayatlarının pek parlak olmadığını söylediğini hatırlıyordu. Başka ne diyebilirdi ki? Bir kadın böyle bir soru sorduğunda, ona duymak istediği şeyi söylemek gerekirdi. Yoksa konu sonsuza dek kapanmaz, her saat, hatta her dakika, temcit pilavı gibi ısıtılıp ısıtılıp önünüze konurdu. Bunun dışında Aslı hakkında kötü konuştuğunu sanmıyordu ama yine de savunmaya geçmedi, derin bir nefes alarak sustu. Önlerinde uzun bir gece vardı ve belli ki Ayten bunun her dakikasını kavga etmek için kullanacaktı. Bir şişe bira iyi gelebilirdi ya da bir kadeh votka ya da Aslı... Bir an karısını şiddetle özlediğini hissetti. Ayten gelip tam karşısına dikilince, işte başlıyoruz, diye geçirdi içinden ama kız tek bir kelime etmeden bornozunu çıkardı ve kapkara gözlerini Ali'ninkilere dikti. Otel odasının loş ışığında olduğundan daha güzel görünüyordu.

"Beni seviyor musun?" diye sordu yumuşacık, mahzun bir sesle.

Ali kadının dolgun bedenine bakıp gülümsedi ve "Evet," dedi, "tabii ki seviyorum."

Yalandı.

* * *

Devrim kapıyı çaldığında, bir saattir salondaki yanmayan şömineye bakıyordu. Bu geceyi tek başına atlatacak cesareti kendinde bulamamıştı. Düşünceleri öyle bulanık ve değişkendi ki zaman zaman onların kendisine ait olmadıkları hissine kapılıyordu. Kontrolünü kaybetmek üzereydi ve bu onu ölesiye korkutuyordu. Daha önce hiç, bir kez bile, kendisini bu kadar sınırda hissetmemişti. Koşarak otomatiğe bastı ve Devrim'in asansörden çıkmasını kapının önünde bekledi. "Ben mantıklı biriyim, sakinim, bunu atlatabilirim," diye kendini sakinleştirmeye çalıştı ve daha önce Sevil'den duyduğu gibi, kontrollü bir şekilde nefes alıp vermeyi denedi. Keşke dalga geçeceğine daha iyi dinleseydi kızı.

Devrim asansörden yanında Burcu'yla çıktı.

"Sesini öyle duyunca uğrayıp Burcu'yu da aldım. Ne oldu?" derken alnında endişe çizgileri vardı. Aslı'nın kimseyi gecenin bu saatinde boş yere çağırmayacağını biliyordu.

"İçeride anlatırım," dedi Aslı.

Devrim kolunu Aslı'nın omzuna doladı. Aslı renk vermemeye çalışsa da ona sıkı sıkı sarılmadan edemedi. Birine sarılmaya ihtiyacı vardı.

Burcu ağır adımlarla içeri girerken, "Şimdi daha çok merak ettim," diye söyleniyordu. Onu gece yarısı sevimsiz kocasının yanından alıp getirmek kolay iş değildi. Aslı ikisini de çok korkuttuğunu biliyordu. Devrim'e telefonda ne söylediğini hatırlamıyordu ama ne söylediyse bayağı etkili olmuş ve tembel bir adam ile geceleri yanında kocası olmadan dışarıya adımını atmayan bir kadını, apar topar buraya getirmişti.

"Bir şey içmek ister misiniz?"

"Bırak şimdi misafirperverliği de anlat. Devrim aradığından beri içim içimi yiyor."

"Oturursanız anlatacağım."

Burcu ve Devrim itiraz etmeden söyleneni yaptılar. Aslı onlara baktı, nasıl başlayacağını bilmiyordu. Derin bir nefes aldı ama kelimeler boğazından akmıyordu. Birkaç kez yutkundu, böyle yaparak onları daha da korkuttuğunun farkındaydı ama elinden bir şey gelmiyordu.

Devrim ayağa kalkıp yanına geldi.

"Tamam, ne zaman istersen o zaman söyle. Biz buradayız, hiç acelemiz yok."

Aslı başını Devrim'in göğsüne yasladı ve gözlerini yumdu.

"Ali'nin sevgilisi var!"

"…"

"Biz konuştuktan sonra telefonu kapanmadı ama o farkında değildi. Sevişmelerini dinledim!"

Başını kaldırıp Burcu'nun yüzüne baktı ve şaşkınlıktan ziyade dehşet dolu bir ifade gördü.

"Sevişirken öyle konuştuğunu bilmiyordum. Yani benimle sevişirken pek konuşmazdı."

Burcu Devrim'e kaçamak bir bakış attı. İkisi de dillerini yutmuş gibiydi.

"Hiç susmadan konuşuyorlardı. Kadın da konuşuyordu. Ali porno filmlerdeki gibi küfrediyordu ... Seni seviyorum da diyordu bazen."

"Aslı..."

Devrim bir şeyler söylemek istedi ama gerisini getiremedi.

"Bir adamla senelerce evli kalıyorsun ve aslında nasıl seviştiğini bile bilmiyorsun. Sizce bu normal mi?"

Cevap gelmedi.

"Sen erkeksin, sen söyle!"

"Ne bileyim ben..."

"Ne demek ne bileyim ben? Mutlaka biliyorsundur."

"Aslı, buna bu kadar takılma bence."

"Çok geç, takıldım bile. Seslerini kulağımdan atamıyorum. Beynimin fon müziği gibi oldu. Mesela şimdi sen konuşurken bile, ben bir taraftan onların konuşmalarını duyuyorum. O kadar iğrençti ki, anlatamam."

"Sen ne yaptın peki?"

"Sonuna kadar dinledim sonra da kapattım."

"Ali'yi aramadın mı?" diye atıldı Burcu.

"Hayır."

Ondan sonrası uzun bir sessizlikti. Aslı için epey gürültülü, mide bulandırıcı ve bitmeyen bir durma, diğerleri içinse ne diyeceğini bilememe ve doğru kelimeleri arama hali. Söylenecek söz, bulunacak çıkış, aranacak teselli olmayan, gerçeğin aval aval insanın suratına baktığı, zor zaman tanımlamasını sonuna kadar hak eden bir anlar bütünü. Bunun kötü bir rüya olduğuna dair beslediği küçük umuttan mıdır, uyku bastırmıştı Aslı'yı. Gözleri kapanıyor ve sonra hâlâ kulaklarında asılı duran inlemelerin şiddetiyle açılıveriyordu.

"Sen, iyi misin?" diye sordu Devrim.

"Hayır."

"Ne yapacaksın peki?"

"Daha oraya gelemedim. Sence niye benimle öyle sevişmiyordu?"

"Ya takılma buna diyorum sana. Gerçekten bilmiyorum. Yani... Her sevişme aynı olmaz ki. Bazen farklı biriyle tamamen farklı bir şey yaşayabilirsin. Hem sorun bu değil."

"Nasıl farklı bir şey?"

"Ne bileyim bazısıyla daha şefkatli sevişirsin, bazısıyla..."

"Daha şehvetli?"

"Hayvan gibi diyecektim. Niye kendini daha fazla üzmeye çalışıyorsun. Neyse ne!"

"Siz konuşur musunuz?"

Burcu'nun gözleri aniden gelen bu soru karşısında hayretle büyüdü.

"Ne?"

"Sen ve kocan... Seks yaparken açık saçık konuşur musunuz?"

Şartlar başka türlü olsaydı, Burcu böyle bir soruya asla cevap vermezdi. Utana sıkıla, "Bazen..." diye geveledi.

"Yaaa..."

Aslı'nın sesinde hayal kırıklığı vardı. Devrim araya girdi.

"Bu hiçbir şey demek değil Aslı'cığım. Seninle öyle sevişmemesi, seni sevmediğini ya da istemediğini göstermez."

"Yapma ya!"

Neyin neyi gösterip, neyi göstermediğini bilmiyordu artık. Düşünce sisteminde ipin ucu kaçmıştı.

"Ne yapacaksın peki?" diye sordu Burcu ürkek bir sesle.

"Neyi ne yapacağım?"

"Ali'yi... Yani evliliğinizi?"

"Bana seçme şansı verilmiş gibi konuşma! Kocamın hayvan gibi böğürerek seks yapmasını dinledim ben biraz önce. Sence kaç seçeneğim var? Ondan iğreniyorum, tamam mı... İnşallah yarın uçağı düşer ve buraya gelemez!"

"Yani boşanacak mısın?"

"Hayır onu affedeceğim, bağrıma basacağım, yüz tane porno film alıp kendimi geliştireceğim ve sonsuza kadar mutlu yaşayacağız. Salak salak sorular sorup durma, elbette boşanacağım! Hatta kıçına öyle kuvvetli bir tekme vuracağım ki, cehenneme uçacak!"

Devrim Aslı'yı sakinleştirmek için araya girdi.

"Bak şimdi, sen şöyle otur, ben de gidip hepimize içecek bir şeyler getireyim, olur mu? Biraz sakinleşelim."

Aslı eliyle başını tutu.

"Nasıl oldu da hiçbir şey anlamadım?" Hani kadınlar hissederdi? Erkekleri korkutmak için uydurulmuş bir yalan mıydı bu? Kimsenin bir şey hissettiği yoktu.

Eğer Devrim tam mutfağa doğru gidecekken bir saniye için Burcu'ya bakmasa, hiç aklına gelmeyecek bir ihtimal usulca Aslı'nın zihnine düşmeyecekti. Böyle bir şey olabilir miydi? İmkân var mıydı buna? Uzun bacaklarını kanepeye yerleştirirken, düşüncelerini olabildiğince bir araya getirmeye çalıştı. İçinden gelen ses dışında ortada elle tutulur bir şey yoktu ama ses çok güçlüydü. Gözlerini, elinde biralarla mutfaktan gelen Devrim'e dikti.

"Siz... biliyor muydunuz?"

"Ne?"

Devrim kıpkırmızı kesildi.

"Siz biliyor muydunuz, dedim. Geldiğinizden beri bakışıp duruyorsunuz da..."

Devrim Burcu'ya baktı. Burcu Aslı'ya baktı. Aslı bağırmaya başladı.

"Biliyordunuz, değil mi? Beni aldattığını biliyordunuz ve bana hiçbir şey demediniz! Allah sizin belanızı versin! Geri zekâlılar!"

"Aslı, Allah aşkına..."

Devrim, şaşkın ve çaresiz, biraları sehpanın üzerine bıraktı. Aslı böyle bir durumda nasıl olup da, soğuk şişelerin sehpada iz yapacağını düşünebildiğine şaştı.

"Şunların altına bardakaltı koy! Biliyordun değil mi? O da biliyordu!"

Devrim içini çekti, böyle hassas durumlar ona göre değildi. Sıkkın bir şekilde başını salladı.

"Kim peki?" Aslı'nın sesi giderek yükseliyordu.

"Şu koca memeli kız var ya, yardımcısı mıdır, nedir... O işte!"

"Ayten mi? Saçmalama!"

"Saçmalamıyorum!"

"O kız katana gibi, Ali'nin hiç tipi değil!"

Gerçekten de olacak iş değildi. Bunca senedir beraberlerdi ve Ali'nin nasıl kadınları beğendiğini bilirdi. Kalın kadınlardan nefret ederdi. Bütün eski sevgilileri cılızlık seviyesinde zayıftı ve bir kere bile Ayten gibi bir kadına dönüp baktığını görmemişti.

"Yanlış biliyorsunuz," dedi kendinden emin bir şekilde, "başkasıdır, hayatta o kız olmaz."

Devrim omuzlarını silkti. Ne kadar az konuşsa o kadar iyiydi. Yanlış şeyler söyleme konusunda hak edilmiş bir ünü vardı ve bunu pekiştirmek için doğru zaman değildi. Kendi başına gelse pek etkilenmeyeceğinden olsa gerek, diğer insanların tepkilerini anlama yeteneği gelişmemişti.

"Nereden biliyorsunuz?"

"Biliyoruz işte!" dedi Devrim önüne bakarak. Sonra başıyla Burcu'yu işaret etti, "Ya hep bana sorup durma, ona da sor biraz!"

"Sen nereden biliyorsun, onu söyle!"

"Bağırmayı kes, ne önemi var ki nereden bildiğimin, biliyorum işte."

"Tamam bağırmıyorum... Anlat!"

"Bizim grubun hepsi biliyor."

Devrim sıkıntıyla ellerini cebine soktu. Burcu varlığını unutturmak ister gibi kanepenin köşesinde büzülmüş oturuyor ve neredeyse nefes bile almıyordu.

"Milano'da bir kulüpte görmüşler ikisini el ele..."

Aslı bayılacak gibi oldu. Ali Milano'ya gideli bir seneden fazla olmuştu. Topu topu üç senedir evliydiler ve bunun yarısında aldatılmıştı. 'Böyle biri neden evlenir ki,' diye düşündü. 'Neden evlendi benimle? Niye evlenebilmek için kıçını yırttı?'

"Orospu çocuğu," diye mırıldandı, dizlerini çenesine doğru çekerken.

"Sonra ben kızın bir arkadaşından duydum..." dedi Devrim. "O zamana kadar emin olamamıştık, yani Milano'da, fuar zamanı, o kadar tanıdığın arasında böyle bir şey yapmaları pek inandırıcı gelmemişti, dedikodu diye düşünmüştük."

"Sen ne zaman duydun?"

"Dört-beş ay oldu herhalde..." dedi Devrim.

"Ve o kadar zamandır bana hiçbir şey söylemedin!"

"O zaman çok tartıştık sana söyleyip söylememeyi. Ben söylemek istedim, bunlar karşı çıktılar. Çok mutlu gibiydin, galiba cesaret edemediler..."

Aslı öldürecek gibi Burcu'ya baktı.

"Ama benim adıma karar vermeye cesaret ettiniz?"

Burcu gözlerini kaçırdı. Devrim bir sigara yaktı.

"Bana kalsa söylerdim, biliyorsun..."

"Bana kalsa ne demek ya!" Sesi beton kadar sertti ve giderek yükseliyordu. "Bunu sen söylemeyeceksen kim söyleyecek!" diye bağırdı. "Beni kandırmalarına nasıl göz yumarsın, böyle bir şeye nasıl izin verirsin? Hem sen hayatında ne zaman diğerlerinin ne dediğini umursadın ki? Ne zaman başkalarının fikirlerini önemsedin, söylesene! Geri zekâlı herif, bu defa mı onlara uyacağın tuttu! Sigara ver bana!"

Devrim paketi Aslı'ya fırlattı.

"Manyak mısın be, bana ne saldırıyorsun? Git kocana saldır."

"O kocamsa sen de en iyi arkadaşımdın. Hayatımdaki en önemli adamdın. O beni aldattı ama sen de aldattın ve diğer orospu çocukları da aldattı. Hepiniz birlik olup beni kandırdınız. Hep beraber benimle alay ettiniz!"

Ne kadar bağırırsa bağırsın sesi kulağına az geliyordu. Devrim, Aslı'nın yanına oturdu. Saçını okşamak istediğinde Aslı sert bir şekilde elini itti.

"Siktir git!"

"Özür dilerim. Gerçekten çok üzgünüm."

"Aslı... Devrim söylemek istedi. Biz çok ısrar ettik karışmaması için. Günlerce başının etini yedik söyleme diye."

Aslı cevap vermedi. 'Gözleri içine düşmüş, kırık bir kukla gibiyim.' Kafasının içinde, kimin olduğunu hatırlamadığı bu cümle gezinip duruyordu.

"Bu boktan birayı içmek istemiyorum. Koridordaki dolapta Ali'nin şarapları var, gidip onlardan getir."

Devrim itiraz etmeden kalkarken, "Bir sürü getir!" diye bağırdı Aslı.

Ali'nin sadece çok özel misafirler için sakladığı, tanesi birkaç bin dolarlık şaraplarını içmenin tam sırasıydı. Bunu akıl edebildiği için kendini kutladı. Devrim elinde dört şişeyle geri geldiğinde, "Daha olması lazım," diye huysuzlandı, "yedi-sekiz şişe vardı orada..."

"O kadar içemeyiz ki..."

"İçemediklerimizi dökeriz... Tirbuşon da var o dolapta."

"Nasıl istersen..."

Sonrası sessizlikti. Uzun, tasalı bir sessizlik. Eline tutuşturulan bir kadeh, tadını almadığı pahalı yudumlar, yanma sönme zamanları hatırlanmayan sigaralar, hiçbir şey düşünmeden her şeyi düşünmek... Burcu'nun gidişini hatırlamıyordu; ne bir kapı sesi, ne de bir veda... Bir şey söylediyse de duymamıştı. Aslı pencerenin önündeki kanepede gözlerini Haliç'in ışıklarına dikmiş öylece otururken gitmiş olmalıydı. Evine, kocasının ve iki küçük çocuğunun yanına dönmüştü. Hayatında ilk defa Burcu'nun yerinde olmak istedi. Muğlağın uzağında, tekin ve tahrip edilmemiş bir hayatı olsaydı. Gerçek yataklarda uyuyan gerçek çocukların yanına yatıp onların kokularına bulansaydı. Yarın gözlerini bilinmezliğe değil de onların seslerine açsaydı. 'Saçmalama,' diye düşündü sonra, 'bu dünyada muğlağa uzak hiçbir yer yok. Tahrip edilmemiş ya da tahrip edilmeyecek, sükûnetini muhafaza edeceği kesin hiçbir hayat, hiçbir ada ya da hiçbir nokta yok.'

Yanındaki koltukta Devrim birasını içiyordu. 'Neden karanlıkta oturuyoruz?' diye düşündü. Ardından başını geriye atıp, tavandan sarkan avizeye baktı. Işıl ışıldı. Yeni bir sigara yaktı ve ciğerlerini dumanla doldurduktan sonra Devrim'e;

"Bir seneden fazladır beni aldatıyormuş demek ki, belki de daha uzun süredir. Daha önce başkaları da olmuş olabilir, bunu anlamadığıma göre onları da ruhum duymamıştır," dedi.

"Ne fark eder ki?"

Devrim için hiçbir şey fark etmezdi zaten. Gamsızlığın tarihi yazılsa bu adamın ismi en üstte olurdu. Çocukluğundan beri, ne komşuların şikâyetlerini, ne babasının verdiği cezaları, ne aldığı kötü notları, ne onu terk eden kadınları, ne işinin zaman zaman batma noktasına gelmesini dert etmişti. Etrafındakileri çileden çıkaran bir vurdumduymazlık içinde yaşardı. Aslı genelde onun bu tavırlarını rahatlatıcı bulurdu ama şimdi derdini bir duvara anlatmak zorunda olmak sinirine dokunuyordu.

"Çok şey fark eder!" diye çıkıştı. "Şu anda benim küçük tarihim yeniden yazılıyor, hem de hiç istemediğim ve beklemediğim bir şekilde. Belki de evliliğim ilk başından beri hiç anlam taşımadı. Ben mutlu olduğumu sanırken, belki de kocam önüne gelenle yatıp duruyordu. Belki hayatımın her anı yalanlarla doluydu. Boşanmakla Ali benim hayatımdan buharlaşıp yok olmayacak ki. Onunla bir sürü şey yaşadım ve artık hiçbirinden emin değilim."

Yerinden kalkıp salonda sinirli adımlarla volta atmaya başladı.

"Mesela, boynumdaki şu kolyeye bak. Bak dedim sana!"

"Biliyorum o kolyeyi, burnuma sokmana gerek yok!"

"Canım kocam bunu bana doğum günüm için almıştı. Çok sevdiğim bir kolyeydi ama şimdi nefret ediyorum, neden biliyor musun? Çünkü Milano'ya fuara gittiğinde almıştı. Kimbilir belki gerzek sevgilisiyle birlikte seçmişlerdir. Hatta belki bu kolyenin bir eşi de onun boynundadır. Gördüğün gibi yazılacak yeni bir tarihim var..."

Kolyeyi kopartmayı denedi ama başaramadığı gibi ince zincir boynunu kesti ve kanamasına yol açtı.

"Bırak açayım," dedi Devrim, Aslı'nın ensesine doğru uzanırken. "Seni anlamak imkânsız. O kadar acayip şeylere takılıyorsun ki. Adamın sevişmesini dinliyorsun ama sonra arayıp ona bağıracağına, en azından gecesini zehir edeceğine, beni çağırıp bana hırlıyorsun."

"Beni anlamak imkânsız değil, sadece senin beni anlaman imkânsız. Hatta senin herhangi birini anlaman imkânsız desem daha doğru. Çünkü hiç duygun yok. Hayatında kimseyi sevmedin, kimse için bir damla gözyaşı dökmedin. Dünyada gördüğüm en kendine dönük insansın. Şu anda kalbimin neden kırıldığını anlamanı beklemiyorum. Senin kalbin hiç kırılmadı ki."

Devrim cevap vermedi. Gerçekten de kadınlar arasında kötü bir ünü vardı. Şimdiye kadar kimbilir kaç kadın ona duygusuzun teki olduğunu haykırmıştı. Hayvan olduğunda karar kılanlar bile olmuştu. Ağlamışlar, bağırmışlar, yalvarmışlar; en güçlü kelimelerini biriktirip biriktirip üzerine fırlatmışlardı. Değmeyen kurşunların güçsüz vızıltıları... Sesleri var, cisimleri yok mermiler... Aslı, şu anda onun sıkıntıdan patladığını biliyordu. Kendisinden başka kimseyi böyle uzun uzadıya dinlemeyeceğini de...

"Gideyim istersen," dedi Devrim.

"Hayır, sıvışamazsın. Benimle kalacaksın."

"Peki, kalırım..." Kaderine boyun eğmiş görünüyordu.

"Ve bütün bunları atlatana kadar beni hiç yalnız bırakmayacaksın."

Devrim şaşkınlıkla Aslı'nın solgun yüzüne baktı ve "Bırakmam..." diye mırıldandı.

"Söz ver!"

"Söz!"

* * *

Güneş doğalı çok olmuştu. Yıllardan beri ilk kez bu sabah, onu doğarken görmüştü. Bu kadar huzursuz olmasa, sarı yuvarlağın yükselişini ilginç hatta hayranlık verici bulabilirdi. Günün tanımadığı bir saatiyle karşılaşmak ya da doğa olaylarının bu çağda hâlâ sürdüğünü fark etmek ona ilginç gelebilirdi. "Vay canına, güneş hâlâ doğuyor, batıyor," diyebilirdi. Hatta biraz daha ileri gider güneş sistemini, yörüngeyi, ekinoksu düşünürdü. Mevsimlerin, gündüz ve gecenin nasıl oluştuğunu hatırlamaya çalışırdı. O cep telefonundan internete bağlanırken, dünyanın hâlâ güneş etrafında turluyor olmasını hoş bulabilirdi. Birazcık gücü olsa, sadece birazcık, bu eğlenceyi asla ıskalamazdı.

Saat konusunda bir tahmini yoktu. Güneşin ne kadar zamanda oradan oraya gidebildiği ya da yaklaşık olarak hangi saatte nerede durduğu hakkında hiçbir fikri yoktu. Birçok şehir insanı gibi onun gökyüzünde olduğunu biliyordu, o kadar. Dakikaların matematiksel anlamlarının dışında aktığı bir sabahtı bu. Daha hızlı ya da daha yavaş... Tıpkı "hissedilen hava sıcaklığı" gibi gerçekten kopuktu.

Devrim saat dörde doğru gitmiş, Aslı gecenin kalanını gölge oyunları içinde geçirmişti; uyku ile uyanıklık arasında bir yerlerde, uykuya daha yakın, bilincin boşluğunda gezinip durmuştu. Beynin duvarları olduğunu anlamıştı ilk defa, düşünceler o duvarlara çarpıp çarpıp yere düşüyor ve bir yol bulup dışarı akamıyordu. Hayatında bir tek gün bile aklının kendisine yetmediğini hissettiği olmamıştı. Başına gelenleri büyüten biri değildi, olayları soğukkanlılıkla karşılamayı bilirdi. Hatta Devrim, onun kriz anlarındaki akılcılığıyla dalga geçmek için, bir dünyalar savaşı çıksa, o savaşı Aslı'nın yönetmesi gerektiğini söylerdi. Daima çevresindeki insanların en güvenilir akıl hocası olmuştu. Hepsi bir sorunları olduğunda soluğu Aslı'nın yanında alırdı.

Bir an kendini galaksinin en yalnız insanı gibi hissetti, aklı hizmet dışı kaldığında güvenebileceği kimse yoktu. Beynindeki duvarlarda bir pencere açabilecek, içeriye biraz ışık girmesini sağlayacak kimsesi yoktu. Ortak akıl Aslı'nınkiydi. Babası çekip gittiğinde annesini ayağa kaldıran Aslı olmuştu. Burcu'nun amcası şirketi batırıp aileyi dımdızlak ortada bıraktığında, Sevil her bunalıma girdiğinde, hatta Devrim işini kurarken, Aslı beynini onlara ödünç vermişti. Oysa şimdi tuvalete gitmek için bedenine "kalk" komutu vermekten aciz bir halde, yatakta büzülmüş yatıyordu. Elleri ayakları buz gibi, canı içine kaçmış...

Saat dokuza geliyordu. Gözlerini başucundaki mavi dijital saate dikip, dakikaların akışını izlemeye başladı. Bir dakika, sonra bir dakika daha, bir dakika daha...

"Hayatım akıp gidiyor işte... Dakikalar damlaya damlaya ölümden bir göl oluyor."

İlk kez bugün, eninde sonunda öleceğini bilmek onu rahatlatıyordu. Yine de ölene kadar yaşamak gerekiyordu.

Çalan telefon onu saçma sapan düşüncelerden uzaklaştırdı.

"Günaydın," dedi Burcu.

"Günaydın."

"Uyuyor muydun?

"Yok..."

"Nermin Teyze'ye kahvaltıya gidiyoruz. Devrim, Sevil, sen, ben..."

"Hayırdır, kimse çalışmıyor mu bugün?"

"Kendimizi sana adadık," dedi Burcu gülerek, "Devrim'in fazla işi yokmuş, Sevil de izin alacakmış."

Burcu zaten çalışmıyordu. Daha üniversiteyi bitirmeden evlenmiş, alelacele iki çocuk yapmış ve kendini yavrularına adamıştı.

"İyi, kaçta gidiyoruz?"

"Onda orada olacağız. Devrim seni alsın mı?"

"Daha neler... Allaha şükür sakat değilim, sadece boynuzlarım var."

"Öyle konuşma!"

* * *

Ali gözlerini dikmiş tavanı seyrediyordu. İçinde, midesini bulandıran, kesif bir huzursuzluk vardı. Rahat uyuyamamıştı. Rüyadan ziyade kâbus denebilecek görüntüler gece boyunca beynine üşüşüp durmuştu. Birkaç defa kalkıp odanın içinde gezinmiş, kafasından tüm o saçmalıkları uzaklaştırmaya çalışmış ama başaramamıştı. Başını çevirip yanında uyuyan Ayten'e baktı ve içini bir hoşnutsuzluk kapladı; kadının çarşafın üzerinde duran kaba elini görmemek için başını pencereden tarafa çevirdi. Ondan bir an önce kurtulmalıydı.

Aslına bakılırsa, bunu daha önce defalarca denemişti. Beraber olmaya başladıkları ilk günden beri aklının bir köşesinde bu fikir sürekli asılı duruyordu. Her sevişmeden sonra bitirmeye karar veriyor ama bu kararlılığını ancak bir sonraki sevişmeye kadar sürdürebiliyordu. Her önüne gelenle yatmaya meraklı bir adam değildi, çok daha genç olduğu yıllarda bile yapmamıştı bunu. Aslı'yı seviyordu, işini seviyordu, hayatını seviyordu. Ayten hafifçe kıpırdandı ama uyanmadı.

Yaklaşık bir buçuk senedir Ali'nin ofisinde çalışıyordu ve bir senedir ilişkileri vardı. Akıllı bir kızdı, okuldan yeni mezun olmuştu, yetenekliydi ve kesinlikle iyi bir mimar olacaktı. Ali'nin şimdiye kadar gördüğü en hırslı insandı. Aralarındaki her neyse, birlikte geçirilen uzun mesai saatlerinin ve gittikçe sıklaşan iş seyahatlerinin sonucuydu. Ayten şirkette hızla sivrilmiş ve her geçen gün Ali'yle daha yakın çalışır hale gelmişti.

Fuar zamanı Milano'da başlamıştı her şey. İyi geçen bir toplantı, iki kişilik bir kutlama, ölçüsü kaçan içki ve İstanbul'dan uzak olmanın verdiği özgürlük hissi... Ertesi sabah bunun bir daha tekrarlanmayacağını söylemişti Ayten'e, o da başını sallamıştı. Tabii ki tekrarlanmayacaktı, evli bir erkekle beraber olacak kadar umutsuz biri değildi.

Tam bir buçuk ay ikisi de sözlerini tutmuştu. Gerçi bu süre zarfında Ayten eskisinden çok daha bakımlı ve frapan bir kadın haline gelmiş ve beş altı kilo vermişti ama Ali bütün bunların kendisi için olduğunu anlamamıştı. Sonra bir gün ne olduysa olmuş, iş çıkışında kendisini Ayten'in evinde, birkaç dakikaya kalmadan da yatağında buluvermişti. İlerleyen aylar iniş çıkışlarla doluydu, her sevişmenin ertesi günü bir veda yaşanıyor fakat bu ayrılık on beş günden fazla sürmüyordu. Bir müddet sonra, kendine ilk günlerdeki kadar kızmaz oldu, vicdan azabı da azalmıştı. Artık kurtulmak için daha az çırpınıyordu. Yine de ara ara pişmanlık krizlerine girdiği oluyordu, özellikle de birkaç gün süren iş gezilerinin sonunda.

Ayten'le uyumak onu rahatsız ediyordu. Olmaması gereken bir yerde olmanın getirdiği rahatsız edici yabancılık duygusu her yanını kaplıyordu. Bir an önce eşyalarını toplayıp bu şehirden gitmek için büyük bir istek duydu. Bu kadından uzaklaşmak ve bunu asla bir daha tekrarlamamak... İşte sorun da tam burada başlıyordu. Yapamıyordu. Neden yapamadığını bilmiyordu ama yapamıyordu. Yapamadığı yetmezmiş gibi işler sürekli daha kötüye gidiyor ve iyiden iyiye sarpasarıyordu. Ayten bir süredir Ali üzerinde basbayağı hak iddia eder olmuştu ve bu tümüyle Ali'nin suçuydu. Bir yola girmişti, çıkamıyordu. Ayten'e duymak istediği şeyleri söylemişti, doğru olmayan şeyleri... Bazen yalan olduklarını adı kadar iyi bilerek, bazen de gerçekten öyle hissederek. Öyle hissettiği anlarda bile söylediğinin o ana ait olduğunu, genel anlamda doğru kabul edilemeyeceğini biliyordu. "Sana âşığım," demişti mesela, doğrusu "şu anda kendimi sana âşık gibi hissediyorum" olmalıydı. Duygular kimi zaman oyun oynuyor, insanlara olmayacak şeyler söyletiyordu. İşin kötüsü Ayten Ali'nin söylediği her şeye inanmıştı ve inatla hiçbirini unutmuyordu. Sevişirken sarf ettiği sözlerle bile dönüp dolaşıp vuruyordu Ali'yi. Tam da Tanpınar'ın söylediği gibi: "Ah kelimeler... Ve onlara inanmanın saadeti."

"Günaydın!" Ayten uyku mahmurundan çok uyku mağduru şişmiş gözleriyle Ali'ye bakıyordu.

"Günaydın!"

"Sorun ne?" Ayten dikkatli bakışlarını Ali'den ayırmıyordu.

"Yok bir sorun. İyiyim..."

"İyi değilsin..."

"Bir şey yok."

"Var. Yine depresyona girdin."

"Saçmalama."

"Birazdan bana ayrılmamız gerektiğini, böyle biri olmak istemediğini falan söyleyeceksin."

"Allah Allaaaaaaah! Nereden çıkarıyorsun böyle şeyleri?"

"Çünkü hep böyle yapıyorsun!"

"Nasıl yapıyorum?"

"Ne zaman suratında bu dertli ifade olsa benden ayrılmak istiyorsun!"

"Senden ayrılmak falan istemiyorum."

İşte yine aynı şeyi yapmıştı.

"Hiçbir zaman mı?"

Bir an tereddüt etti sonra, "Hiçbir zaman!" dedi. Kadın gülümseyerek ona sarılırken, Ali, 'Allah benim belamı versin!' diye geçirdi içinden.

* * *

Salon savaş alanı gibiydi. Dolup taşmış küllükler, boşalmış şişeler, yarım kalmış kadehler... Münevver Hanım için hazırladığı sofra bile ortada duruyordu. Aksi gibi temizlikçi de gelmeyecekti bugün. Ali yokken kadına hep izin verirdi. Ortalığı toplamak için duyduğu isteği bastırdı ve pencereyi açmakla yetindi. Evden bir an önce çıkmak istiyordu. Üzerine bir blucin ve tişört geçirip, uzun siyah saçlarını at kuyruğu yapması sadece iki dakika sürdü. Koşar gibi merdivenlerden inerken Münevver Hanım'ın kapısını onaran marangozun başında bekleyen Ziya Efendi'yle burun buruna geldi. Sohbet ihtimalini ortadan kaldıran soğuk bir sesle, "Günaydın," dedi ve adamın cevabını beklemeden yoluna hızla devam etti.

Dışarı çıktığında, sabahın aldatıcı serinliği, günün ilerleyen saatlerinde otuz iki dereceyi bulacak sıcaklığı sinsice yalanlıyordu. Sokak, her zamankinden farklı geldi gözüne. Hızla etrafını tarayarak bu yabancılık duygusuna yol açacak bir farklılık aradı, bulamadı. Omuz omuza vermeseler yıkılacakmış gibi duran eski püskü apartmanlar aynıydı, sokak lambaları yerli yerinde duruyordu, etraf diğer günlerden daha kalabalık ya da daha tenha değildi. Burayı ne kadar sevdiğini düşündü, daha düne kadar hayatının sonuna kadar bu evde yaşayacağını sanıyordu. Bugün ise yaşantısının her katmanı belirsizlik bulutlarının işgali altındaydı. Ali gidince, bu evde oturmaya devam edip edemeyeceğini bilmiyordu, iş bulması aciliyet kazanmıştı ve en kötüsü kendini, hayatını yıkıp yeniden kurmak için gerekli kuvvete sahip hissetmiyordu. Dışarı çıkıp, şu sokakta yürümek bile zor gelirken, bütün bunların altından nasıl kalkacaktı?

'Belki de, bu ev uğursuz geldi bize,' diye düşündü ya da kimbilir, belki de nazar falan değmişti. Normalde asla inanmadığı tüm batıl düşünceler birden olabilir görünmeye başlamıştı gözüne. Arabasına binerken, büyük halanın kurşun dökme tekliflerine gülüp geçtiği için pişmanlık duydu. Sonra düşündüklerinden utandı.

* * *

Bahçe kapısını kapatıp evin ön tarafına doğru yürürken, duvar dibine dörder metrelik aralıklarla dikilmiş akasya ağaçlarının hışırtısına kulak kabarttı; koca şehirde bir bu bahçede rüzgâr esiyordu galiba. Arabanın radyosundan diline dolanan kötü şarkıyı mırıldanarak yolunu kesen çim biçme makinesinin üzerinden atladı. Bu berbat melodiden akşama kadar kurtulamayacağını biliyordu. Nedense hep aynı şey olur, sevdiği değil de nefret ettiği şarkılar takılırdı diline; tıpkı kovmak istediği düşüncelerin beynine doluşması gibi...

Rengârenk ortancalarla süslü havuz başında, oymalı beyaz demir sandalyeye oturmuş çay içen kadını gördüğünde içine tatlı bir sıcaklık yayıldı. Nermin Hanım siyah şilebezi elbisesi, değişmeyen kısa saçları ve her zamanki sükûnetiyle havuzu seyrediyordu. Devrim'in annesi olmanın dışında özel bir yeri vardı Aslı için. 'Bu kadın dünyanın denge merkezi,' diye geçirdi içinden, 'En azından benim dünyamın.'

"Nermin Teyze, ben geldim," diye seslendi, yeni yıkanmış taşların üzerinde kaymadan yürümeye çalışırken.

"Aman dikkat et, çok kayıyor taşlar."

"Bana mı söylüyorsun?" dedi Aslı gülerek. Çocukluğundan beri defalarca kıç üstü oturmuştu bu bahçede. "Nerede bizimki?"

Nermin Hanım yumuşak yanaklarını Aslı'nınkilere değdirdi. "Gelmedi daha, kızlar da gelmedi..."

"Ben erkenciyim demek ki... On dediler ama..."

"Bizim oğlanı bilirsin, saat mevhumu yoktur. Eh Burcu da iki çocuktan sıyrılıp çıkamamıştır evden..."

Tam demir sandalyeyi çekip oturacakken arkasından gelen sesle yerinden sıçradı.

"Hele de kim gelmiş..."

Evin emektarı Fikriye, eksik iki dişiyle alabildiğine gülümsüyordu. Nermin Hanım'ın eskilerinden olduğu belli etek ve bluzu üzerinde öyle eğreti duruyordu ki, onunla ilk kez karşılaşan biri kahkahasını tutamayabilirdi. Elli beş yaşındaki, kuru bir daldan daha kuru bu kadın, Aslı'nın hayatında gördüğü en acayip insandı. On yaşında bir oğlanınkine benzeyen cılız bacaklarının her yanı, çocukluğundan kalma yara izleriyle doluydu.

"Ay aklımı aldın be Fikriye!"

"Aman sende akıl vardı da, ben aldım."

Fikriye, elindeki koca tepsiyi masaya bıraktı ve üzerindeki kahvaltılıkları masaya dizmeye başladı.

"Nasılsın Nermin Teyze'ciğim?"

"İyiyim işte, gördüğün gibi ama Cenk'e çok üzüldüm."

"Ya sorma, hepimiz çok üzüldük. Arabayı park ederken evlerine bakamadım."

Kısa bir sessizlik oldu.

"Yine değişmiş mahalle. İlerdeki viraneyi de yıkmışlar en sonunda," dedi Aslı. Annesiyle babası boşanırken ev satılmıştı. O zamandan beri çok ender geliyordu mahalleye ve her gelişinde bir şeyler değişmiş oluyordu.

"Tabii sen çok oldu bu taraflara gelmeyeli. Akasya yemeğe bile gelmedin baharda," dedi Nermin Hanım her zamanki sevecen gülüşüyle. Aslı da güldü. Her kış, kadıncağız, bahar gelse de akasyalarım açsa diye bekler, akasyalar bütün güzellikleriyle açar ve daha Nermin Hanım onların seyrine doyamadan, başta Aslı olmak üzere bir grup çocuk gelip bütün çiçekleri yerdi. Bu arsız veletlerle başa çıkamayacağını anlayan Nermin Hanım sonunda mücadeleden vazgeçmiş, onlar da bu alışkanlıklarını kazık kadar olana kadar sürdürmüşlerdi. Yıllar sonra önce Devrim, sonra Aslı mahalleden ayrılıp kendi evlerinde yaşamaya başladığında ve o sene kimse akasya yemeye gelmediğinde çok üzülmüştü Nermin Hanım. Başını çevirip bir kez bile bakamamıştı tablo güzelliğinde sarkan çiçeklere.

"Sabahın köründe Devrim aradı, 'Anne hadi bize kahvaltı hazırla,' diye. 'Tabii hazırlarım oğlum,' dedim ama merak da ettim bir taraftan. Bilirsin iş günü böyle şeyler yapmaz o..."

Aslı bakışlarını kaçırdı, Nermin Hanım da üstelemedi.

"Annen nasıl?"

"Aman Nermin Teyze, bilmiyor musun annemi, hayatı sızlanmakla geçiyor. Hâlâ atlatamadı olanları."

"Öyle deme Aslı, kolay şeyler geçirmedi ki kadın."

"Herkes bir şeyler geçiriyor ama annem atlatamıyor, orada kalıyor. Hâlâ babamla yatıp babamla kalkıyor. Ne yapmış, kime ne demiş, yok Banu'yla kavga etmiş, yok barışmış... Bırak, diyorum, sana ne, dinlemiyor. Varsa yoksa babam, biz bile umurunda değiliz."

"Olur mu canım öyle şey!"

"Vallahi öyle. Annesi insanı bir kere de nasılsın diye sormak için arar değil mi? Bizimkinde yok öyle bir şey. Açıyor telefonu, başlıyor babamdan yakınmaya, anlatıyor, anlatıyor, kapatıyor."

“Onu da öyle kabul edeceksin.”

“Ettim zaten.”

Nermin Hanım, kalkıp kahvaltılıkları düzeltti, bazılarının yerlerini değiştirirken gözucuyla Aslı'ya baktı.

“Aslı, ben iyi görmedim seni bugün. Kötü bir şey mi var? Yani Cenk'e olanlardan başka?”

Aslı ne diyeceğini bilemedi.

“Ben, aslında...”

Neşeli bir ses, Aslı'nın daha fazla konuşmasına engel oldu.

“Ben geldiiiiiim.”

Sevil, sarsak adımlarla onlarla doğru yürürken, uzun saplı çantası yol boyunca sıralanmış ortancalara çarpıyor ve renkli çiçeklerinin dökülüp etrafa saçılmasına neden oluyordu. Sevil'de ilk göze çarpan şey, çok uzun boylu insanlarda görülen, eline koluna sahip olamama halinden doğan zarafet eksikliğiydi. Daha ince yapılı birinde güzel görünebilecek yüz seksen santimlik boy, Sevil'i, daima darmadağınık görünen kıvırcık saçlarının da yardımıyla, oldukça iri bir kadın yapıyordu. Şişman değildi ama büyüktü. Elleri, ayakları, kafası, her şeyi kocamandı.

Nermin Hanım, misafirini karşılamak için ayağa kalktı.

“Hoş geldin Sevil'ciğim, hoş geldin güzel kızım.”

“Hoş bulduk Nermin Teyze. Kusura bakma geç kaldık ama vallahi benim suçum değil, Burcu'yu bekledim iki saat.”

Araba kullanamazdı Sevil, hiç denememişti ve bu herkesin sağlığı için en iyisiydi.

“Peki o nerede?”

“Kocasıyla telefonda konuşuyor, gelir şimdi.”

Aslı Sevil'in gerginliğini hissedebiliyordu. Bu kız asla kendini gizleyemezdi. Yolda Burcu'dan olanları öğrendiğini tahmin ediyordu. Bunun mahsuru yoktu, Sevil'den bir şey saklayacak değildi.

“Ne haber Sevo?”

Sevil güçlükle Aslı'ya baktı.

"İyiyim, sağ ol," derken sesi zayıftı. "Sen nasılsın?" diye sorarken, dudakları titremeye başlamıştı bile.

"Sakın ağlama!"

Aslı'nın uyarısı etkili olmadı ve Sevil'in gözyaşları, sicim gibi, yanaklarından akmaya başladı.

* * *

"Aliiiiiii!"

Ali yatağın kenarına oturmuş ayakkabılarını bağlıyordu. Başını kaldırıp Ayten'e baktı.

"Efendim."

"Şu valizi kapatır mısın?"

"Tamam, sen bırak..."

Kalkıp valizi kapattı.

"İçimde bir sıkıntı var, bu sabah," dedi Ayten, Ali'nin kalktığı yere otururken.

"Hayırdır?"

"Ağlamak istiyorum..."

Aynı his Ali'de de vardı ama bunu söylemedi. Söylese Ayten'in konuyu hangi zırvalara bağlayacağını biliyordu. Ruh ikizi mevzuu açılacaktı, "Bak gördün mü, sürekli aynı şeyleri hissediyoruz," diyecekti. Oysa Ali'nin sıkıntısının sebebi gerginlikti. Sabahtan beri Aslı'yı aramak için fırsat kolluyor ama bir türlü bulamıyordu. Bu kız ona göz açtırmıyordu ki. Yirmi beş yaşında bir yeniyetmenin elinde oyuncak olduğu için kendine kızdı. Kırk yaşında adam olmuştu ve şu hali utanç vericiydi.

"Olur insana bazen öyle," dedi sıkkın bir sesle.

Ayten cevap vermedi. Seyahat dönüşleri hep huysuzlanırdı. Ali'nin evine, Aslı'nın yanına dönecek olması sinirlerini bozuyordu.

"Hadi uçağa kadar, gidip bir yerde güzel bir kahvaltı yapalım," dedi Ali. Ayten'den ziyade kendisinin açılmaya ihtiyacı vardı. Bu otel odasından çıkmak istiyordu. En azından, gittikleri yerin tuvaletinden arayabilirdi karısını.

Ayten gelip boynuna sarıldı.

"Sen çok tatlı bir adamsın."

"Sen de çok huysuz bir kadınsın."

"Kendini benim yerime koy," diye itiraz etti Ayten. "Ben kocamın yanına dönüyor olsam sen ne hissederdin?"

Ali bu fikir tadını kaçırmış gibi suratını asarak, "Düşünmek bile istemem..." dedi.

Düşünmüştü elbette. Ayten'in birini bulması ve evlenmesi durumunda bütün sorunlar kendiliğinden çözülmüş olurdu. İçin için dilediği bir şeydi bu ama pek ihtimal vermiyordu. Kadının aklı fikri Ali'deydi ve hedefine kilitlenmiş bir roket gibi başka yönlere sapmadan ilerliyordu.

Hiç konuşmadan odadan çıktılar. 'Döner dönmez, ayrılmanın bir yolunu bulmak lazım,' diye düşündü Ali. Bu iş iyice kontrolden çıkmaya başlamıştı. İlk baştaki heyecanın yerini, dinmeyen bir gerginlik almıştı. Karısından daha çok Ayten'e yalan söylemesi gerekiyordu. Aslı'yla yaptığı her şey için Ayten'e hesap vermek zorunda kalıyordu. Koridorda iki adım önünden yürüyen genç kadının kalınca bacaklarına baktı. Aslı'nınkiler kesinlikle daha güzeldi.

* * *

Sevil'in ağlaması dinmek bilmiyordu.

"Kes artık zırlamayı!" diye bağırdı Burcu, "daha beter moralini bozuyorsun kızın."

"Biliyorum... Çok özür dilerim ama elimde değil ki, tutamıyorum kendimi."

Nermin Hanım'ın yüzünün rengi uçup gitmişti. Dudaklarını sımsıkı kapamış, söyleyecek doğru şeyi bulana kadar ağzını açmamaya yeminli gibi duruyordu.

Aslı çayından bir yudum aldı.

"Bırak ağlasın... Ağlamasa şaşardım zaten."

Sevil'in sulugözlülüğü meşhurdu. Bir müddet hiç konuşmadan önlerine baktılar. Usul usul esen rüzgâr, bahçedeki ağaçları hoş bir melodiyle hışırdatıyor ve biraz önce yerlere dökülen rengârenk ortanca yapraklarını havalandırıyordu. Böyle kasvet yüklü olmasa, tam tadı çıkarılacak bir havaydı ama bahçedeki hiç kimse bunun farkına bile varmadı. Devrim'in ayak sesleri duyulduğunda Sevil hâlâ hafifçe burnunu çekiyordu.

"Ne oluyor burada yahu? Çıtınız çıkmıyor, içerdesiniz sandım."

Devrim annesini öperken, gözü Sevil'e takıldı. "Ha tamam... Sevil havaya girmiş."

Nermin Hanım pek sert olmayan bir sesle oğluna çıkıştı.

"Nerede kaldın oğlum? Sabahın köründe arayıp sana geliyoruz, diye ortalığı velveleye veriyorsun, sonra da sallanıyorsun. On bir oldu saat. Sözde kahvaltı yapacağız."

"Seninle konuştuktan sonra tekrar uyuyakalmışım, kusura bakma."

"Bu defa onun suçu yok, benim yüzümden çok geç yattı akşam," diye lafa karıştı Aslı.

Nermin Hanım Fikriye'ye seslendi, "Fikriye, hadi kızart sen ekmekleri artık."

"Anlattınız mı anneme olanları?" diye sordu Devrim, kendisini bekleyen boş sandalyeye yerleşirken.

"Anlattılar, anlattılar..."

"Eeeee, ne diyorsun?"

"Ne diyeyim oğlum?"

"Sen akıllı kadınsındır, vardır diyecek bir şeylerin."

"Akılla ne ilgisi var bunun? Bana düşmez ki konuşmak. Aslı nasıl uygun görürse öyle yapar. Bunlar, öyle yap, böyle yap denecek konular değil. Siz de demeyin sakın!"

"Allah o hayvanın belasını versin!"

"Burcu!"

"Versin ama Nermin Teyze!"

Nermin Hanım kaşlarını kaldırınca Burcu sustu ve sinirli hareketlerle kısa sarı saçlarını karıştırdı. Bir taraftan da koparacak gibi dudaklarını ısırıp duruyordu.

Fikriye'nin nihayet getirdiği kızarmış ekmeklerin kokusu ortalığa yayıldığında, hepsi acıkmış olduğunu hatırladı. On-on beş dakika boyunca, kimsenin sesi çıkmadı. Aslı bile iştahının geri gelmesine şaşırmıştı. Çaylar, kahveler gelip gitti, sucuklu yumurta dolu sahanlar boşaldı; kuşlar öttü, hafif rüzgârlar esti, o rüzgârlar havanın ağırlığını dağıttı; hayat kederli halinden sıyrılıp bir süreliğine neşeli kılığına büründü.

Aslı, kıtlıktan çıkmış gibi yiyen Devrim'e baktı. Dün akşam ve bu sabah kendini aşan bir gayret göstermişti. Aslı ilk kez onun birisi için bir şeyler yapma zahmetine girdiğine şahit oluyordu. Ne etrafındakilerle, ne de onların hissettikleriyle fazla ilgilenirdi Devrim. Dertli, sorunlu insanlardan uzak durmayı tercih ederdi. 'Böyle birinin benim en yakın arkadaşım olması ne kadar tuhaf,' diye geçirdi aklından Aslı. 'Belki ben de tuhaf biriyimdir...' Yok, yok tuhaf değildi, Nermin Teyze bile söylemişti, akıllı biriydi o. Mantıklı, ne yapacağını bilen, hatta diğerlerine ne yapmaları gerektiğini söyleyen, fikri sorulan, danışılan, sağduyu sahibi... Üstelik sıkıcı da değildi. İnsanlar eğlenceli bulurdu Aslı'yı, onunla vakit geçirmek zor değildi. Peki eksik olan neydi? Dünden beri her konuyu buraya bağlar olmuştu. Mantığı ısrarla olanların eksiklikle ilgisi olmadığını tekrarlasa da, bu hissin önüne geçemiyordu.

"Aslı, peynir tabağını uzatsana!"

Tabağı Sevil'e uzatırken, arkadaşının göz kenarlarının ne kadar kırışmış olduğunu fark etti. Daha önce hiç dikkat etmemişti buna. Endişeyle Burcu'ya baktı, onun göz kenarları daha iyi görünüyordu ama ifadesi eski çocuksuluğunu yitirmişti. Yorgun ve yaşlanmış görünüyordu. Devrim de bayağı kilo almıştı son birkaç senedir ve saçları hatırı sayılır miktarda azalmıştı. Hepsi yaşlanmışlardı, bu durumda Aslı'nın aynı kalması imkânsızdı.

"Sizce ben yaşlandım mı?"

Hepsi dehşetle ona baktı.

"Siz biraz yaşlanmış görünüyorsunuz da..."

"Yok, iyisin sen!" dedi Devrim.

"Allah Allah, o iyi ama biz yaşlandık, öyle mi?" Burcu sinirli bir şekilde kahve fincanını masaya bıraktı.

"Evet, Aslı senden genç görünüyor, Sevil'den de... Değil mi, anne?"

Nermin Hanım ayıplayan bir ifadeyle Devrim'e baktı.

"Yok deve!" dedi Burcu, "hem ben iki de çocuk doğurdum."

"Allah bağışlasın..."

Devrim'in sesindeki alaycı ifade Aslı'yı güldürdü.

"Senin çocuklarının konumuzla ilgisi yok. Yaşlı görünüp görünmediğimi merak ediyorum. Doğruyu söyleyin!"

"Görünmüyorsun," dedi Burcu aksi bir sesle, "vücudun taş gibi."

"Peki yüzüm?"

"Eh tabii on sekiz yaşında olmadığın belli..."

"Kız kaç yaşında ki?" Sevil soruyu, pimi çekilmiş bir elbombası misali bırakmıştı masaya.

"O yüzden sormuyorum!" dedi Aslı sert bir şekilde.

"Pardon!"

"Yirmi altı, yirmi yedi falan."

"Senden yedi-sekiz yaş küçük yani... Fazla değilmiş." Sevil kırdığı potu telafi etmek için çabalıyordu.

"Onun için sormadım diyorum sana!"

"Yirmi beşmiş," dedi Devrim.

Aslı omuz silkti, "Kaçsa kaç!"

Nermin Hanım çayları tazelemek için ayağa kalktı. Besbelli bu konuşulanlar onu rahatsız etmişti.

"Siz daha çok gençsiniz, o yüzden bu anlamsız konuşmaları bırakın. Hem yaşlanmak o kadar kötü bir şey değil."

Bu son cümle masadakilerin hiçbirine inandırıcı gelmemişti; yine de seslerini çıkarmadılar; yaşlanmış birine yaşlanmanın çok kötü olduğunu söylemek kibar bir davranış olmazdı.

"Size şu anda korkunç göründüğünü biliyorum ama ilerde bu sözümü hatırlar, Nermin Teyze demişti, dersiniz." Konuyu kapatmanın daha doğru olacağını düşünmüş olmalı ki, yumuşacık bir sesle, "Zeyno nasıl Aslı'cığım? Yıllar var ki görmedim onu," diye sordu.

"İyi... Bildiğin gibi."

Zeyno Aslı'nın kız kardeşiydi. Yaklaşık 6 yıldır Brüksel'de yaşıyordu ve üniversitede sosyoloji bölümünde ders veriyordu.

İki kardeş birbirlerine zerre kadar benzemezdi. Aslı'nın simsiyah saçlarıyla hoş bir tezat teşkil eden açık kahverengi gözleri, kardeşinde açık kahverengi saçlar ve siyaha yakın koyulukta gözler olarak tezahür etmişti. Tıpkı Aslı'nın yüz yetmiş üç santimlik boy ve elli kiloluk ağırlığının Zeyno'da yüz elli beş santimlik boy ve neredeyse yetmiş kilo ağırlıkla çaprazlanması gibi. Buna rağmen, Zeyno hayatında bir gün bile rejim yapmadığı gibi kilosundan yakındığını da duyan olmamıştı. Çenesinin hemen altında küt bir kesimle biten saçlarının rengi de modeli de liseden beri hiç değişmemişti. Geniş bir alnı, aydınlık bir yüzü vardı, hatları kalemle çizilmiş gibi kusursuzdu. Daima belli bir kayıtsızlıkla bakan gözleri olmasa, insanın içini açacak kadar duru bir yüzdü bu. Yine de toplu yanaklarından mıdır bilinmez, ona güzel demeye diliniz varmazdı.

"Her biri birbirinden tuhaf ailemizin en tuhaf ferdi," derdi Aslı, Zeyno için. İkisi de çocukken, evde yaşanan hiçbir şey ona değmiyor gibiydi. Etrafında görünmez, çok güçlü bir kalkan vardı ve hiç kimse o kalkanı aşamazdı. Her şeye rağmen Aslı çok severdi kardeşini; hayatında, olduğu gibi kabul etmeyi öğrendiği ilk kişi oydu. Sakinliğini, yalnızlık ihtiyacını, insanlarla arasına koyduğu mesafeyi anlayışla karşılardı. Anne ve babasının Zeyno'nun "açılması" için yaptıkları baskıları mümkün olduğunca savuşturan, savuşturamadığında da, hiç değilse yumuşatan Aslı olurdu. Çiçekli bir elbise giydirilip bayram oturmasına götürülebilecek bir çocuk değildi Zeyno. Aslı da sevmezdi böyle şeyleri ama Zeyno'yu kurtarabilmek için sesini çıkarmazdı. Anne ve babasını memnun edecek elbiseyi giyip, nefret ettiği rugan pabuçları ayağına geçirirken itiraz etmezdi. Babası büyük kızının güzelliğiyle öyle gururlanırdı ki, küçüğünün giyimini dert etmeyi bırakırdı. Babası tatmin olunca, annesi de Zeyno'nun yakasını bırakır ama yol boyunca yine de onun kılığından şikâyet edip dururdu.

Aslı'nın öyle çok arkadaşı vardı ki, Zeyno'nun bir başınalığı kimsenin dikkatini çekmezdi. Babası evlerini dolduran gençlerden memnundu ve onların kimin için geldiği umurunda değildi, eh onun umurunda olmayan şeyin Beyza Hanım'ın umurunda olmasını beklemek de gereksizdi.

Zeyno Brüksel'e yerleştikten sonra, ailesiyle bağlarını koparmamış olsa da, görüşmeleri, bozulmasından hiç hoşlanmadığı katı bir rutine bağlamıştı. Düzenli olarak, her salı akşamı annesini, on beş günde bir de, yine salı akşamları babasını ve Aslı'yı arardı. Yazları, temmuz ayında Türkiye'ye gelir, bir haftadan bir gün bile fazla kalmadan dönerdi. Onu tanıyan birinin asla şaşırmayacağı, değişmez bir sistemdi bu. Sözlü olarak hiçbir uyarıda bulunmamış olsa da, çok sık aranmaktan ve ziyaret edilmekten hoşlanmadığı biliniyordu. Annesi bunu anlamak istememiş, uzun yıllar buna direnmiş ve sonunda Aslı'nın da müdahalesiyle pes etmişti.

"Zeyno'yu arayıp sızlanma anne," demişti Aslı, "zavallı kız zaten uzakta, bir de bize üzülmesin. Ben buradayım işte, bana söyle ne söyleyeceksen."

Sonuçta Aslı'yı günde üç kere arayan annesi, beş kere aramaya başlamış ve sorun çözülmüştü!

* * *

Altı yılda, kardeşinin yanına sadece üç kez gitmişti. Bu ziyaretler kardeşleri yakınlaştıracağına, aralarındaki mesafeyi daha da derinleştiriyor, bu da Aslı'nın canını daha çok acıtıyordu. Bir türlü kalkanı aşıp ona erişemiyor, hayatı ve duyguları hakkında hiçbir şey bilmiyordu. Burcu'yu, Devrim'i ya da Sevil'i tanıdığının onda biri kadar bile tanımıyordu kendi öz kardeşini. Hiçbir sevgilisiyle karşılaşmamıştı bugüne kadar, hiç sevgilisi olmuş muydu, ondan da emin değildi. Bu kız neye gerçekten sevinir, nelere çok üzülürdü? Bir hayali var mıydı ya da hiç hayal kurmuş muydu?

Her ne kadar, yakınlaşamamalarının kendi suçu değil, Zeyno'nun seçimi olduğunu bilse de, kalbinin derinliklerinde bir yer mütemadiyen sızlar dururdu. Zeyno'yu yeterince koruyamadığına dair bir his, huzur bulmasını engellerdi. "Neden koruyacaktım? Nasıl koruyacaktım? Ben de küçüktüm o zaman... Bazılarını korumak gerektiğini bilmeyecek kadar küçüktüm," teselli sözleriydi Aslı'nın. Büyüdükleri evin Zeyno'ya iyi gelmediğini çok geç fark etmişti. Aslı, gösteriş meraklısı babası ve mızmız annesinin bitmek bilmez kavgaları arasında savrulurken, Zeyno kabuğuna çekilmişti. İlk başlarda onun bu hali Aslı'yı kızdırıyordu. Kardeşinin olan bitene aldırış etmediğini sanıyordu, yıllar geçtikçe, durumun böyle olmadığını kavramıştı; evde yükselen her sesle birlikte Zeyno'nun ruhunun bir parçası enfarktüs geçiriyordu. Aslı ortalığı yatıştırmak için türlü maskaralıklarla kendini anne babasının arasına atarken, küçük kız odasında kulaklarını tıkayıp, başını yastıkların altına sokuyordu.

* * *

Devrim gülümseyerek Aslı'nın omzuna dokundu.

"Hoooop! Nerelere gittin?"

"Hiiiiç... Daldım işte."

Devrim'in uyarısının ardından telefonundan gelen mesaj sesiyle irkildi. İlk önce duymazdan gelmeyi denedi ama masadaki herkes ona bakıyordu. Özür diler gibi gülümsedi ve çantasından telefonunu çıkardı. "Uçağa biniyorum, görüşürüz," diye yazmıştı Ali. Kalbi çarpmaya başladı; hızlı, daha hızlı... Eninde sonunda gerçeklerle yüzleşmesi gerektiğini biliyordu; onunla konuşmak zorundaydı, kelimeler gidip gelmeliydi aralarında... Derin bir nefes aldı, hazır olana kadar, kaçmaya hakkı vardı. Telefonunu kapattı ve "Devrim..." dedi yalvarmaya yakın bir sesle, "ben bu gece sende kalabilir miyim?"

"Tabii ki kalabilirsin, lafa bak."

"Bende de kalabilirsin," diye atıldı Burcu.

"Yok, sağ ol, sizin ev kalabalık, çoluk çocuk, kafam kaldırmaz şimdi..."

Sevil hevesle atıldı. "Bende kalsana..."

"Senin de ağlamanı çekemem, kusura bakma. İçim kararır iyice. Devrim'de kalırım ben. Bak rahatsız edersem söyle ama gelen giden olacaksa..."

"Ne gelen gideni be kızım, kal işte!"

"Sağ ol!"

Nermin Hanım uzanıp Aslı'nın elini tutu.

"Aslı'cığım, sen bilirsin ama bence işleri sürüncemede bırakmak doğru değil. Nereye kadar kaçacaksın?"

"Bilmiyorum Nermin Teyze... Onunla karşılaşmaya hazır değilim. Her şey gözümde büyüyor, konuşmak kâbus gibi geliyor. Ne hissettiğimi bile bilmiyorum. Ne söylemek istediğimden emin olamıyorum. Bir an ona avaz avaz bağırmak, üzerine saldırmak istiyorum, iki dakika sonra içimde tek bir kelime edecek güç olmadığını hissediyorum... Hangisi doğru, karar veremiyorum."

"O sırada ne hissediyorsan onu söylersin, bunun doğrusu yanlışı yok. İçinden bağırmak geliyorsa bağırırsın, istemiyorsan susarsın..." diye lafa girdi Burcu. "Ama sakın evi terk edeyim deme, bırak o gitsin."

"Evet," diye destekledi Sevil, "o gitsin!"

"Aaaa durun canım biraz!" Nermin Hanım'ın sesi öfkeli çıkıyordu, "bırakın bir konuşsun önce kocasıyla... Bak kızım, kimsenin lafıyla hareket etme sakın. Sen ne istiyorsan, nasıl rahat edeceksen öyle yap, e mi?"

Aslı başını salladı.

"Kesin boşanacak mısın?" diye sordu Sevil.

"Evet!"

"Bence onu da bir dinle, yani böyle bir şeyin bahanesi olmaz tabii ama bu zamanda onun gibisini bulmak kolay değil. Öyle hemen bir kalemde silip atmasan diyorum..."

“Ben de senden akıl almasam diyorum…”

Sevil sustu. Yıllardır öyle iniş çıkışlı ve arkadaşları tarafından onaylanmayan ilişkiler yaşamıştı ki, bu durum onu fikri sorulmaz biri haline getirmişti.

“Bu iş bitti,” dedi Aslı sakin bir sesle, “şu an içim karmakarışık ve çok canım yanıyor ama artık onunla yapamam. Bana olan sevgisini sorguladığım birini sevme yeteneğim yok benim. Bir eksiklik gördüğümde sevgim bir balon gibi sönüveriyor. Üzüntüm bitip kendime geldiğimde Ali’ye karşı hiçbir şey hissedebileceğimi sanmıyorum. Sevil’in tam tersi yani. O kendisini sevmeyen adamlara daha beter bağlanıyor, ben ise sadece beni sevenlere âşık olabiliyorum.”

“Ali seni seviyor,” dedi Burcu.

“Önemli olan bu değil ki, belki haklısındır ama ben artık buna inanmıyorum, inanamam. Mesela Devrim’in binlerce kötü huyu var ama ben onu severim, bana olan sevgisinden de eminim. Ne kadar bencil olduğu ya da başkalarına kazık atması umurumda bile değil. Dün gece seni ya da Sevil’i aramam daha normaldi ama Devrim’i aramak istedim çünkü gecenin o saatinde benden başka kimse için evden çıkmayacağını biliyordum. Bunu söylemem çirkin biliyorum ama siz arasanız gelmezdi.”

“Doğru,” dedi Sevil, “hatta ben arasam telefonu bile açmazdı.”

Burcu soran gözlerle Devrim’e baktı. Devrim omuzlarını silkip, “Doğru, en çok onu severim,” dedi.

“Olay çıkarmak için değil, zavallılığımı anlatmak için söylüyorum bunları. Devrim’i çağırmamın tek sebebi, biri için gerçekten özel ve kıymetli olduğumu hissetmekti galiba. Kimse için parmağını oynatmayan birinin benim için koşa koşa geldiğini görmek… Aslında o sırada düşünmedim bunu, yani bilinçli olarak yapmadım.”

“Yani sen, seni seven birinin bütün kusurlarını görmezden mi gelirsin?” diye sordu Burcu, gözlerini kısarak.

“Galiba… Ali beni o kadar çok seviyordu ki, onun lüks merakı, sık sık kendine güvenini kaybetmesi, olduğundan farklı görünme çabaları gözüme batmıyordu ama biliyorum ki artık ona her baktığımda sadece bunları göreceğim. Aslına bakarsan onun beni sevdiğine inanabilmeyi tercih ederdim çünkü sevilmediğini kabul etmek insanın çok canını yakıyor. Kendimi aşağılanmış hissediyorum," dedi içini çekerek, "sevilmemenin utanç veren bir tarafı var nedense."

Bir süre başka şeylerden konuştular. Çocukluklarından, hayatın daha basit ve daha güzel olduğu günlerden... Aslı yüreğinin hafiflediğini hissetti ve bir daha gelmeyecek o günleri özledi. Sadece uzuneşek oynamak için koşarak bu bahçeye girerken içinde oluşan coşkuyu hayatın neresinde kaybettiğini bilmiyordu. Nermin Hanım ve Hüsnü Bey çocuk gürültüsüne diğer büyüklerden daha müsamahalı oldukları için genelde burada toplanırlardı ve dünya onlar için sadece bir bahçe büyüklüğündeydi. İçini çekti ve "Canım uzuneşek oynamak istedi," dedi.

"Benim belim sakat," dedi Devrim, "hem bu kadar kişiyle oynanmaz ki, annem ile Fikriye'yi mi alacağız?"

Hepsi güldü.

"Oynamak için söylemedim zaten."

"Ama langırt masası duruyor. Benim odaya koymuş annem."

"Yapma ya!"

"Oynamak ister misin?"

"Ölürüm."

* * *

"Niye konuşmuyorsun?"

"Hı?"

"Niye konuşmuyorsun dedim. Uçak kalktığından beri tek kelime etmedin."

Ayten'in sesinde meraktan ziyade öfke vardı. Ali her zaman yaptığı gibi alttan alarak, "Öyle mi? Kusura bakma düşünüyordum..." dedi, sakin bir sesle.

"Ne düşünüyordun?"

Elinin körünü, demek istedi ama kendini tuttu. "İş falan..."

"Yok canım!"

"Gerçekten işi düşünüyorum..."

"İyi." Ayten başını çevirip pencereden boşluğu seyretmeye başladı.

"Somurtma şimdi. Düşünce ne zaman suç oldu?"

"Her zaman suçtu!"

"Tamam, hadi sohbet edelim..."

"Yok canım, düşün sen!"

"Hadi ama..."

Ayten meydan okuyan gözlerini Ali'ye dikti.

"Öpsene beni!"

"Ne?"

"Öp beni dedim."

Ali etrafına bakındı. "Saçmalama bu kadar insanın içinde..."

"Ne varmış bu kadar insanın içinde?"

"Biraz alçak sesle konuşur musun, lütfen?"

"Karını öperdin ama!"

"Hayır öpmezdim. Sevmem ben ortalık yerde öyle şeyler yapmayı... Ne o öyle çocuk gibi."

"Çocuk mu oldum şimdi de! Dün akşam öyle demiyordun ama! Tabii canım, sen olgun kadınlara alışıksın. Gerçi doğru, senin kart karının yanında çocuk sayılırım."

"Ayten, aşkım... Ne olur, kavga çıkarma!"

Ayten küskün bakışlarını dışarı çevirirken, dudakları hafifçe kıpırdadı ve küçük bir kelime Ali'nin sinir sisteminin üzerinden silindir gibi geçti.

"Korkak!"

Ayten'in suratına bir yumruk indirmek için kuvvetli bir istek duydu. İnsanlar böyle katil oluyordu demek ki.

* * *

Otuz beş yaşında bir kadının, langırt masasına karşı böyle şeyler hissetmesi doğal değildi. Düpedüz sarılmak geliyordu içinden. "Şuna bak yaaa!" diyerek masaya doğru ilerledi. Gözlerini yumup kolları tuttu ve hafifçe çevirdiğinde vücudunun her zerresiyle oyunu hatırladı.

Yıllar önce bilekleri sızlayana kadar ayrılmazdı bu masanın başından. Sopalardan ellerine bulaşan kara yağları, beyazlı grili topların pürüzlü dokusunu, kayış çektiğinde topa o en son, 'tık' diye dokunuşun verdiği hissi, gol olduğunda çıkan benzersiz sesi hatırladı. O ne sesti öyle! Kaleye giren top, masanın altındaki yuvasına doğru takırtılı bir yolculuğa çıkardı ki o da ayrı bir keyif verirdi ona.

Devrim'inki, başlatma deliğinin olmadığı eski tip derin masalardandı; bu yüzden de topu oyuna sokarken, her defasında kavga çıkardı. O tarafa yakın attın, bu tarafa yakın attın diye birbirlerine girerlerdi. Seken topun çıkardığı ses geldi kulaklarına Aslı'nın.

Daima kalenin kenarında tuttuğu kaleciye baktı, sanki kendisi bırakmış gibi yerinde duruyordu bir başına. Santim santim, hatta milim milim biliyordu bu sahayı. Köşelerdeki eğime rağmen bazen takılan topu parmakla dürtmeyi, bitişik ayaklı oyuncularla her türlü cambazlığı yapmayı biliyordu. Sopaları hızla çevirdi.

"Hayrola bu yaştan sonra fırfıra mı başladın?" diye sordu Devrim alaycı bir sesle.

"Asla!"

Eğilip elini yuvaya soktu ve bir top çıkardı. Devrim karşısına geçti. Maç başladı. Dünya durdu.

* * *

Sevil ve Burcu yüzükoyun Devrim'in yatağına uzanmış çene çalıyorlardı.

"Kim kazandı?" diye sordu Burcu.

"Kim olabilir?" Aslı memnun, sırıtıyordu.

Mahallenin en iyisiydi daima. Onu ilk kez seyreden birinin gözlerini yerinden edecek kadar maharetliydi bu oyunda. "Kıza bak," derlerdi hayretle, "nasıl oynuyor!"

Saatine baktı, Ali'nin uçağının inmesine vardı daha, yere oturup bağdaş kurdu.

"Büyüdük be!" dedi içini çekerek, "artık buluştuğumuzda oturup uyuz uyuz yemek yiyoruz. Eskiden buluşabilmek için sofradan kaçardık."

"Eee ne yapalım peki? Bu yaşta uzuneşek oynayıp hastanelik mi olalım?" Burcu yattığı yerde sırtüstü döndü.

"Hayır söylemek istediğim o değil. Oyun oynamaktan nasıl vazgeçtik onu hatırlamaya çalışıyorum.

"Aşka meşke daldık işte..." diye özetledi Devrim kısaca.

"İyi bok yedik." Aslı'nın bu sözü hepsini kahkahalarla güldürdü. "O işlere hiç bulaşmasak daha iyi ederdik bence. Oyuncaklar dünyasında yaşayan kazık kadar geri zekâlılar olarak kalsaydık..."

"Düşünsene, işten dönüp alelacele soyunup, hurra mendil kapmaca!"

"Ne farkı var, şimdi de poker oynuyoruz," dedi Burcu.

Aslı yüzünü buruşturdu. "Aynı şey değil."

"Aynı şey," diye ısrar etti Burcu. "Üç yaşındayken oynadığın oyuncakla, beş yaşındayken oynamıyorsun, onun gibi bir şey bu, büyüdükçe oyunların değişiyor."

"Ben seksi uzuneşeğe tercih ederim," dedi Devrim.

Sevil hoşnutsuz bir sesle lafa karıştı. "Ben zaten uzuneşek sevmezdim."

Haklıydı. Zavallının uzun boyu ve atletik olmaktan uzak yapısı bu oyuna hiç uygun değildi. Ona düşen daima yastık olmaktı.

Aslı etrafına bakındı, bu odada olmak zamanda yolculuk yapmak gibiydi.

"Nermin Teyze âlem kadın valla, Atatürk'ün Dolmabahçe'deki odası gibi muhafaza etmiş burayı. Posterler bile duruyor. Benim annem odamı, evden ayrıldığım gün oturma odasına çevirdi. Zeyno'nunkini de depo gibi kullanıyor."

"O daha normal," dedi Burcu, "ne anlamı var ki bunun, ben fena oldum buraya girince, ölmüş çocuk odası gibi..."

Aslı gözlerini devirerek ona baktı, çocukları olduktan sonra daha bir hassaslaşmış, evhamlı bir kadın olup çıkmıştı Burcu. Aslı'nın aklından geçenleri hissetmiş gibi saatine baktı.

"Benim kalkmam gerek, küçük okuldan gelecek birazdan."

Aslı onun bu hallerinden nefret ediyordu.

"Kadın yok mu evde?"

"Var ama kızımı ben karşılamak istiyorum. Öyle alıştı."

"Öyle alıştırdın!"

"Ne var bunda? Bakıcı kadınların eline mi bırakayım çocuğu?"

"Kırk yılda bir bıraksan ölmez, merak etme."

"Senin çocuğun yok, o yüzden karışma."

"Çocuğu olan bir sürü insan tanıyorum ve bunların içinde en anormali sensin."

Burcu derin bir nefes aldı. Aslı'ya haddini bildirmek ile anlayış göstermek arasında gidip geldi ve anlayış göstermeye karar verdi.

"Tamam Aslı. Bunu daha sonra konuşalım. Sen bugün sinirlisin."

"Yooo, sinirli falan değilim. Sadece zor bir gün geçiriyorum ve sen arkanı dönüp gidiyorsun."

"Haksızlık etme! Dün gece yarısından beri seninle uğraşıyorum."

"Uğraşıyorsun?"

"İlgileniyorum diyelim... Bir kocam ve iki çocuğum var benim. Hem Devrim ve Sevil de yanında... Tamam, peki gitmiyorum." Burcu yatağın kenarına oturdu.

"Yok git... Kalmanın bir anlamı yok artık."

"Gitmiyorum."

"İstemiyorum kalmanı."

Burcu hışımla çantasını kaptı ve "Allahım sen bana sabır ver!" diye söylenerek odadan çıktı, kapıyı kuvvetle çarpmayı da ihmal etmedi.

Sevil, saçlarının uçlarındaki kırıkları temizlerken, Devrim tüm dikkatini duvardaki Depeche Mode posterine vermişti. İkisi de Aslı'yla göz göze gelmemek için azami gayret gösteriyorlardı.

"Haksız mıyım?" diye sordu Aslı sert bir tonla.

"Haksız değilsin de..." dedi Devrim, sesinde açık bir tereddüt vardı, "sen gibi değilsin..."

"Ne demek o?"

"Bilmiyorum. Sen gibi değilsin işte..."

Aniden odayı dolduran içli bir şarkı, Devrim'in daha fazla konuşmasını engelledi. Sevil ayağa fırladı ve sarsak adımlarla odanın bir ucuna bıraktığı çantasına koşup cep telefonunu çıkardı.

"Bak, Burcu arıyor, kızın içine sinmedi tabii... Alo?"

Sevil'in sesi de tıpkı adımları gibi sarsaktı. Tizden girip pesten çıkar ya da tam tersi pesten girer tizden çıkardı. Cümleler yanlış vurgulanmaktan yorgun halde düşerdi ağzından. O, geniz eti yüzünden böyle olduğunu iddia etse de, kimsenin buna inandığı yoktu. Telefonda konuşması ise insanı kanser edecek türdendi. O çatallı sesiyle abartılı hayret nidaları kullanır ama etrafındakilere ipucu olabilecek tek bir kelime etmezdi. Yine aynısı oluyordu.

"Aaaaa, sahi mi? Yapma ya... Neden gelmiş ki? Hay allah, tamam ben söylerim. Evet ben de çok şaşırdım. Neredeymiş şimdi?"

Devrim ve Aslı merak dolu gözlerini Sevil'e dikmiş, konuyu anlamalarını sağlayacak anahtar bir cümle bekliyorlardı.

"Ne olmuş?" diye sordu Aslı ve devrik bakışlardan başka bir yanıt alamadı. Sevil'in telefonu kapatmasını beklemekten başka yapacak bir şey yoktu, o da bekledi.

"Zeyno gelmiş."

"Ne?"

"Kardeşin gelmiş Brüksel'den. Kapıda kalmış kızcağız, seni aramış bulamamış, kapalı ya telefonun."

"Allah Allah..."

Aslı şaşkınlıktan yavaşlamış halde ayağa kalktı, ne düşüneceğini bilmeden telefonunu arandı. Yapacağı her seyahati aylar öncesinden planlardı Zeyno. Öyle canı sıkılınca uçağa atlayıp Brüksel'den İstanbul'a gelecek biri değildi.

Telefonunu açtı, altı cevapsız arama görünüyordu kardeşinden.

"Annenin haberi yokmuş, ablam da söylemesin, demiş Burcu'ya."

"Hadi ya!"

"Ne güzel işte, kardeşin gelmiş... Sevinsene!" dedi Devrim.

"Zeyno'dan bahsediyoruz. Böyle çıkıp gelmez o. Ölse gelmez."

Devrim dudak büktü. "Sürpriz yapmak istemiştir..."

"Zeyno hayatında hiç sürpriz yapmadı," diye terslendi Aslı, kardeşini ararken.

* * *

Kapının önünde, kocaman gri bir valizin üzerine oturmuş bekleyen kadının kız kardeşi olduğunu kavraması için birkaç saniye geçmesi gerekti. Yol boyunca kendini yatıştırmaya çalışmıştı. 'Ne var yani habersiz geldiyse? Çıkmış gelmiş işte, illa kötü bir şey mi olmak zorunda? Hem telefonda sesi iyi çıkıyordu.'

Merdivenleri aceleyle çıkarken kendini kısmen rahatlatmıştı ama şimdi kardeşine sarılırken kalbi korkuyla çarpıyordu.

"Zeyno'cuğum hoş geldin."

"Hoş bulduk abla."

"Ne oldu sana böyle?"

Kelimelerin ağzından dökülmesine engel olamamıştı.

"Hiç. Zayıfladım biraz, fena mı olmuş?"

Aslı kendini zorlayarak gülümsemeyi başardı. Kendisine

dikkatle bakan Zeyno'yu kıracak bir şey söylemekten korkuyordu.

"Yooo," dedi, "iyi olmuş da... sanki biraz fazla zayıflamışsın."

Eskiden beri herkes, Zeyno'nun biraz zayıflarsa çok güzel bir kız olacağını iddia ederdi, oysa sonuç beklendiği gibi olmamış, kilo vermek genç kadına hiç yakışmamıştı. Yüzü küçülmüş, gözleri ve ağzı büyümüştü. Eski siyah tişörtün altında, sönmüş, biçimsiz bir beden duruyordu.

Zeyno alınmışa benzemiyordu. "Hep zayıfla derdin, şimdi de çok zayıflamışsın diyorsun."

Aslı kapıyı sonuna kadar açıp, kız kardeşinin kısa bir ziyaret için fazla ağır valizini itekleyerek içeriye sokmasını izledi.

"Yok yok, iyi olmuş, yakışmış."

"Niye öyle bakıyorsun peki?"

"Ben mi? Müsaade et de bakayım, kaç senelik kardeşimsin, ilk kez seni bu kadar ince görüyorum."

Zeyno güldü ama zayıflayınca iyice büyüyen gözleri gülmedi.

"Nereye koyayım bunu?" dedi valizini işaret ederek. Bugüne dek hiç ablasının evinde kalmamıştı. Aslı onun bu evin arka odalarını hiç görmemiş olabileceğini düşündü. Kız kardeşi Türkiye'ye geldiğinde her zaman annesinin evinde, eskiden kendisine ait olan odada kalırdı.

"Misafir odasına koyarız. Bırak şimdi, gel oturalım biraz."

"Yok önce bunu yerleştireyim, ortada kalmasın."

"Sen bilirsin... Aç mısın peki? Gerçi evde pek bir şey yok ama dışardan söyleriz."

Bir an önce bu ani ziyaretin sebebini öğrenmek istiyordu.

"Ben uçakta yedim bir şeyler, hiç aç değilim."

İkisi birlikte koca valizi çeke çeke odaya doğru sürüklerken, Aslı kendisini asıl rahatsız edenin sadece Zeyno'nun kilo kaybı olmadığını fark etti. Kardeşi her zamanki düzenli görünümünden uzaktı. Cansız saçları, değişmeyen çene hizasının epey altına inmiş, neredeyse omuzlarına değecek kadar uzamıştı. Daima kısacık kestiği tırnakları etrafını çevreleyen etlerle beraber öyle hunharca yenmişti ki parmakları dolama olmuş gibi görünüyordu. Kimse tırnak yemeye bu yaşlarda başlamazdı, en azından sebepsiz yere başlamazdı. Zeyno hiçbir zaman güzel giyinen bir kadın olmamıştı ama daima öğretmenlere yakışacak türden bir özen gösterirdi üstüne başına. Tertemiz, derli toplu, son derece sade biriydi ve onu azıcık tanıyanlar bile bugün, yıkanmaktan solmuş bir tişörtle uçağa bindiğine inanmazdı.

"Oda küçük ama..." dedi Aslı içinde giderek büyüyen endişeyi saklamaya çalışarak.

"Benim Brüksel'deki evin yarısı kadar."

Doğruydu. Zeyno'nun Brüksel'deki bir oda, bir salondan ibaret evi öyle küçüktü ki, insan sırayla nefes almak gerekiyor hissine kapılıyordu.

"Valizi boşaltınca dolabın üzerine koyabilirsin."

"Tamam."

Aslı sessizce yatağın kenarına oturdu ve Zeyno'nun eşyalarını savaştan kaçar gibi tıkıştırdığı bavulunu boşaltmasını izlemeye başladı. Onun Brüksel'deki evini gören biri, bu bavulun aynı kadına ait olduğuna inanamazdı. Kıyafetler doğru düzgün katlanmamıştı bile. Aslı hayatı boyunca kardeşinin titizliğine hayran olmuştu. Kendisi de asla pasaklı biri sayılmazdı ama Zeyno gibi, kıyafetlerini boyuna, rengine göre dizmek, ayakkabılarını çıkarır çıkarmaz kalıba koymak gibi takıntılara sahip değildi; annesinin dediği gibi bu kadarı "içinde yoktu."

Kardeşi konuşmaya niyetli görünmüyordu, Aslı da soru sormaya cesaret edemiyordu. Zeyno, eskiden beri kendisiyle ilgili sorularla karşılaşınca ambale olurdu. Kendisini iyi ifade edemez, bunalır ve ciddi sıkıntıya girerdi. İnsanı sorduğuna soracağına pişman ederek içine kapanır ve iletişimi imkânsız hale getirirdi.

"Zeyno, kötü bir şey yok değil mi? Yani gelmene çok sevindim ama sen pek böyle sürprizler yapmazsın da, o yüzden merak ettim biraz."

"Merak etme abla, kötü bir şey yok," derken Zeyno'nun yüzünde beliren sıkıntılı gülümseme Aslı'ya durması gerektiğini fısıldıyordu. O da durdu.

"İyi o zaman, çok sevindim gelmene."

Ayağa kalkıp kardeşine sarıldığında, hissettiği acının kendisine mi yoksa Zeyno'ya mı ait olduğunu anlayamadı. Birbirlerine karışmışlardı, insan kardeşine karışır mıydı? İçinden ağlamak geldi ama bunu yapmasına fırsat kalmadan kapının açıldığını duydu.

"Ali geldi," dedi Aslı gergin bir sesle, "onunla konuşmam gereken bir şey var, sen odada kal, olur mu?

"Niye?"

"Birazdan anlatırım."

"Abla, kocan burada kalmamdan rahatsız olacaksa söyle. Başka yerde de kalırım ben, sorun değil."

"Bununla bir ilgisi yok. Bizim, yani Ali'yle benim bir sorunumuz var, onun hakkında konuşacağız. Hem zaten Ali burada kalmıyor artık. Öyle bakma bana, anlatırım dedim ya, birazdan gelirim merak etme sen."

Zeyno'nun cevabını beklemeden odadan çıktı. Koridorda dört-beş adım atmıştı ki, Ali'nin seslendiğini duydu.

"Aslıııııı!"

Onun sesini duymak kalp atışlarının hızlanmasına neden oldu. Önce elleri titremeye başladı, ardından bacakları ve sonunda tüm vücudu... Koridorda durup iki büklüm oldu, bu kısmı atlamak, hayatını ileriye sarmak istiyordu. Bir hafta, bir ay ya da bir yıl sonrasından devam edebilse ne güzel olurdu.

Dün gece bağıra bağıra sevişen adam, küçük bir kabin çantasını ayaklarının dibine bırakmış, ayağında Aslı'nın dikkatini çeken yeni ayakkabılarıyla antrede dikiliyordu. Ali karısını görünce gülümsedi ve öpmek için hamle yaptı.

"Merhaba aşkım. Merak ettim seni, telefonun niye kapalı?"

Aslı ani bir refleksle geriye doğru iki adım attı ve duvara yaslandı. Ali şaşkın, ona bakarak, "Ne oldu yahu?" diye sordu.

"Hiç girme bence, hemen çıkıp gitsen daha iyi..."

"Niye ki?"

Aslı ne diyeceğini bilemedi, sakin olmak istiyordu. Sanki suçlu kendisiymiş gibi bütün vücudunu ateş basmıştı.

"Aslı, neyin var? Ne oldu?"

"Sevgilin olduğunu biliyorum."

"Sevgilim mi varmış? Bir dakika, bu da nereden çıktı şimdi? Kim uyduruyor bu saçmalığı?"

Aslı karşısında duran adamın kocaman açılmış kahverengi gözlerine baktı. Ancak büyük bir haksızlığa uğrayan biri böyle bakabilirdi.

"Aslı'cığım, sana yemin ederim böyle bir şey yok. Gel otur şuraya da anlat, kim uydurdu bunu?" dedi Ali, dehşete düşmüş bir ifadeyle.

"Bak, ben sana hiçbir şey sormuyorum. Neden demiyorum, nasıl yaparsın demiyorum, ne zamandır demiyorum, kim demiyorum. Sadece gitmeni istiyorum. O yüzden gözümün içine baka baka yalan söyleyip kendini daha fazla küçük duruma düşürme. Sadece git!"

Ali öfkeyle elindeki araba anahtarını yere fırlattı ve bağırmaya başladı.

"Yok böyle bir şey diyorum ben de sana. Saçmalamayı bırak artık. Hiçbir yere gitmiyorum, tamam mı! Ben seni hiç aldatmadım."

Aslı'nın yüzündeki ifade, Ali'yi sesini kontrol altına almaya zorladı.

"Aslı'cığım, ben seni seviyorum, çok seviyorum. Sen benim her şeyimsin. Böyle bir şey yapar mıyım ben? Yani bunu kim uydurduysa, Allah onun belasını versin. Devrim ibnesinden çıkmıştır kesin, âşık kızım o orospu çocuğu sana, o yüzden yapıyor bunları."

Eğer olanları kendi kulaklarıyla değil, bir başkasından duymuş olsaydı, Ali'ye inanacağından emindi. Bu kadar iyi rol yapması, gerçeği bu kadar şiddetle reddetmesi akıl alacak şey değildi. Aslı'nın da aklı almıyordu zaten. Hiçbir şey söylemeden, ağır hareketlerle kocasının valizini alıp salona girdi. Arkasından giden Ali, rahatlamış bir sesle, "Hadi söyle şimdi, nereden çıktı bu?"

Aslı cevap vermedi, hiç acelesi olmayan birinin adımlarıyla, açık pencereye doğru gitti, valizi aşağıya bıraktı ve beş kat aşağıdaki küçük arka bahçeden gelen sesi duyana kadar arkasını dönmedi.

Ali elini başına götürdü, korkmuş bir hali vardı, yine de pes etmedi.

"Bak şimdi... Psikopat gibi davranıyorsun... Yani bu yaptıkların o kadar anlamsız ki. Neden attın şimdi bavulumu? Yemin ederim sana, yok böyle bir şey."

Uğradığı büyük iftira karşısında, saçını başını yolmak üzere olan birinin adımlarıyla aşağı yukarı dolanırken, gözü salonun çeşitli yerlerinde duran boş şarap şişelerine takıldı. Bir şey söyleyip söylememek arasında tereddüt ettikten sonra, "Şaraplarımı içmişsin," dedi. "Bana kızgınlığından yaptın herhalde... Canın sağ olsun, senden kıymetli değiller tabii. Aşkım, vallahi billahi hiçbir şey yapmadım. Annemin, babamın, sevdiğim her şeyin üzerine yemin ederim..."

"Aman benim üzerime yemin etme!"

"Yapma be güzelim! Zaten yorgunluktan ölmüşüm..."

"Sizi duydum."

"Neyi duydun?"

"Dün gece benimle konuştuktan sonra telefonun açık kaldı ve o kızla, Ayten'le sevişmenizi baştan sona dinledim. Her saniyesini... İnanmıyorsan anlatayım, gerçi o sesleri benim çıkarabilmem zor ama denerim."

Ali önce kıpkırmızı, sonra bembeyaz oldu.

Utanç ve şaşkınlıktan yerinden kıpırdayamıyordu. Umutsuzca söyleyecek bir şeyler bulmaya çalıştı ama olmadı. Beyni kullanım dışıydı. Yalanın bittiği yerde karşılıklı duruyorlardı. Aslı'nın neler duymuş olabileceğini düşündükçe, içine fenalık çöküyordu. Kendi söyledikleri, Ayten'in söylediklerine karışıyor, kelime kelime zihnine dökülüyordu. Son on beş dakikadır söylediği yalanlar, Aslı'yı inandırabilmek için yaptığı pozlar... İnsan daha fazla utanabilir miydi, sanmıyordu.

Nasıl böyle bir aptallık yapabilmişti? Kafasını duvarlara vurmak geldi içinden. Hep çok dikkatli olmuştu. Paranoyaklık sınırında, hatta kimi zaman o sınırı aşan bir gayret sarf etmişti yakalanmamak için. Aslı, fısıltı sayılabilecek bir sesle, "Artık gider misin!" dedi. Çok açık bir emirdi bu.

Ali yutkundu. Bir şey yapmak zorundaydı. Aslı'yı durduracak, ayrılmalarını engelleyecek bir şey... Aklına yine hiçbir şey gelmedi. Aslı tam karşısında, iki kolu yanına düşmüş, yabancı gözlerle ona bakıyordu. Yıllardır tanıdığı insan değil de bir başkası vardı sanki karşısında, şu salonda yan yana film seyrettiği, yemek yediği kadın, sadece bir metre uzağında, elini uzatsa dokunabileceği bir yerden ama binlerce kilometre mesafeden bakıyordu ona. Karısının içinden başka bir kadın çıkmış gibiydi. Bağırmıyordu, kızmıyordu, üzerine saldırmıyordu sadece burada, gözlerinin önünde, durduğu yerde gidiyordu.

"Bunu neden yaptığımı bile bilmiyorum. Yapmak istemedim, yemin ederim yapmak istemedim... Allah benim belamı versin!"

Ali ağlamaya başladı ama Aslı hiçbir şey söylemeden salondan çıktı ve kardeşinin olduğu odaya girdi. Zeyno yatağın üzerinde tortop olmuş yatıyordu. Aslı yanına oturduğunda bile kıpırdamadı. Yeni yeni inmeye başlayan karanlıkta oda iyice küçülmüş görünüyordu.

"Biz ayrılıyoruz. Duymuşsundur..."

"Duydum," dedi Zeyno, ifadesiz bir sesle.

"Bunun ortasına düştüğün için üzgünüm."

"Boş ver."

"Sevmezsin sen kavga gürültü."

“Boş ver.”

Zeyno doğrulup oturdu. Aslı onun kendisini avutmaya kalkmayacağını biliyordu. Hiç ses çıkarmadan susup oturacaktı, tıpkı annesiyle babası kavga ettiğinde yaptığı gibi. Bir kere bile ağzından tek bir kelime çıkmamıştı o kavgalarla ilgili. Aslı söylenip durur, Zeyno dinlerdi. Aslı ağlar, Zeyno bakardı.

“Neden yattın ki? Daha saat erken.”

“Yorgunum biraz...”

“Yol yordu herhalde...”

“Herhalde.”

“Uyuyacaksan, çıkayım.”

“Olur.”

“Aç aç mı uyuyacaksın?

“Aç değilim.”

İçi minnetle doldu. Ne yemek hazırlayacak ne de telefonu kaldırıp sipariş verecek hali vardı. Annesi olsa kardeşini ilk günden aç bıraktığı için söylemediğini bırakmazdı. Annesini düşününce içi sıkıldı. Olanları ona anlatmak vardı, anlamasını beklemek vardı, bitmek bilmeyen felaket teorilerini, sızlanmalarını dinlemek vardı.

“Peki, o zaman... İyi geceler.”

“Sana da.”

Aslı ayağa kalktı.

“Abla?”

“Efendim?”

“Gitti mi?”

“Yok gitmedi daha, salonda oturuyor, ama gider birazdan.”

“Ya gitmezse?”

“Merak etme gider.”

“Barışırsınız belki.”

“Yok, barışılmaz artık.”

“Kapı çalınıyor.”

“Duydum.”

“Açacak mısın?”

“Galiba!”

Aslı odadan çıktı, Ali hâlâ salonda, karanlığın içinde kıpırdamadan oturuyordu. ‘Ne zaman gidecek bu? Neden oturuyor ki orada?’ Aslı ondan tarafa bakmamaya gayret ederek kapıyı açtı. Apartmanın içinden gelen parlak ışık gözünü almıştı.

“Merhaba!” dedi İzzet ve gülümseyerek küçük saksıyı Aslı’ya uzattı. “Dün akşam için teşekkür etmek istedim.”

“Hay allah, ne gerek vardı ya...” dedi Aslı çiçeği alırken ama benjamini hiç sevmediğinden bahsetmedi. “Teşekkür ederim.”

Konuşma uzamasın diye başka bir şey söylemeden İzzet’e baktı. Normal şartlarda Münevver Hanım’ı sorması gerekirdi.

“Neyse ben gideyim artık. İyi akşamlar.”

“Size de iyi akşamlar.”

“Elektrikleriniz mi yok?”

“Yooo, ben arka taraftaydım da...”

İzzet güldü, Aslı gülmedi.

“Neyse tekrar iyi akşamlar.”

Aslı, sadece kibarlıktan gülümsedi ve İzzet’in merdivenleri inmesini beklemeden kapıyı kapattı.

“Kimdi o?” diye sordu Ali, boğuk, boğulmuş bir sesle.

Aslı cevap vermeden odasına doğru yürüdü. Benjamine, sanki en kıymetli varlığıymış gibi sıkı sıkı sarılmıştı.

“Anneni ara!” diye seslendi Ali arkasından, “çatlamış meraktan.”

Odasına girip kapıyı ayağıyla kapattı. Benjamini pencerenin önüne, yere koyduktan sonra başucunda duran telefonu aldı.

“Alo, anne?”

“Hele şükür, bütün gün seni aradım. Ne demek canım telefonu kapatmak? Ölsek kalsak ruhun duymayacak, bu kadar sorumsuzluk olmaz ki. Kocana da haber vermemişsin...”

“Şarjım bitmişti.”

“Dikkat et sen de! Bak ben her akşam yatarken takıyorum şarja telefonu, doluyor sabaha kadar. Sen de alışkanlık edin bunu.”

“Offf, tamam anne!”

“Öyle ukala ukala konuşma benimle!”

...

“Babanın son numarasını duydun mu? Dün cenazeden sonra...”

Anlattı da anlattı. Babası cenazeden çıkıp yeni karısıyla bir aile dostlarının evine gitmiş, onlar davet etmişler, yani babası kadar onlar da suçluymuş. İnsanlara güven olmuyormuş ama zaten hiçbiri de insan değilmiş. Babası hayvan bile değilmiş. İlahi adalet varsa, ki varmış, boyu devrilecekmiş, görecekmişiz. Ah, onun süründüğü günleri bir görseymiş, işte o zaman hiç gam yemezmiş...

Daha bir sürü cümle kurdu annesi; içinde Allah, bela, kart pezevenk, orospu, gebermek, rezil kelimelerinin sıkça geçtiği. Babası evden gitti gideli ağzı bozulmuştu annesinin.

“Sen bir ara da konuş onunla!”

“Kiminle, babamla mı?”

“Evet, babacığınla...” dedi annesi alaycı bir tonla.

“Anlamadım ki, ne konuşacağım?”

“Ay delirtme sen de insanı. Ne konuşacakmış! Aç telefonu, bizi rezil etme de. Ne işi var kırk yıllık dostlarımızın arasında, yok cenazelerde, yok evlerde... Yakışıyor mu sana o yosmayla insan içine çıkmak, de.”

“Yok artık.”

“Tabii babanıza gelince diliniz kıçınıza kaçar ama bana söylemediğiniz kalmaz.”

“Anne çok istiyorsan, sen konuş babamla.”

“Hangi sıfatla konuşacağım ki ben? Eski karısı olarak telefon mu açacağım ama sen kızısın, konuşabilirsin.”

“Kusura bakma anne, koca adama ben öyle şeyler söyleyemem. Takılma artık bunlara sen de!”

Annesi olabilecek en gürültülü şekilde telefonu kapattı. İlerleyen aylarda kimbilir daha kaç kere bu konu üzerinde kavga edeceklerini Allah bilirdi. Beyza Hanım taktı mı takardı. Söylediğini yaptırana kadar insanı yer bitirir, yaptıramadığı takdirde de konuyu, asla unutulmayacaklar rafına koyar, haftada ikiden az olmamak şartıyla muhatabının kafasına kakardı. Aslı kendini yatağın üzerine bıraktı; annesiyle uğraşacak hali yoktu.

İlk defa bir arkadaşını gömmüştü.

Kocasının sevgilisi vardı.

Kız kardeşi yan odada depresyonun kucağında yatıyordu ve yatak odasında davetsiz bir benjamin duruyordu.

* * *

Ali odaya girdiğinde, Aslı pikeyi başının üzerine çekti. Bütün gee kulak kesilip, boş yere kocasının evden gitmesini beklemişti. Oysa Ali salondaki büyük kanepenin üzerinde kıpırdamadan oturmuştu sabaha kadar.

Açılıp kapanan çekmecelerin ve dolap kapaklarının sesini duymamak için, başını yastığın altına sokup, uyuma numarasına devam etti. Kafasının üzerindeki yastığa rağmen odanın zemininde gezinen adamın çıkardığı her sesi duyuyordu. Nefes alışını, adımlarını, duraksamasını, arada iç çekişini... Hangi dolaptan ne aldığını tahmin edebiliyordu. Sadece seslerinden, valize düşen pamukluları, sentetiklerden ayırabiliyordu. Sorsalar, gözlerini bir saniye olsun açmadığı halde, toplanan eşyaları sırasıyla sayardı. Ali'nin ne giydiğini, yüzünde taşıdığı durgun ifadeyi, hatta perdeden sıyrılan gün ışığının odayı bıçak gibi ortadan ikiye böldüğünü bile anlatabilirdi. Kulakları yetmişti ona ve beyni detayları oya gibi ince ince işlemişti. Gerçekten görmüş olsa, ileride hatırlamayacağı ya da yanlış hatırlayacağı sahneler, şimdi zamanın şekil bozuculuğundan muaf, hayalgücünün koruması altındaydı. Siyah bir pantolon ve koyu gri bir gömlek yakıştırmıştı o sabah zihni Ali'ye ve onun aslında bir blucin ve beyaz bir gömlek giymiş olması hiçbir şeyi değiştirmezdi. Sonuçta bu kendi hayatıydı ve onu canının istediği şekilde yazmakta özgürdü.

Yastık yüzünden ensesi terlemeye başlamıştı ve nefes almakta zorlanıyordu. İstemediği halde başını yastığın altından çıkardı. Tam o sırada ince bir "bip" sesi, kasanın açıldığını haber verdi. 'Doğru ya,' diye düşündü, 'saatleri olmadan hiçbir yere gidemez.' Eskiden daha küçük bir kasaları vardı, geçen sene sırf Ali saatlerini kutularıyla koyabilsin diye, bir büyük modeliyle değiştirmişlerdi.

'Yuh yani,' diye geçirdi içinden, demir yığını bir kasayla bile bir sürü anısı olması insafsızlıktı. Hızlı bir şekilde yaşantısını gözden geçirdi, durum iç açıcı değildi: Sahip olduğu her şeyin, geçtiği her yolun, tanıdığı herkesin Ali'yle ufak ya da büyük bir bağlantısı vardı. Başuçlarında duran lambaları satın alırken satıcıyla kavga etmesi, altın rengi minik çantayı gördüğünde konsomatris işi diyerek yüzünü buruşturması, hatta şu an üzerinde yattığı lanet olasıca yatak eve ilk geldiği gün, ısmarladıkları nevresim takımlarını almayı unuttuğu için Aslı'ya dünyayı dar etmesi... Ayrılıkla başa çıkılabilirdi, ama anılar başa bela oluyordu.

Bu düşünce, zaten saatlerdir sızlayan burnunun iyice acımasına yol açtı. Kanıyor muydu yoksa? Gözünü açmaya korkmasa, yastığında kan var mı diye bakardı.

Sonra fermuar sesini duydu. Güçlü, metalik ve uzun. İlk valiz kapanmıştı. Midesi bulanmaya başladı. Aynı ses tekrarlandı, demek ki büyük siyah valizleri seçmişti; geçen sene Amsterdam dönüşü havaalanından aldıklarını. 'Hayvan! En sevdiğim valizlerdi onlar,' diye düşünürken ağlayacak gibi oldu ama kendini tutmayı başardı. Aptal yeşil valizler kalmıştı kendisine. İçi isyanla doldu, siyah valizleri istiyordu. Gözlerinden akmasına izin vermediği yaşlar bir yolunu bulup çıkmaya kararlıydı. Burnu akmaya başladı, çekmedi. Valizlerin sürüklendiğini işittiğinde minik tekerlekler kalbine sürtüyor gibi geldi. Ayak sesi uzaklaştı ve düşen bir nabız misali duyulmaz oldu... Sokak kapısı kapandı.

Yataktan çıkması gerekiyordu ama bedeni, iyice soğuyup katılaşmış bir ceset kadar kayıtsızdı beyninin komutlarına. Feminizmin coşkulu dönemlerinde yetişen birinin zihnine değmesi bile günah kabul edilecek türden düşünceler kafasının içinde cirit atıyordu: 'Bundan sonra yalnız mı kalacağım?', 'Ya kimse beni sevmezse?', 'Peki ben tekrar birini sevebilir miyim?', 'Yaşlı mıyım?', 'Ortalıkta gencecik kızlar cirit atarken bana kim bakar ki?', 'Otomatik ödeme talimatı nasıl veriliyor?', 'Çocuk yapamayacak mıyım?', 'Bankada kaç param var?'

Aklından geçen her şey, en basitinden utanç vericiydi; o da fena halde utanıyordu zaten.

İlişkileri başlayalı beş sene olmuştu, ortak bir arkadaşlarının evinde tanıştıkları ilk geceden sonra hiç ayrılmamışlardı. İkisi de daha önce karşılaşmadıkları yoğunlukta bir aşkın içindeydi ve bu sarhoşluk bitmek bilmiyordu. Onları gören herkes birbirlerinden gözlerini alamadıklarını fark ediyordu. İlk yılın sonunda beraber yaşamaya başladılar ve ondan iki sene sonra da evlendiler. Evlenmeyi isteyen Ali'ydi, Aslı aralarındaki büyüyü bozacak her şeyden ölümüne korkuyordu, böyle iyiydiler, tekere çomak sokmaya ne gerek vardı, evlilik kime mutluluk getirmişti ki ama zaman içinde Ali'nin yalvarmaları öyle yürek paralayıcı bir hal aldı ki, Aslı da en sonunda dayanamayıp evet, dedi.

* * *

Yıllar sonra ilk defa, bir güne yalnız bir kadın olarak başlayacaktı. Bunca zaman boyunca, fark etmeden "biz"e o kadar alışmıştı ki, "ben" diye bir şey olduğunu unutmuştu. Daha da kötüsü, bu sabah karşısına çıkan "ben", korkak, güvensiz, ne yapacağını bilmeyen, zavallı biriydi. Bu kadını tanımıyordu; demek ki ruhu bile duymadan, içinde böyle bir mahluk büyütmüştü. Farkına varmadan değişmiş, bilmediği korkular, yeni öncelikler edinmişti. İnsanın beklenmedik bir şekilde kendisiyle karşılaşması, karanlıkta bir yabancıyla karşılaşmasından daha ürkütücüydü.

Üzerindeki pikeyi hırsla tekmeleyip gözlerini açtı. Adi herif, dolap kapaklarını ardına kadar açık bırakmıştı. Yan yana dizilmiş leğen kemikleri gibi sarkan boş askılara baktı ve yapışıp kaldığı yataktan çıkıp kapakları kapattı. Bundan yapabilmiş olmaktan cesaret alarak, aklına iyi şeyler getirmeye çalıştı ama başaramadı. İki gün öncesine kadar sevdiği bir hayatı vardı. Kendi ailesi dışında pek bir şeyin keyfini kaçırmadığı güvenli ve sakin bir dünyada yaşayıp gidiyordu.

Üniversiteyi bitirdikten sonra yıllarca tek başına yaşamış ve hiç yalnız olduğunu düşünmemişti. Demek ki yalnızlık birinin gitmesiyle ortaya çıkıyordu. Sağ tarafı hiç bozulmamış bir yatağın solunda tek başına uyanınca bir başına olduğunu anlıyordu insan. Paniğe kapılmaya başladığını hissetti. İçindeki korku giderek büyüyordu. Toplasan beş senelik bir beraberlikti biten ama Aslı'ya sanki doğduğundan beri Ali'yle yaşıyormuş gibi geliyordu. 'Ondan önce de bir hayatım vardı, onsuz da yaşıyordum, hem de gayet güzel yaşıyordum,' diye düşündü. Ne var ki o günlere geri dönebileceğine ait bir inanç kıpırtısı yoktu içinde. Mutlu bekârlık günleri, zaman tünelinin artık girilmesi imkânsız dehlizlerinde kaybolmuştu sanki; yolunu, girişini bilmediği ve bugüne ait olmayan hayal bahçeleri gibi geçmişin duvarlarında asılı duruyordu.

Bu evden çıkmak zorunda kalabileceği aklına gelince canı iyice sıkıldı. Kira yüksekti, özellikle de işsiz kalmış biri için. İş bulmam lazım diye düşündü, bir an önce sıkı bir iş bulmak zorundayım.

Evini seviyordu. Yüksek tavanlar, fildişi rengi mermerler, açık renk parkeler ve beyaz ahşabın egemen olduğu Fransız tarzı mobilyalar insana başka bir ülkede olduğu hissini veriyordu. Girişteki geniş holün ortasındaki masanın üzerinde daima, koca bir vazoya yerleştirilmiş taze çiçekler olurdu. Onları çiçekçiden alıp getiren, uzunlu kısalı kesip vazoya koyan hep Aslı olurdu. Bunun dışında ne dekorasyona karışırdı ne de evin işleyişine. Alınacak tabak takımından nevresime kadar her şeyi Ali seçerdi. Döşemelerin rengine, perdelere, lavaboya, bardaklara hep o karar verirdi. Misafirlere ne ikram edileceğini, hangi şarabın açılacağını o bilirdi. Sadece mimar olduğu için değil, böyle detaylarla ilgilenmekten zevk aldığı için... Doğrusu bütün bunlar Aslı'nın da işine gelirdi.

"Uyuz herif!" diye söylendi yüzünü özel dokutulmuş havluya kurularken. Özdilek'in nesi vardı, hiç anlamamıştı; tıpkı neden daima gümüş çatal kaşık kullandıklarını anlamadığı gibi. Sıcak bir çorba içerken eli yanıyordu insanın; üstelik çok ağırdı o meretler. Gözünü sevdiğimin Jumbo'su! "İşte," diye yüreklendirdi kendini, "iyi bir şey buldum." Bütün bu detaylardan, törenlerden kurtulmuştu. Hazır çorbayla mutlu olabilen biri için çok fazlaydı hepsi. Yine de Ali'nin bornozunun yerinde olmadığını fark ettiği an gözlerine yaşlar hücum etti. Hinoki ağacından yapılma duş teknesinin yanında asılı olması gerekiyordu ama değildi. Bu ağaç, sıcak suyla temas ettiğinde kendine özgü bir koku yaymasıyla ünlüydü ve banyolarını süslemesi elbette Ali'nin fikriydi. Bir parça tuvalet kâğıdı koparıp burnunu sildi. Ali burnunu asla tuvalet kâğıdına silmezdi.

Mutlu anlarını hayal meyal hatırlıyordu; titrek, puslu ve uzaktılar. Pek ender ettikleri kavgalar ise yüksek bir görüntü kalitesiyle akmaya başlamıştı zihninde. Aslı kiralık bir evin banyosuna o kadar para harcamaya karşı çıkınca, "İnce zevklerin yok," demişti Ali.

"Güzel kokan bir banyo istemeni anlardım," diye karşılık vermişti Aslı da, "eğer burnun koku alıyor olsaydı..."

Gerçekten de Ali hiç koku almazdı.

Başının çatlayacak gibi ağrıdığını fark edince şaşırdı. Ne zaman başlamıştı acaba? Belki de, saatlerdir oradaydı; alnının ortasından şakaklarına doğru ilerleyen ince hatta... Eczadolabında ilaç aranırken, nikotin bantları gözüne ilişti. Ne zaman, kimin aldığını, nasıl olup da buraya girdiğini hatırlamıyordu. İkisi de günde bir pakete yakın sigara içerdi ve bırakmaya hiç niyetlenmemişlerdi. Uzanıp kutudan bir tane çıkardı. Açmak için makas lazımdı, ama lanet olası makas ortalarda yoktu. "Eşşolueşşek herif, makası almış!" Öfke, karnının biraz üzerinde, ispirtoya

bulanmış bir pamuk topu gibi aniden parlamıştı ve alev alev yanıyordu. Böyle bir zamanda kimin aklına gelirdi evin makasını götürmek? Duvarı tekmelemek üzereyken durdu ve lavabonun altındaki çekmeceyi açtı. Oradaydı makas; makyaj malzemelerinin yanında bacak bacak üstüne atmış duruyordu. Elini alnına götürürken, "Sakin ol," dedi, "sakin ol, hepsi geçecek."

Koluna bir nikotin bandı yapıştırıp, banyodan çıktı.

* * *

Direksiyona oturduğunda, terden sırılsıklam olmuştu. Kolay değildi onca eşyayı arabaya taşımak. Bagaj ve arka koltuk tıka basa dolmuştu, yine de bir sürü eşyası kalmıştı. Başını kaldırıp apartmana, evlerine baktı ve mırıldandı:

"Tekrar buraya dönebilecek miyim acaba? Eskisi gibi akşamları yorgun argın kapısından içeri girebilecek miyim?"

Aslı'nın olanları öğrenme ihtimali olduğunu her zaman biliyordu ama olabilecekler üzerine uzun uzadıya düşünmemişti. Hep Aslı'yla yüzleşmeye kadar gidebilmişti hayal gücü ve orada durmuştu. Oysa şimdi yüzleşmenin sadece bir başlangıç olduğunu görüyordu; altüst olmuş bir hayata atılan ilk adımdı. İnsanların "düzeni bozulmaktan" niye bu kadar korktuklarını anlamak, bagajına yüklenmiş bavullarla sokak ortasında duran bir adam için pek zor olmuyordu. Evlilik sadece bir kadın ve bir erkekten ibaret değildi. Dolap, yatak, kanepe, banyo, espresso makinesi, televizyon ve daha bir sürü şey de evliliğe dahildi... Üstelik, o kadar çok uğraşmıştı ki bu evle... Taşındıkları sırada, istediği hale getirebilmek için işlerini bir kenara bırakıp, bir ay gece gündüz çalışmıştı.

Şu anda tek umudu Aslı'nın işsiz olmasıydı. Bu durum biraz daha sürecek olursa evin yükünü kaldırması olanaksız hale gelirdi. Sadece kira dünyanın parasıydı ve hayat kiradan ibaret değildi. Annesinin yanına dönmesi söz konusu olamayacağına göre, belki daha yumuşak bakabilirdi Ali'yle barışmaya. İçinden Aslı'nın uzun süre işsiz kalmasını diledi. Onun çaresizliğinden medet ummanın saçma olduğunu biliyordu ama bulabildiği her dala sarılmaktan kendini alamıyordu. Barışsalar bile, geçmişteki gibi olmaları imkânsızdı yine de kurtarabileceği bütün parçaları istiyordu. İnatçı ya da ikna edilemez biri değildi Aslı, yumuşak huylu ve anlayışlıydı. Özellikle sevdiği insanlara, zayıflık derecesinde düşkünlüğü vardı karısının. Onları oldukları gibi kabul eder, hatalarını görmezden gelirdi. Direksiyona geçerken, sadece kısa bir an için, Aslı'nın kendisini affetmesi hiç de imkânsız görünmedi gözüne. Sonra onun o yabancılaşmış bakışlarını hatırlayıp ürperdi.

Bütün gece, gözüne tek bir damla uyku girmeden, olanları düşünmüştü. Suçluydu, pişmanlıksa pişmandı, eğer her şeyi başa sarma şansı olsa yaptıklarının hiçbirini yapmazdı.

Yola çıktığında, 'Ama Aslı da yeterince sahip çıkmadı bana,' dedi içinden bir ses. 'Neredesin, diye sorsa, her söylediğime inanmasa, beni o kadar rahat bırakmasa hiçbirine cesaret edemezdim.'

Aslı'nın aptal olmadığını biliyordu, insanı şaşkına çeviren bir zekâsı vardı kadının. Onu ilk tanıdığında güzelliğine vurulmuştu ama Ali'yi asıl darmadağın eden şey kadının aklı olmuştu. Olaylara başka bir pencereden bakmak denen şey Aslı'yı anlatmak için yeterli değildi, duvarın istediği yerine, kendi penceresini açardı o. Böyle bir kadının, bir seneden uzun bir süre aldatıldığını anlamamış olması, bırakın anlamayı bundan hiç kuşkulanmaması inanılır gibi değildi. Eğer kader o telefon talihsizliğini kurgulamasa, olay hiçbir zaman ortaya çıkmayabilirdi.

Diğer taraftan Ayten'i aldatmak, imkânsıza yakındı. Ali'ye karşı algıları öyle açıktı ki, insanüstü bir gayret isterdi onu atlatabilmek. Aslı'yla birlikte olduğu günleri bile seziyor; sorularla, imalarla dünyayı dar ediyordu ona. "Niye Aslı öyle yapmadı ki? Niye dikkatli bakmadı bana! Niye bir tek gün bile kaybetmekten korkmadı! Sevmiyor muydu artık ulan bu kadın beni! Öğrenince bile tek bir soru sormadı. Ayten olsa, didik didik ederdi beni, en ince ayrıntısına kadar her şeyi öğrenmek için canını dişine takardı."

Şirketin önüne park ederken, Aslı'nın da bu işte hatası olduğuna karar vermişti. Hiçbir şey tek taraflı olmuyordu şu dünyada. Bir eksiklik olmasa aldatmazdı ama onca düşünmesine rağmen neyin eksik olduğunu söyleyemiyordu. Bu konuda daha fazla düşünmeye yeltenmedi. Olan olmuştu. Biraz ileride arabasından inen Ayten'i görünce sinirleri iyice gerildi. Bütün bu yaşadıklarının sorumlusu olan kadın, yüzünde işveli bir gülümsemeyle, koca poposunu sallaya sallaya ona doğru geliyordu. 'Bu kadının nesine kapıldım ben!' diye geçirdi içinden. Elinde olmadan Aslı'yı düşündü, onun sülün gibi salınışını, ipekten farksız tenini, bebek kokusunu, açık kahverengi gözlerini, açık kahverengi meme uçlarını...

Ayten gülümseyerek, "Günaydın," dediğinde Ali onun teninin zımpara gibi olduğunu düşünüyordu.

"Odama gelir misin? Konuşmamız lazım."

"Hayırdır, aksisin sabah sabah?"

Ali cevap vermeden hızla ofise doğru yürümeye başladığında Ayten'in ona yetişebilmek için topuklu ayakkabılarının üzerinde koşması gerekti. Odaya girer girmez Ali kapıyı kapattı ve "Otur lütfen!" dedi.

"Oturayım da... Nedir canım bu halin?"

"Aslı öğrendi!"

"Neyi? Bizi mi?"

"Biz" kelimesi Ali'nin midesini bulandırdı. 'Biz diye bir şey yok!' diye bağırmak geldi içinden ama yapmadı.

"Evet bizi."

"Nasıl öğrendi peki, sen mi söyledin?"

"Saçmalama, tabii ki ben söylemedim. Telefon açık kalmış akşam ve o da her şeyi duymuş." Her şeyi, derken sesi titredi.

Birkaç saniyelik sessizlikten sonra, "Ne oldu peki?" diye sordu Ayten. Belli ki olanların kendisine nasıl yansıyacağını kestirmeye çalışıyordu.

"Beni evden attı."

"Ben olduğumu anlamış mı?"

"Evet."

"Ne dedi?"

"Hiçbir şey söylemedi."

"Nasıl hiçbir şey söylemedi ya?" Ayten'in bunu anlaması mümkün değildi.

"Söylemedi işte. Git, dedi sadece."

"Gece nerede kaldın peki?"

"Orada. Evde"

"Eee, hani git demişti?"

"O git dedi ama ben gitmedim. Bütün gece salonda oturdum. Sabah da eşyalarımı toplayıp çıktım. Ahret soruları sorup durma sen de!"

"Ne demek soru sorma! Beni de ilgilendiriyor bu konu. Neler olduğunu anlamaya çalışıyorum. Boşanıyor musunuz siz şimdi?"

"Daha konuşmadık."

"Boşayacağım falan demedi mi?"

"Yani söyledikleri o anlama geliyor herhalde ama boşanma kelimesini kullanmadı."

Ayten bacak bacak üzerine attı. Rahatlamış bir hali vardı, konunun kendi lehine geliştiğine karar vermişti.

"Böyle olmasına üzüldüm ama sonuçta bitmiş bir evlilikti sizinki. Eh, kendiliğinden kurtulmuş oldun."

Ali derin bir nefes alarak, "Ayten, özür dilerim ama buradan ayrılmanı istiyorum," dedi.

"Nasıl yani? İşten mi ayrılacağım?"

"İşten, benden..."

"Sen delirdin mi!"

Ayten öfkeyle ayağa fırladı. Ali onun öfkesinden korkmak

gerektiğini biliyordu. Bağırıp çağırabilir, etrafı kırıp dökebilirdi.

"Bunu o mu istedi? O kadını kovacaksın mı dedi sana?"

Ayten'in sesi yükselmeye başlamıştı bile.

"Hayır dedim ya! O hiçbir şey söylemedi."

"O zaman neden beni başından atmaya çalışıyorsun, söylesene. Çoluk yok çocuk yok, boşanırsın, olur biter."

"Ben evliliğimi kurtarmak istiyorum..."

"Ben de bunu anlamıyorum işte! Niye kurtarmak istiyorsun?"

"Çünkü onu seviyorum, tamam mı?"

Elbette tamam değildi. Ayten avazı çıktığı kadar bağırmaya başladığında, Ali söylediğine pişman olmuştu bile. Durumu toparlayacak birkaç kelime etmeye çalıştı ama Ayten onu duymadı. Sehpanın üzerinde duran Kemal Tufan heykeli havalanıp Ali'nin çizim masasının üzerinde tuzla buz olduğunda ise her şey için çok geçti.

* * *

"Burcu da gelecek kahvaltıya. Seni görmek istiyormuş Zeyno."

Zeyno'nun yüzü aydınlandı. Öteden beri severdi Burcu'yu. Hatta Aslı'nın arkadaşları arasında tek sevdiğiydi. Bu konuda hiç konuşmamışlardı ama Aslı, Zeyno'nun Sevil'i için için hor gördüğünü, Devrim'in varlığından rahatsız olduğunu bilirdi. Burcu'nun ise yeri ayrıydı Zeyno için.

İki kardeş sohbet etmeden kahvaltıyı hazırlamaya başladılar. Zeyno ne bir şey soruyor ne de anlatıyordu. Aslı sessizliği kırmak için, annesi ve babasından bahsetmeye başladı. Cenazeyi, babasının Banu'yla gelip annesini sinirlendirmesini, annesinin babanla konuş diye tutturmasını anlattı. Zeyno hiç yorum yapmadan, sanki konunun kendisiyle bir bağlantısı yokmuş, o insanlar sadece Aslı'nın anne ve babasıymış gibi ilgisizce kulak kabarttı ablasının anlattıklarına.

"Sence de babamla konuşmam saçma değil mi?"

"Bilmem ki."

Aslı'nın dilinin ucuna kadar geldi, sen konuş o zaman, demek ama kendini tuttu.

Temizlikçi kadın erkenden gelip toparlamıştı salonu. Şimdi odaları temizliyordu. Sessiz, sakin biriydi. İki günde bir erkenden gelir, varlığını hissettirmeden işini yapıp giderdi. Bir şey soran olursa gülümseyerek cevap verir ve tekrar işine dönerdi. O yüzden varlığı Aslı'yı hiç rahatsız etmezdi.

"Abla, kolundaki ne?"

"Nikotin bandı!"

"Yani?"

Uzayda mı yaşıyordu bu kız?

"Sigarayı bırakmak için," diye açıkladı Aslı. "Vücuduna dışarıdan nikotin veriyor, böylece sigara içmek istemiyorsun, yani istemiyormuşsun. Göreceğiz bakalım..."

Burcu elinde koca bir torbayla içeri girdiğinde, evin havası ısınıverdi. Şen şakrak sesi salonda çınlarken, önce Zeyno'yu sıkıca kucakladı, sonra da paketi Aslı'nın eline tutuşturdu.

"Su böreği ve kurabiye getirdim size. Bizim orada şahane bir pastane var, önünden geçerken dayanamadım."

Burcu zayıflamasıyla ilgili iltifatlar yağdırırken, zavallı Zeyno renkten renge giriyor, ufaldıkça ufalıyordu.

"Hadi gelin, acıkmadınız mı?" diye seslendi Aslı. Burcu'nun getirdiklerini kocaman iki tabağa dizip masaya bırakırken, "Kim yiyecek kızım bu kadar şeyi? Senin de elinin ayarı yok," diye söylendi. Her ne kadar neşeli görünmeye çalışsa da, aslında masadaki yiyeceklere bakmak bile midesini bulandırıyordu ve değil yemek, kokularını bile duymak istemiyordu.

"Ne var, senin kolunda öyle? Nikotin bandı mı?" diye sordu Burcu.

"Hı hı!"

"Ne yani, sigarayı mı bırakıyorsun?"

"Evet! Herkes çay mı içiyor?"

Burcu ve Zeyno başlarını salladı, Aslı mutfağa giderken Burcu arkasından seslendi:

"Bugünü mü buldun sigarayı bırakmak için?"

"Evet."

Hep birlikte sofraya oturdular.

"Eeee? Nereden çıktı, böyle apar topar gelmek?" diye sorguya başladı Burcu. Aslı'dan daha teklifsizdi Zeyno'ya karşı.

"Geldim işte..." diye geveledi Zeyno.

"Sen öyle çıkıp gelmezsin Zeyno'cuğum, vardır bir sebebi. Kötü bir şey olmadı, değil mi?"

Zeyno omuz silkti, "Yok bir şey Burcu Abla."

"Peki ne kadar kalacaksın."

"Dönmeyeceğim artık."

"Dönmeyecek misin!" Aslı şaşkınlıktan çığlık atmıştı. "Ne demek şimdi bu?"

"Bir daha Brüksel'e gitmeyeceğim demek. Evi topladım, bütün eşyaları taşıma şirketine verdim, iki hafta sonra her şey gelecek."

Aslı kızgınlıkla çatalını masaya bıraktı. Söyleyeceklerini toparlayamıyordu, birkaç kere, üst üste derin nefes aldı. Burcu gözleriyle ona sakin olmasını işaret etti.

"Ne oldu abla? Niye bu kadar kızdın?"

"Kızmadım. Şaşırdım sadece."

"Sinirli görünüyorsun da..."

"Burcu sorana kadar neden bana söylemediğini merak ediyorum. Bir insan yaşadığı ülkeyi değiştiriyorsa bu önemli bir şeydir, değil mi?"

"Çünkü Burcu sordu. Sen bir şey sormadın ki, kendi derdinle meşguldün."

"Tamam, öyle olsun. Şimdi soruyorum o zaman, neden dönüyorsun? Gayet mutluydun orada."

"Sıkıldım artık," dedi Zeyno önüne bakarak.

"Buradan bir iş teklifi mi aldın?"

"Hayır."

"Aaaaa, sen de çatlatma kızım insanı! Anlatsana ne oldu?"

Burcu bile Zeyno'nun ketumluğu karşısında sükûnetini yitirmeye başlamıştı. Aslı'nın aklı sehpanın üzerinde duran sigara paketine kaydı, belki de bugün gerçekten sigarayı bırakmak için uygun bir gün değildi.

"Bir şey olmadı," dedi Zeyno ters ters. Yüzü kıpkırmızı kesilmişti. "Bakın ben sizin nasıl yaşadığınızı biliyorum..."

Aslı ve Burcu ona baktılar. Ne demeye çalıştığını anlamamışlardı. Zeyno yutkundu.

"Siz çok iç içesiniz... Eskiden beri, her şeyinizi paylaşırsınız."

"Yooo, ablan da öyle her şeyini paylaşmaz," diye itiraz etti Burcu. "Bakma bu defa mecbur kaldı."

"Eeee?" dedi Aslı, Zeyno'nun söyleyeceklerini duymak istiyordu.

"Ben öyle değilim. Biliyorsunuz..."

"Lafı nereye getireceksin?"

"Ben her şeyimi paylaşmak istemiyorum. Anlatmak istemiyorsam istemiyorum demektir. Beni böyle sorgulamanızdan rahatsız oluyorum."

Sessizlik oldu. Uzun, derin ve sıkıntılı bir sus pus hali. Aslı çatalıyla oynayan kardeşine baktı, alnı boncuk boncuk ter içinde, gözlerini tabağından ayırmadan duruyordu. Bunları söylemek bile onun için ne kadar zordu. İnsanlarla, 'Sizinle iletişim kurmak istemiyorum,' demek için bile iletişim kurmak zorunda kalmak...

"Abla, biliyorum sen bunu hiç anlamadın ama ben böyleyim işte."

Aslı ona, 'Seni rahatsız eden her şeyi daha sen rahatsız olmadan hissediyorum, biri sana yaklaştığında senden çok ben korkuyorum,' diyemedi.

"Öyle mi?"

Ağzından tek çıkan bu oldu.

"Bak sen şimdi boşanıyorsun ve etrafında bir sürü insan

var. Derdini anlatmak sana iyi geliyor ama bana iyi gelmiyor. O yüzden lütfen bana soru sorup durmayın. Burcu abla, sen de sorma! Lütfen buna saygı gösterin ve ne olur bana dokunma-
 yın!"

Burcu ve Aslı donup kalmışlar, nefes bile almadan, hareketsiz duruyorlardı. Aslı, 'Sen bunu hiç anlamadın!' cümlesinde takılıp kalmıştı. 'Belki de yeterince anlamadım, anladığımı sandım ama anlamadım, belki de gördüğüm yeterli değildi, dahası vardı ve ben salak gibi her şeyi bildiğimi sanıyordum... Bir sigara yaksam?'

Sigaraya uzanmak istedi, vazgeçti. Bunun Zeyno'ya iyi gelmeyeceğinden korktu. 'Ablam benim yüzümden sigarayı bırakamadı,' derdi, daha da fenası Aslı'nın bunu ona vicdan azabı çektirmek için yaptığını düşünürdü. Anneleri öyle yapardı çünkü, ne zaman kızlarına ya da kocasına sinirlense, bir hastalık çıkarırdı; üzülsünler isterdi. Onlar da üzülürdü.

"Zeyno, asıl bence senin insanları anlama sorunun var."

Burcu'nun yüzünde, durdurulamayacak kadar kızgın olduğu ender anlarda görülen ifade belirmişti. Ona öteden beri hüzünlü bir hava veren kavisli kaşlarının biri diğerine göre epey yukarı kalkmış, kalın dudakları ise alaycı bir şekilde kıvrılmıştı. Zeyno'ya doğru eğildi ve neredeyse tıslayarak konuşmaya başladı:

"Sana sormak istiyorum, ablanın boşanmak üzere olduğunu biliyorsun, peki şu anda neler hissettiğine dair bir fikrin var mı? Boş boş bakmasının dışında bir farklılık görüyor musun onda? Ali'ye küfrettiğini, bela okuduğunu ya da ağlayıp sızlandığını duydun mu? Geleceğe ait neler onu korkutuyor acaba? Bir ay önce çocuk yapmaktan bahsediyordu bu kadın, bak şimdi hayatı toptan değişti, üstelik işsiz. Yani ben onun içinden geçenlerle ilgili pek bir şey bilmiyorum da, sen biliyor musun acaba diye merak ettim."

Zeyno titrek bir sesle kendini savunmaya çalıştı.

"Benim söylemek istediğim..."

Burcu hiç tereddüt etmeden onun sözünü kesti.

"Bak güzelim, başından geçenleri gizlemek seni özel biri yapmaz, eğer bizi küçümsemek ve farklılaşmak gibi bir derdin varsa önce o gözlerinden taşan bunalımı saklamayı öğren çünkü bu halde karşımızda oturup ondan sonra da senin için endişelenmememizi söylemek, bana pek dürüst bir tavır gibi gelmiyor."

Zeyno'nun rengi kırmızıdan bordaya dönerken, Aslı çatlak bir sesle, "Kahve içer misiniz?" diye sordu. Burcu'nun daha fazla Zeyno'nun üzerine varmasını istemiyordu.

Burcu arkasına yaslanıp, "Ben içerim," dedi. Zeyno cevap vermedi.

* * *

Ali masasında oturmuş sakinleşmeye çalışıyordu. Odadan çıkacak yüzü yoktu, dışarıdaki sekiz kişinin gözleri önünde olmuştu her şey. Önce gürültüyü duyan ortağı Cengiz girmişti odaya. O, Ali'nin üzerine saldıran Ayten'i tutmaya çalışırken, diğerleri gelmişti. Her şey en çirkin kelimelerle ortalığa saçılır, sır diye bir şey kalmazken Ali hiçbir şey yapamadan öylece kalakalmıştı. Ayten'in sesi arşa yükselirken onun çıtı bile çıkmamıştı. Zavallı Cengiz akla karayı seçmişti kızı odadan çıkarıp toplantı odasına götürene kadar. Gerçi oradan da taşmıştı Ayten'in öfkesi ve ona eşlik eden yakası açılmadık küfürleri. Cengiz'in ne söyleyip kızı gitmeye ikna ettiğini bilmiyordu ama gitmişti sonunda.

Kapı açılıp ortağı içeri girdiğinde eli ayağı hâlâ titriyordu Ali'nin.

"Ben hayatımda böyle edepsiz bir karı görmedim," dedi Cengiz bitkin düşmüş bir halde Ali'nin karşısına otururken. "Ne bok yedin oğlum sen böyle?"

"Sorma! Öyle bir bok yedim ki..."

"Ben hissetmiştim aranızda bir şeyler olduğunu da konduramamıştım sana. Ayten asılıyor herhalde bizimkine demiştim.

Aklıma da geldi valla, gelip sana, aman oğlum dikkat et bu karıya demek."

Ali bir şey söylemedi. Neredeyse altı senedir ortaklardı ve ilk defa böyle bir konu oluyordu aralarında. Tam bir aile adamıydı Cengiz, mutlu bir evliliği ve iki tatlı oğlu vardı. Evine gitmek için acelesi olan ender adamlardandı. Ali onun güvenini sarstığını biliyordu, bir şey söylemese de tanıyordu ortağını. Şirketten biriyle ilişkiye girmeyi, hele de gencecik bir kızla, hoş karşılamazdı Cengiz. Birbirlerine olan sarsılmaz inançlarında bir gedik açılmıştı. 'Her şeyi mahvettim,' diye geçirdi içinden... Hiç istemezdi böyle olmasını.

"Aslı da öğrenmiş ha?"

"Öğrendi."

"Evden de atılmışsın?"

Ali başını salladı.

"Sence affeder mi beni?"

Sanki Cengiz, affeder, dese her şey düzelecekmiş gibi bir inançla sormuştu bunu.

"Bilmem ki... Hemen affetmez de, belki biraz zaman geçince..."

"Olabilir mi yani?"

"Off be Ali, ben nereden bileyim be oğlum! Sıçıp batırmışsın ortalığı! Git yalvar, ağla sızla, bir daha yapmayacağına yemin falan et, bırakma peşini."

Cengiz kravatını çözüp çıkardı. "Ulan öyle kız bulmuşsun, ne işin var bu kenarın dilberiyle anlamadım ki."

"Ya tamam be Cengiz, biliyoruz."

"Kızdan da ettin bizi. İşimize yarıyordu."

Ali başını ellerinin arasına aldı.

"Rezil oldum bütün şirkete."

"Yapacak bir şey yok, olan oldu..."

"Abi öyle deme, nasıl bakacağım ben şimdi o insanların yüzüne? Duymadıkları kalmadı ki."

"Merak etme, bir süre sonra unutulur."

"Sana da rezil oldum. Adi herifin biri olduğumu düşünüyorsundur herhalde."

Cengiz saatinin kayışıyla oynarken,"Estağfurullah... Oluyor böyle şeyler," diye mırıldandı.

Ali, ortağının yüzünden gerçekte ne düşündüğünü anlamaya çalıştı ama Cengiz pek renk vermiyordu. Kızdıysa da bunu açığa vurmayacak gibiydi.

"Aşk falan diyordu Ayten içerde. Doğru mu?"

"Yok be abi, ne aşkı... Öylesine bir şeydi işte."

"Öylesine bir şey için mi aldın bu kadar riski?"

"Geri zekâlı olduğum için aldım. Sen ne dedin de yolladın Ayten'i?"

"Bunları ortalığa dökmekle sen de rezil olursun dedim. Bacak kadar boyunla evli adamların altına yatmak yakışır mı, falan... Tazminatını fazla fazla vereceğiz dedim. Açıktan bir miktar veririz olur biter."

"Öyle hemen yatışmaz onun siniri."

"Daha ne yapacak ki? Karın öğrendi, bütün şirket öğrendi... Ne zarar verebilir daha fazla?

"Abi, şeytan gibi bir şey o. Bizim aklımıza gelmeyen bir şey düşünür, merak etme."

"Bu kadar iyi tanıyorsun da ne bok yemeye ilişkiye girdin onunla? Bulamadın mı başkasını?"

"Ben kimseyi aramıyordum ki. O gelip musallat oldu bana. Benim de zayıf bir anıma geldi herhalde."

"Saçmalama gözünü seveyim. Yirmi yaşında olsan anlarım, zayıf davranmanı. Eşek kadar herifsin be! Hem bir sene mi sürdü zayıf anın, bırak allahaşkına..."

Ali sustu. Yerden göğe haklıydı Cengiz, eşeklerin en eşeğiydi o. Göz göre göre, bile bile saplanmıştı batağa. Haftaya ayrılırım, yarın ayrılırım, öbür gün ayrılırım, hadi son bir kere daha diye diye işleri bu hale getirmişti.

Basiretini bağlamıştı o kadın. 'Büyü falan mı yaptı bu orospu bana?' diye düşündü.

"Cengiz, bu bana büyü falan yapmış olmasın."

"Hassstir oradan," dedi Cengiz ağız dolusu, "salaklığın adı büyü mü oldu şimdi. Git Aslı'ya söyle istersen, bu kadın bana büyü yaptı galiba diye, bakalım o ne diyecek."

Ali nefesinin yetmediğini hissetti. Ne kadar derin nefes alırsa alsın, ciğerlerine yeterince oksijen dolmuyordu sanki.

"Neyse olan oldu bir kere. Sen nerede kalacaksın şimdi? Gel bize..." dedi Cengiz yumuşak bir sesle. Ne kadar kızsa da bir tarafı kıyamıyordu Ali'ye. Senelerin ortaklığı vardı aralarında, onun da ötesinde, dostlardı. Herkes hata yapardı, Ali de yapmıştı. Hem zararın büyüğünü de kendisi görmüştü.

"Sağ ol, otelde kalırım ben, Nesrin'e rezil olmayayım, bir o kaldı zaten... Aman ne olur, sen de şimdilik ona bir şey söyleme. Belki Aslı'yla durumu toparlarız."

* * *

Mutfak dolaplarının kapaklarını birkaç kez açıp kapattı. Aslında kahvenin, şekerin, cezvenin yerini biliyordu ama nedense bulamıyordu. Cezveye kaç kaşık kahve koyduğunu karıştırdı, hepsini kavanoza geri döktü, bir kez daha, bu defa dikkatle sayarak koydu.

Burcu elinde iki tabakla, "Allah sana kolaylık versin!" diyerek mutfağa girdiğinde, gözlerini cezveden ayırmadan, ocağın üzerindeki kahvenin kabarmasını bekliyordu.

"Bana bak," dedi Burcu, "söyle ona annene gitsin, senin bir de onun manyaklıklarıyla uğraşacak halin yok. Hoooop, duyuyor musun beni?"

"Duyuyorum."

"İyi. Ay öyle bakma kahveye, deli gibi!"

"Niye öyle hırpaladın onu?" diye sordu Aslı sakin sakin. "Onunla konuşmak bir şeyi değiştirmez, ha duvara söylemişsin ha Zeyno'ya, fark etmez. Söylediklerini anlamıyor, sadece inciniyor. Bizim gibi değil işte!"

"Ben sana benziyor muyum ya da Sevil Devrim'e? Kimse

kimse gibi değil ama toplum içinde yaşamayı beceriyoruz. Kardeşinin bir doktora gitmesi gerek."

"Bilmiyorum. Topluma uyum sağlamamak bir hastalık mı sence? Bana daha çok bir seçim gibi geliyor."

"O normal değil."

"Eğer dünya onun gibilerle dolu olsaydı, bu defa da biz normalin dışında kalırdık. Çoğunluğun herkesi kendine benzemek zorunda bırakması, benzemeyenleri horlaması ve normal adını verdiği bir şeyi dayatıp durması hoşuma gitmiyor."

"Kardeşini bana karşı savunmak zorunda değilsin. Ben onun bir doktora ihtiyacı olduğunu düşünüyorum ve arkadaşın olarak bunu söylemek benim görevim. Kabulü kolay bir şey değil belki ama bence yardıma ihtiyacı var."

"Bir de şöyle düşün, biz muhafazakâr bir aile olsaydık, onun geceleri dışarı çıkmak istememesi, erkek arkadaşı olmaması tuhaf görünmeyecekti."

"Maalesef, bu kadar basit değil. O zaman da başka sorunlar çıkacaktı."

"Belki de."

Aslı kahveleri koydu, birlikte mutfaktan çıktılar. Zeyno hâlâ masada oturuyordu, aniden yerinden kalktı ve masayı toplamaya koyuldu.

"Bırak, toplarız birazdan," dedi Aslı.

"Yok, siz kahvenizi için. Ben hallederim."

Burcu fazla kalmadı, evde işleri vardı. Tam kapıdan çıkarken, "Sen kendine bak tamam mı, bir de başkalarının derdini yüklenme bugünlerde," diye tembihledi Aslı'yı.

"Sen bunu anlayamazsın," dedi Aslı gülümseyerek, "Senin kardeşin yok ki."

Burcu gittikten sonra, Zeyno izin isteyip, okuyacak bir şeyler bulmak için Aslı'nın kütüphanesine girdi. İnsan böyle bir şey için öz ablasından izin ister miydi? O istiyordu işte! Aslı da kapıcıyı arayıp, kendisine bulabildiği kadar koli getirmesini söyledi. Ortalıkta Ali'ye ait hiçbir şey bırakmayacaktı. Bu çok etkili bir çözüm olmasa da en azından bir başlangıçtı. Ne kadar az hatırlarsan, o kadar çabuk geçer. Bu kurala inanıyordu.

Ali'nin fincanlarını, espresso makinesini, büyük bir ihtimamla dizdiği tirbuşonlarını, karaflarını, pek kıymetli buz kovasını mutfaktan çıkarmakla başladı işe. Sürekli karar vermek zorunda kalmak can sıkıcıydı. Bu bizim mi, onun mu? Benim, onun, bizim, gitsin, kalsın, aman onun olsun... Bunaltıcı ve meşakkatli bir işti ama yapılacaktı çünkü yapılması gerekiyordu. Devrim olsa, içindeki Alman uyandı, derdi ona.

Burcu'nun gelişi, kahvaltı, Zeyno'nun dertleri derken, kısa bir süreliğine de olsa Ali aklından çıkmıştı. Bir musibeti unutmanın en iyi yolunun başka bir musibetle karşılaşmak olduğu doğruydu demek. Ali'nin yaptığı Cenk'in ölümünü unutturmuş, Zeyno da Ali'yi gölgelemişti. Yine de acı eninde sonunda geri geliyordu. Çekip bitirmeden yakasını bırakmıyordu insanın. Yerde bağdaş kurup oturmuş anıları pay etmeye çalışırken kalbi, rahatsız ediyordu bedenini. Görünmeyen bir el, sıkıp buruyor, iki kulakçık iki de kapakçıktan ibaret zavallı kalbinin canına okuyordu.

Ziya Efendi, elinde üç büyük koliyle kapıda belirdiğinde, Aslı mutfaktaki işini tamamlamak üzereydi.

"Sağ ol Ziya Efendi ama birkaç tane daha bulursan çok makbule geçer. Bir de eski gazetelere ihtiyacım var. Ayarlayabilir misin?"

"Ayarlarım da... Hayırdır Aslaaaanım? Taşınmıyorsunuz inşallah..."

"Yok canım taşınmıyoruz."

Sözcükler ağzından çıkar çıkmaz canı sıkıldı. Neden adama yalan söylüyordu?

"Daha doğrusu, ben taşınmıyorum," diye düzeltti. "Ali Bey taşınıyor."

Alaturka şarkıcılar gibi konuşmaya başlamıştı şimdi de. Ali Bey'miş... Tavşan kardeş demek gibi bir şeydi bu.

"Yapma ya!" Ziya Efendi'nin üzüntüsü samimiydi.

"Neyse sen istediklerimi bul da..."

"Valla çok üzüldüm, ama belli olmaz bu işler, barışırsınız, barışırsınız..."

"Tamam Ziya Efendi."

"Sen merak etme, getiririm birazdan hepsini."

Aslı kapıyı çarparak kapattı. Buraya taşındığı günden beri kendisiyle sizli bizli konuşan Ziya Efendi'nin, süratle "Sen"e geçmesi tepesini attırmıştı. "Artık boşanan bir kadın olduğuma göre, saygıyı hak etmiyorum herhalde!" diye söylendi. Asalet unvanıydı sanki evlenmek. Neden adama haddini bildirmemişti ki? Bunun için kendisine kızdı, zaten ne zaman birine ağzının payını vermesi gerekse tutulup kalırdı. O sırada tekrar kapı çalındı, hırsla açtı. Ziya Efendi karşısında duruyordu. Adam ağzını bile açamadan, "Bak Ziya Efendi," dedi, "eğer bana bir kere daha 'sen' diye hitap edecek olursan, kafanı kırarım, ona göre."

Adamcağız duyduklarına inanamayan bir halde, ağzı bir karış açık, kaşları olması gereken yerden birkaç santim yukarıda, Aslı'ya bakakaldı.

"Öyle mi dedim?" diye kekeledi şaşkınlıkla, "kusura bakmayın Aslaaanım, yanlışlıkla çıkmıştır ağzımdan."

"İyi, tamam. Ne söyleyecektin?"

"Ben, diyecektim ki... Unuttum vallaha ne söyleyeceğimi. Neyse artık, hatırlayınca söylerim. Hah tamam, Münevver Hanım, bir uğrasın Aslı Hanım demişti de..."

"Döndü mü o?"

"Bu sabah torunu getirdi, evim diye tutturmuş."

Ziya Efendi, ağladı ağlayacak, asansörü bile beklemeden merdivenlere yöneldi. Adamın çökmüş omuzlarına ve bükülmüş boynuna bakan Aslı kendini daha iyi hissetmedi.

"Neden şimdi azarladın adamı? Tek bir terbiyesizliğini gördün mü zavallının bugüne kadar? Bir dediğini iki etmedi, ne derdin olsa, koştu. Ne olurmuş yani, sen dediyse? Şaşkınlıktan öyle çıkmıştır ağzından. Hem sen de adama, sen diyorsun. Aferin sana, ağzını açıp Ali'ye tek kelime etmedin, Zeyno'nun şöyle bir güzel ağzına sıçmadın, ömrün boyunca annene, sen bir dur demedin, elin cahiline yetti gücün, ona tuttu efeliğin..."

Söylendi de söylendi. Ali'nin eşyalarını koliye yerleştirirken kendi kendini yedi bitirdi. Çok ayıp etmişti. Saatler boyunca evin içinde dört döndü, her bir çekmeceyi, her bir deliği talan etmek suretiyle Ali'ye ait ne varsa buldu çıkardı ve özenli olmayan hareketlerle kolinin içine tıktı. Ziya Efendi'nin korkarak kapının önüne bıraktığı eski gazetelere ihtiyaç duymadı. Bir de her şeyi sarıp paketleyecek değildi. Tam bitirdiği sırada telefon çaldı.

"Zeyno'yu bulamıyorum," diyordu annesi, "evi de cebi de cevap vermiyor. Aklımı oynatacağım vallahi, sizin bu sorumsuzluğunuz yüzünden. İkiniz de birbirinizden betersiniz."

"Ben onunla dün akşam konuştum. Şehir dışında bir yere toplantıya gidecekti, telefonum almayabilir, merak etmeyin demişti. Unuttum sana söylemeyi."

İnsanın böyle bir annesi olunca, yalan söylemek refleks haline geliyordu.

"Kendini unutmadığına şükret. İyice allahlık oldun sen son zamanlarda. Kızım unutulur mu böyle şey?"

"Kusura bakma, çıkmış aklımdan."

"Yarın akşam bana yemeğe geleceğinizi unutmamışsındır inşallah."

Unutmuştu.

"Unutmadım merak etme ama Ali gelemeyecek."

"Aaaaa! Niyeymiş o?"

"İş yemeği çıktı yarına. Önemliymiş, erteleyemedi."

"Bana yemeğe gelmek önemsiz tabii. Zaten ayda yılda bir geliyorsunuz, onda da bin dereden su getirmeseniz olmaz."

"Ben geliyorum işte."

Annesinin konuşmayı daha fazla uzatmasına fırsat vermeden telefonu kapattı. Ali sürekli mesaj atıyordu. Özür dileyen, yalvaran, ağlamaklı şeyler yazıyordu. Aslı hiçbirine cevap vermedi çünkü verecek cevabı yoktu.

İnternetin başına geçip sigarayı bırakmanın faydalarını okumaya başladı. Yirmi dakika sonra, tansiyon ve nabız normale döner, 24 saat sonra kalp krizi riski azalır, 48 saat sonra cilt kendini yenilemeye başlar, 72 saat sonra akciğerlerin kapasitesi artar... liste uzayıp gidiyordu. İki sene sonra kalp krizi riski hiç sigara içmeyen biriyle aynı oluyordu vs vs... Hepsi iyi güzeldi ama o beyaz paket hiç gözünün önünden gitmiyordu. Rejim yapmak gibi bir şey değildi bu, basbayağı birini özlemeye benziyordu. Sevgili beyaz paket, güzel beyaz paket, benim canım sigaram... Kalkıp mutfağa gitti ve çekmeceye tıktığı son iki pakete baktı, birinde üç-dört tane sigarası kalmıştı, diğeri hiç açılmamıştı. Açılmamış paketi eline aldı ve yanağına götürdü, seni seviyordum diye fısıldadı, hâlâ seviyorum... Dumanı düşündü, kokuyu, o küçük silindiri parmakların arasında tutmanın verdiği o bütünlük hissini...

Canını en çok acıtan, bir daha sigara yakmama fikriydi; ilk nefesi özledi. Yoksunluk dedikleri bu muydu? Yoksunluk... Ne üzücü bir kelimeydi bu böyle! Gözleri yaşla doldu, paketi yanağına iyice bastırıp ağlamaya başladı... Seni seviyordum, seni seviyordum, seni seviyordum...

Koşa koşa sokağın başındaki eczaneye gitti ve bulduğu bütün nikotinli çiklet çeşitlerini aldı. Birkaç tanesini tükürdükten sonra hepsinin iğrenç olduğunu anlayıp en az iğrenç olanında karar kıldı. Eve dönerken ağzındaki feci tat, bütün sigara içme isteğini silip atmıştı.

Ağzında çikletle Münevver Hanım'ın kapısını tıklatırken, kendini daha iyi hissediyordu. Kapıyı İzzet açınca şaşırdı. Ne işi vardı onun burada?

"Aaaa, merhaba!"

Ne diyeceğini bilememişti.

İzzet gülümseyerek, "Merhaba," dedi.

"Münevver Hanım uğramamı istemiş de..."

"Ha evet, biliyorum. Girsenize..."

Aslı çekingen adımlarla içeri girdi. Üzerinde eski eşofman altı ve on senelik mikili bir tişört vardı, sabah yüzünü yıkayıp yıkamadığını bile hatırlamıyordu. Koltuklardan birine ilişirken, Münevver Hanım'ın ortalarda görünmediğini fark etti. İzzet de ne seslendi ne de kadını çağırmak için bir hamle yaptı, rahat bir tavırla Aslı'nın karşısına geçip oturdu.

"Nerede Münevver Hanım?"

"Uyuyor."

"Öyle mi? Ben hiç girmeseydim o zaman."

"Merak etmeyin, gelir birazdan. Her gün saat 11'de öğle uykusuna yatıyormuş. Ben de bugün öğrendim. Tam yarımda kalkarım dedi. Sekmezmiş."

Aslı saatine baktı, on ikiyi çeyrek geçiyordu. Kalkıp gitmenin mi yoksa oturup beklemenin mi daha doğru olacağına karar veremedi.

"Siz burada mı kalıyorsunuz?"

"İki-üç haftalığına... Geçen gece olanları duyunca aklı çıktı annemin, saatlerce yalvardı, 'İzzet'in evinde kal ben gelene kadar,' diye ama anneannem kabul etmedi. O kabul etmeyince bu defa, 'Ben Amerika'dan dönene kadar sen anneannenle kal,' diye tutturdu. İdare edebildiğim kadar edeceğim işte. Annem yanına almak istiyor ama bizimki kabul etmiyor, huzurevi dedik ona da yanaşmıyor, yanında yatılı bir kadın da istemiyor. Ne desek, olmaz, diyor.

İzzet anlatıp dururken, Aslı onun kusursuz güzellikteki yüzünü inceliyordu. İlk gördüğü akşam, o kadar dert arasında, onun bu kadar yakışıklı olduğunu fark etmemişti. Bembeyaz dişler, hiç kavis yapmayan dümdüz kaşlar, içinde neşeli ışıkların mütemadiyen yanıp söndüğü mavi gözler... Peltekliğin bir erkeğe bu kadar yakıştığına daha önce hiç şahit olmamıştı. Genç kızların onun için birbirini öldürdüğüne şüphe yoktu. Yüzüne dökülen saçları bile bu yüzün güzelliğini örtmeyi başaramıyordu. Anneannesinden bahsetmek belli ki onu eğlendiriyordu.

"Bakmayın, kilitli kaldığında o kadar korkmuş olmasa beni

de hayatta almazdı buraya," derken yüzüne yayılan gülümseme, Aslı'nın tasasız gençlik günlerini özlemesine sebep oldu.

"Zor şey yaşlılık! Alışkanlıklar o kadar derine nüfuz etmiş oluyor ki, şartlar ne kadar zorlasa da onlardan vazgeçmeyi beceremiyor insan. Mesela anneanneniz kimbilir kaç senedir bu evde oturuyor, kendine ait, alıştığı bir hayatı var. Şimdi kalkıp kızının yanına ya da bir huzurevine gitmek zoruna gidiyordur. Hayat toplamış, çıkarmış, çarpmış, bölmüş sen de artmışsın gibi."

"Doğru ama yapacak bir şey yok. Kendine bakamıyor artık, buzdolabının kapağını bile doğru düzgün kapatamıyor."

"Onun iyiliğini istediğinizi biliyorum ama kafası son derece iyi çalışıyor ve sonuçta..."

Bu işin kendisini ilgilendirmediğini fark ederek sustu. Başkalarının aile meselelerine dahil olmak da nereden çıkmıştı?

"Sonuçta?"

"Onun hayatı, diyecektim. İnsanlara zorla iyilik yapmak bana pek doğru gelmiyor da."

"İyi de, burada bir şey olsa, ölür gider."

"Zaten ölecek. Bu evde ya da başka evde."

İzzet gülümsedi.

"O da doğru aslında..."

Aslı konuyu değiştirme ihtiyacı hissetti. Felaket tellalı gibi konuşup durmanın bir anlamı yoktu.

"Siz çalışmıyor musunuz?"

"Çalışıyorum tabii ki," dedi İzzet gülerek, "yayınevimiz var bizim, dededen kalma. Kitapların kapaklarını tasarlıyorum."

"Ne bileyim, gündüz vakti evde görünce..."

"Anneannemi getirince gitmedim bugün işe. Hem bilgisayar yanımda olduktan sonra fark etmiyor nerede çalıştığım."

Aslı kibarca gülümsedi. Ne zaman kalkacaktı bu kadın? Hoş bir çocuktu İzzet, başka zaman olsa onunla sohbet etmekten zevk alabilirdi ama bugün kimseyi çekecek hali yoktu. Bir an önce evine gitmek istiyordu.

"Kahve içer misiniz?"

"Olur."

"Neskafeden başka şansınız yok maalesef."

"Sorun değil."

İzzet ıslık çalarak salondan çıktı. Aslı çekingen bakışlarla etrafını süzdü. İzzet'in çıktığı kapının yanında duran büfenin üzerinde dört fotoğraf çerçevesi vardı. Küçüklüğünden beri bir derece miyop olan gözleri fotoğraftakileri seçmesini engelliyordu. Yaklaşıp bakmak istedi ama bunun fazla meraklı bir tutum olup olmadığından emin değildi. Mutfaktan gelen seslere bakılırsa, hızlı adımlarla büfeye gidip gelecek kadar zamanı vardı. Abartma dedi kendi kendine, salona konmuş fotoğraflara bakmanın nesi ayıp ki?

Ayağa kalktı, bilhassa ağır adımlarla fotoğraflara yaklaştı. Hepsi siyah beyaz ve epey eskiydi. En büyük çerçevede, yedisekiz yaşlarında iki kız çocuğu, ellerinde fırıldaklarla gülümsüyorlardı. Kızlardan biri büyük ihtimalle Münevver Hanım'dı ama hangisi olduğunu tahmin edemedi.

İkinci fotoğraf bahçede çekilmişti. Genç bir kız, çiçekleri açmış bir manolya ağacının önünde, üzerinde beyaz bir elbise, sandalyede oturuyordu. Yüzünde kederli denebilecek bir bakış vardı ve rüzgâr uzun saçlarını yüzüne doğru savurmuştu. Fransız filmlerinde rastlanabilecek bir kareydi ve Aslı fotoğrafın çok güzel olduğunu düşündü. Kızın Münevver Hanım olup olmadığını söylemek zordu. Eğer oysa, evrim teorisinin gerçek olduğuna hiç kuşku yoktu. O taze kız bu yaşlı kadına dönüşebiliyorsa, maymunun insana dönüşmesi hiç şaşırtıcı değildi.

Diğer iki fotoğraf benzer zamanlarda çekilmişti. Yaşını tahmin etmek zor, otuz ya da kırklarında bir kadın, bu kez Münevver Hanım olduğu su götürmez, birinde kalabalık bir masada otururken, diğerinde de tek başına bir pencerenin önünde... İkisinde de yüzünde aynı ifade, gözlerinde aynı kayıtsız bakış. Öyle fazla güzel sayılmaz ama insana tesir eden etkileyici bir tarafı var.

"Şimdiki haline benzemiyor değil mi?"

İzzet elinde iki fincanla yanında duruyordu.

"Bakışları aynı!" dedi Aslı kahveyi alırken. Fotoğrafların başında yakalanmak onu rahatsız etmemişti.

"Acayip bir kadındır benim anneannem. Tanıdıkça hayrete düşersin."

"Nasıl acayip?"

"Mesela aile bağları hiç kuvvetli değildir. Çocukluğumdan beri bana bir gün bile baktığını hatırlamıyorum."

"Gerçekten mi?"

"Gerçekten. Daha beteri annem de hatırlamıyor, annesinin kendisine baktığını."

"Allah Allah... Gerçi geçen gece fark etmiştim biraz değişik biri olduğunu."

"Altı yaşındayken bırakıp gitmiş annemi ve yedi sene hiç aramamış. Böyle bir şey düşünebiliyor musunuz?"

Aslı meraklanmıştı ama uzun uzun çene çalacak hali yoktu. Kahvesini içip gidecekti, o arada Münevver Hanım uyanırsa, beş dakika hatırını soracaktı, plan buydu. Oturup İzzet'le sohbet edecek değildi ama nasıl olduysa etti.

Münevver Hanım'ın iyi bir İstanbul ailesinin kızı olduğunu, Erenköy Kız Lisesi'nde son sınıfta okurken, bir akrabasının evinde tanıştığı yakışıklı bir subaya âşık olup, üç ay sonra, daha on yedi yaşındayken, ailesinin tüm feveranına karşın evlendiğini öğrendi. Evliliği dört yıl sürmüş, çocukları olmamış ve subay hastalanıp ölmüş.

İki sene kadar sonra aile, kızlarının tekrar evlenmesi gerektiğini düşünmeye başlamış. Münevver Hanım'ın çocuk sahibi olamayacağını sanan babası, kızının hırpalanmasına engel olmak için elli yaşlarında, büyümüş iki evlat sahibi bir tanıdıklarını kestirmiş gözüne damat olarak. Münevver Hanım'ın babası olacak yaştaki bu adamcağız karısını kaybetmiş ve çevresinde sayılıp sevilen biriymiş. Üstelik dönemin önemli kitaplarını basan bir yayınevinin sahibi olduğu için gözde sanatçılarından oluşan pek hoş bir çevresi varmış. Kızının kitaplara olan merakını bilen babası bunun fevkalade uyumlu bir izdivaç olacağından emin olmuş. Beklenenin aksine Münevver Hanım fazla tereddüt etmeden, peki demiş ve İzzet'in dedesiyle evlenip, çok geçmeden bir kız çocuk doğurmuş. Kızının kısır olmadığını öğrenen babası, onu yaşlı biriyle evlendirdiği için pişman olmuş mu bilinmez ama işler yolunda gidiyormuş.

Genç kadın bir yandan çocuğunu büyütüyor bir yandan da yayınevi için çalışıyormuş. Aklı, bilgisi ve mükemmel Fransızcasıyla kocasının sağ kolu oluvermiş. İzzet'in dedesi Hamdi Bey, yıllar önce terk ettiği alkol alışkanlığına dönmese ve genç karısını dövmeye başlamasa belki de mutlulukları uzun yıllar sürecekmiş.

Münevver Hanım beş yaşındaki kızını elinden tutup evi terk ettiğinde henüz otuz yaşındaymış. Babası yeni ölmüş ve henüz onun yasını tutan annesi kızına kocasına dönmesi için gecelerce yalvarmışsa da Münevver Hanım nuh demiş, peygamber dememiş ve boşanmış.

Bir süre sonra zamanın yeni parlayan yazarlarından biri olan Reşat Bey, Münevver Hanım'ı sık sık ziyaret etmeye başlamış. Ne annenin kocaman açılan gözleri ne de konu komşunun dedikoduları çiftin köşkün bahçesinde oturup uzun uzun sohbet etmesini engellemiyormuş. Bir süre sonra Münevver Hanım annesinin karşısına dikilip Reşat Bey'le evlenip Paris'e yerleşeceğini söylemiş. Annesi bu haberi dinmek bilmeyen gözyaşlarıyla karşılamış. On dört yaşında ölen küçük kızının acısı küllenmeden kocasını kaybetmiş, şimdi de elinde kalan tek evladı başka bir memlekete gideceğini söylüyormuş, hem de biricik torununu alarak. Oysa Münevver Hanım kızını annesine bırakma konusunda hiç isteksiz değilmiş. Peşinden canhıraş çığlıklar atarak bacaklarına sarılmaya çalışan yavrucağı bırakıp gittiğinde, ardından edilen beddualari duymamış bile. O gider gitmez Hamdi Bey gelip kızını almış, kendisi bakacak halde olmadığından ablalarından birinin yanına yerleştirmiş...

Hikâyenin geri kalanını öğrenmesine fırsat kalmadan, Münevver Hanım'ın oda kapısının tıkırtısını duydular. İzzet sustu, Aslı soğumaya başlayan kahvesinden bir yudum aldı. Nereye koyacağını bilemediği için ciklet hâlâ ağzındaydı ve ağzının içi zifte bulanmış gibiydi. Yaşlı kadın yüzünde hiçbir uyku izi taşımadan içeriye girdi.

"Hoş geldiniz kızım, kusura bakmayın, duymadım geldiğinizi. İçim geçmiş herhalde."

"Önemli değil, yeni geldim zaten," derken Aslı ayağa kalktı.

"Kalkmayın yavrum. Geçen akşam için size teşekkür edemedim, kapınızı çalıp rahatsız etmek de istemedim."

Münevver Hanım elini cebine sokup küçük bir paket çıkardı.

"Bunu benden bir hatıra olarak kabul ederseniz çok memnun olurum."

Aslı ne yapacağını şaşırmıştı, panik içinde, "Yok hayatta olmaz, ben bir şey yapmadım ki, dün de İzzet Bey çiçek getirdi zaten."

Münevver Hanım'ın kaşları hayretle kalktı. "Öyle mi?" derken, dikkatle torununa baktı. "Aferin sana."

İzzet omuz silkti, "Unuttum sana söylemeyi..."

"Neyse bu da küçücük bir hatıra zaten, öyle kıymetli bir şey değil..."

Aslı isteksizce elini uzatıp, evde yapılmış paketi açtı, içinde eski olduğu her halinden belli, ufacık, gül şeklinde, üzeri minelerle süslü gümüş bir broş vardı. Aklına, geçen gece boynundan çıkardığı mineli kolyesi geldi, içi buruldu.

"Çok güzelmiş, teşekkür ederim. Hiç gerek yoktu."

Münevver Hanım Aslı'nın tam yanındaki koltuğa otururken, acıyla yüzünü buruşturdu. Ağrıları olmalıydı.

"Döndü mü beyiniz seyahatten?"

"Evet..."

"Gözünüz aydın."

“Sağ olun,” dedi Aslı, kelimeleri ağzında yuvarlayarak. Yalan söylemenin sıkıntısını hissediyordu ama iki gündür tanıdığı insanlara hayat hikâyesini anlatacak hali yoktu. Hem yalan sayılmazdı ki, seyahatten dönmüştü Ali. Sadece ona dönmemişti.

“O gece endişe ettik sizin için, burnunuz kanadı, renginiz kül gibi oldu. İyisiniz inşallah şimdi?”

“İyiyim iyiyim, sağ olun. Olur bana bazen öyle, önemli bir şey değil.”

“Yine de bir hekime görünün siz. Olur öyle deyip geçmemek lazım...”

“Ben müsaadenizi isteyebilir miyim? Kardeşim evde yalnız da.”

“Hay hay!” dedi Münevver Hanım.

İzzet Aslı'yı geçirmek için kapıya kadar geldi. “Yine uğrayın,” derken, fazla yakınında duruyormuş gibi geldi Aslı'ya.

“Olur,” dedi Aslı. Elbette uğramayacaktı.

* * *

“Ben yarın akşam anneme gitmek zorundayım. Sen de gelmek ister misin?”

“İstemem.”

“Zeyno'cuğum bundan kaçamazsın ki. İki gün daha seni bulamazsa ortalığı ateşe verir o kadın.”

“Biliyorum!”

“Eeee? Ne kadar saklayacaksın ki Türkiye'ye döndüğünü?”

“İyi bir bahane bulana kadar.”

“Bir iş teklifi aldım desen?”

“Ortaya çıkar...”

“Belki ortaya çıkana kadar sen gerçekten iş bulmuş olursun.”

“Kolay değil ki o kadar, bak sen bulabiliyor musun. Dünya kadar tanıdığın var üstelik.”

“Şunun şurasında bir aydır işsizim... Daha aramaya başlamadım bile.”

"Ben kimseleri tanımıyorum. Burada işlerin nasıl yürüdüğünü biliyorsun."

"Haklısın, en iyisi karaları bağlayıp oturalım ya da birbirimize sarılıp, halimize ağlayalım."

Zeyno'nun umutsuzluğu Aslı'yı çileden çıkarmak üzereydi.

"Evde oturacağına gidip birkaç üniversiteye başvursana! Burada havada kaparlar seni."

Zeyno elindeki toz bezini bırakıp koltuğa oturdu.

"Yok abla, kapmazlar."

"Niye?"

"Okul bitince sadece dört ay asistanlık yaptım ben. Sonra kovdular beni."

"Kovdular mı? Niye?"

"Bir hocadaki belgeleri, başka birine verdiğim için. Aslında ispatlayamadılar ama attılar yine de."

"Niye mahkemeye verip hakkını aramadın?"

"Çünkü haklıydılar."

Aslı kulaklarına inanamıyordu. Zeyno böyle saçmasapan şeylere bulaşacak biri değildi. Okul yılları boyunca bir kez bile başını belaya sokmamıştı. Değil disipline gitmek, öğretmenlerinin onu uyardığını bile sanmıyordu Aslı.

Mahallede varlığı ile yokluğu birdi. Aslı da dahil tüm çocuklar defalarca türlü yaramazlıktan dolayı ailelerine şikâyet edilirken, Zeyno odasında dünyayla irtibatını kesmiş şekilde oturuyor olurdu.

"Neden yaptın ki böyle bir şeyi?"

"Bir kadın vardı, Agnes, tarih araştırmacısı, o istedi. Brüksel'deki tek arkadaşımdı ve bana çok yardımı dokunmuştu, kıramadım. Çok basit bir şeydi ve aldıklarımın hepsini bir gün sonra yerine koyacaktım ama aksilik oldu ve koyamadım. Yerlerinde olmadıkları fark edilince ortalık karıştı tabii. İki gün sonra bir fırsatını bulup bıraktım ama gözleriyle görmeseler de benim yaptığımı biliyorlardı.

"Peki bunca senedir ne yapıyordun?"

"O kadına yardım ediyordum, asistanı gibi. Araştırma falan yapıyordum."

"Bize neden söylemedin ki?"

"Kovulunca paniğe kapıldım. Babamın beni geri çağırmasından korktum. Sonra baktım ki ben söylemedikten sonra hiçbir şeyden haberleri olması mümkün değil, öyle idare etmeye karar verdim. Hem çok yoğun bir işim olmadığını bilse annem sık sık gelmek isterdi ya da beni çağırıp dururdu. O yüzden üniversitede çalıştığımı sanması işime geldi."

Aslı, Zeyno'ya yaptığı ziyaretleri düşündü. Kız kardeşi sabahın köründe evden çıkar, akşamın bir saatinde geri gelirdi.

'Sırf annemden değil benden de kaçıyordu, bir hafta bile varlığıma dayanmak ona zor geliyordu,' diye düşündü. O kadar saat, nerelerde dolanıyordu acaba, sırf onlardan uzak olabilmek için nasıl vakit geçiriyordu? Kalbi kırılmıştı, yine de belli etmemeyi başardı.

"Peki niye döndün?"

"Agnes altı ay önce beni işten çıkardı, beş kuruşsuz kalınca dönmek zorunda kaldım."

Daha sormak istediği bir sürü şey vardı ama hiçbirini sormadı. Bilmek yoruyordu insanı.

"Ben biraz yürüyeceğim, gelmek ister misin?"

Cevap tam beklediği gibiydi:

"Yok istemem."

"Sen bilirsin..."

* * *

Akşam yemeği gerçek bir kâbustu. Beyza Hanım konuştukça, Aslı'nın içini fenalık kaplıyordu. Her cümlenin öznesi babasıydı. Onunla başlayıp onunla biten cümleler, sızlanmalar, suçlamalar... Annelerinden uzak durduğu için, Zeyno'ya hak vermemek elde değildi; yine de peki ben ne yaptım ona, diye sormadan edemiyordu. Ben de mi bunalttım onu? Belki annem de farkında değildir bizi ne kadar sıktığının.

“Halanı da aradım, verdim veriştirdim.”

“Babam da çok takar halamı sanki…”

“Olsun, bilsinler!”

‘Bilsinler bakalım,’ dedi Aslı içinden, ‘daha ne bileceklerse…’

“Devirme bana öyle gözlerini!”

“Devirmiyorum.”

“O beyefendi yeni karısıyla dünyayı gezerken, ben burada üç kuruşun hesabını yapıyorum.”

“Evliyken de yapardın sen üç kuruşun hesabını. O zaman da doğru dürüst para vermezdi ki babam sana.”

Gerçekten de parayla akıl almaz bir ilişkisi vardı Arif Bey'in. Gereklilikler onu ilgilendirmezdi, paranın yalnızca gösteriş için harcanması gerektiğine inanırdı. Bunu böyle açık açık söylememişti elbette ama durum buydu. Beyza Hanım'ın onca yalvarmasına rağmen koca eve temizlik için devamlı bir kadın tutulmazken, Arif Bey ayakkabılarını Londra'dan başka yerden almazdı. Annesi babasından habersiz çorap vitrinine bile bakamazdı ama bir baloya gidileceği zaman, en pahalı terzilere elbise diktirmesine kimse ses çıkarmazdı. Ta ki Beyza Hanım yaşlanıp güzelliğini yitirmeye başlayana kadar. O zaman terziler ve tuvaletler de hayal olmuştu.

Ailenin en şanslısı Aslı'ydı. Büyük kızının denediği her şey üzerinde öyle güzel dururdu ki, Arif Bey almadan edemezdi. Ne de olsa insanlar kızın güzelliğinden ve babasına ne kadar benzediğinden bahsettikçe göğsü kabaracaktı. Herkes Arif Bey'in bu tutumunu Aslı'ya olan düşkünlüğüne ve onu daha çok sevdiğine bağlar dururdu. Oysa Aslı bunun sevgiyle hiçbir ilgisi olmadığını biliyordu. Arif Bey Aslı'da kendi aksini görüyordu, hepsi bundan ibaretti. Aynı çekik gözler, aynı bakışlar, aynı kaşlar, aynı burun, aynı gülüş, aynı narin vücut yapısı. Tek fark, Aslı'nın fazladan bir de kalbi olmasıydı.

“Ama o orospuya kesenin ağzını açmış. Mücevherler, elbiseler yağdırıyor diyorlar.”

“Kim diyor?”
“Herkes.”
“Bunu sana söyleyenlerin hepsi manyak. Neden yetiştirirler
 ki böyle bir şeyi? Kime, ne yararı var?”

Aslında bunun kimsenin suçu olmadığını biliyordu, annesi duymak için gayret sarf ediyor, araştırıp duruyordu. Babasından haber getirebilecek herkesle sıkı fıkıydı ve insanların ağzından laf alma konusunda üstüne yoktu. Aman aman zeki bir kadın olmamasına rağmen, babası söz konusu olduğunda kafası zehir gibi çalışırdı. Tümden gelir; toplar, çıkarır, böler, çarpar; tüme varır ve sonuca ulaşırdı. Bunun bir faydası var mıydı? Kesinlikle yoktu. Her şeyi duyar, öğrenir, bilir ve bildiğiyle kalırdı. Babasının attığı her adımdan haberdar olmasını sağlayan muhteşem bir bilgi ağı kurmayı başarmıştı ama ne babasını ne de olayların akışını değiştirmeye gücü yetmişti.

“Anne, artık kendine içinde babamın olmadığı bir hayat kursan? Böylesi çok yorucu değil mi? Yani hem yoruluyorsun, hem de sinirlerin bozuluyor. Bırak ne yaparsa yapsın, sana ne!”

“Ben ilgilenmiyorum ki onunla, umurumda bile değil. O kadınla evlenip, belasını buldu nasıl olsa. Bana ne bundan sonra? Ne yaparsa yapsın, kendi bilir.”

“Geldiğimden beri başka konu konuşmadık da...”

“Bilin, diye söylüyorum. Babanızın ne mal olduğunu iyice öğrenin, diye. Gün gelip elden ayaktan düştüğünde, o kadın bakmayacak ona, sizin başınıza kalacak. O zaman, salak gibi davranmayın diye anlatıyorum her şeyi bir bir.”

“Sokağa mı atalım?”

“Bırakın bir huzurevinin köşesine, geberip gitsin orada.”

“Anne, böyle konuşup durma, asabım bozuluyor. Sen beğenmesen de o benim babam. Dünyanın en iyi kalpli insanı olmayabilir ama babam ve söylediklerin beni üzüyor.”

“Babam babam deyip durma karşımda!”

“Sen de onu rahat bırak artık!”

Kıyameti koparan bu cümle oldu. Beyza Hanım, avaz avaz bağırarak, Aslı'yı evden kovdu. Aslı da, avaz avaz bağırarak, annesine, deli olduğunu söyledi. İkisi de bir daha birbirinin yüzünü bile görmek istemiyordu. Aslı çantasını kaptı, kapıyı çarptı ve hâlâ uğursuz bir ifadeyle söylenen annesinin yüzüne bile bakmadan evden çıktı.

Ne biçim bir kadındı bu böyle? Babası iyi bile tahammül etmişti onca sene.

"Kırk yılda bir oturup beraber yemek yiyeceğiz, o bile burnumdan geldi. Bir de Nermin Teyze'ye bak, kadın huzur pompalıyor etrafına."

Yılların alışkanlığıydı onun için annesini Nermin Hanım'la kıyaslamak. Kıskanç biri değildi, hiç olmamıştı ama kendini bildi bileli Devrim'i, öyle bir anneye sahip olduğu için kıskanırdı.

Arabasına doğru yürürken bacaklarındaki kuvvet giderek azalıyordu. Ne zaman bir kavganın içine düşse, böyle olurdu. Vücudundaki bütün güç, bir delik bulmuşçasına kaçar, eli kolu uyuşur, adım atacak hali kalmazdı. Annesinin aksine, kavgaya, gerilime dayanıksız bir bünyeydi onunki. Beyza Hanım'ın, Aslı evden çıkar çıkmaz, hiçbir şey olmamış gibi kahvesini içip, televizyon seyretmeye daldığından emindi. Tıpkı yıllar boyunca kocasıyla birbirlerine olmadık hakaretler ettikten birkaç saat sonra giyinip süslenip gezmeye gitmesi gibi. Hatta böyle şeyler besliyordu onu, hayata daha sıkı tutunmasını ve daha büyük bir şiddetle varolmasını sağlıyordu. Bakkalla, kasapla, taksiciyle, komşuyla, herkesle her zaman kavgaya hazırdı Beyza Hanım. Olay çıkarması an meselesiydi. Aslı kaçacak delik arardı öyle zamanlarda; yerin dibine girer, ecel terleri dökerdi.

Koltuğa oturduğunda, kontağı çevirecek gücü bile kalmamıştı. Tek istediği başını direksiyona koyup uyumaktı. Gözlerini kapadı ve sigara içtiğini hayal etti. Derin, upuzun bir nefes... Akciğerlerinin dibine kadar kıvrıla kıvrıla dolan duman... Temkinsiz, şehvetli bir haz... "Budur işte yaaa..." diye mırıldandı. Gözlerini açtı ve çantasında nikotinli çiklet aradı, bulamadı. Arabayı çalıştırdı. Sigarayı bıraktığını bile söyleyememişti annesine.

* * *

"Abla, bir adam geldi, seninle konuşmak istiyor."

"Kimmiş?"

"Bilmiyorum, sormadım."

Sorsa şaşardı zaten.

"Kapıda bekliyor."

"Tamam geliyorum."

İsteksizce yatağından çıktı, son bir haftadır üstünden çıkarmadığı şortuyla tişörtünü giydi, yüzünü yıkayıp, saçlarını şöyle bir düzelttikten sonra, telaşsız adımlarla odadan çıktı.

Cengiz sokak kapısının pervazına yaslanmış bekliyordu, onu görünce gülümsedi.

"Aslı'cığım, nasılsın? Habersiz geldim, kusura bakma."

Aslı gerildiğini belli etmeden, iki yanağından öptü Cengiz'i.

"Gelsene içeri."

Ne konuşacaklarını biliyordu, Cengiz'in neler söyleyeceğini tahmin etmek için alim olmaya gerek yoktu. Ali'yi affet, çok pişman, perişan oldu, hata yaptığını biliyor, seni çok seviyor." Aldatılan herkesin ezbere bildiği kalıplardı bunlar, ha bir de şu vardı: Herkes ikinci bir şansı hak eder.

"Olanlara çok üzüldüm," dedi Cengiz kanepenin ucuna çökerken. "Ne kadar şaşırdığımı anlatamam."

"Bir şey içer misin?"

"Yok, sağ ol. İyi misin diye bakmaya geldim."

Aslı omuz silkti, "İyiyim."

Anlamsız bir soruya verilmiş anlamsız bir cevaptı. Bok gibiyim diyemezdi elbette. Geceleri uyuyamıyorum, içimde bitmeyen bir kavga var, bedenim ruhuma ağır geliyor, yediğim her şeyi kusmak istiyorum, bir saniyeliğine olanları unutup gülsem, hemen o sesler kulağımı dolduruyor, beynimdeki banttan habire sevişmelerini dinliyorum da diyemezdi. Bütün bunların benim suçum olmadığını biliyorum ama yine de kendimi suçlu hissediyorum. Babam da annemi evliliklerinin başından beri aldatıp durmuştu ve ben bazen babam başkasıyla evlense belki böyle olmazdı diye düşünürdüm. Sözümona yanlış bir evlilikti onlarınki. Belki ben de Ali için doğru insan değildim. O benim bütün kalbimi dolduruyordu ve beni deli gibi mutlu ediyordu ama belki onun içinde eksik kalan bir şey vardı. Kimbilir belki ben şans eseri ya da şanssızlık, doğru insanı bulmuştum ama onun için doğru insan değildim. Yani sorun doğru insanı bulmak değil, aynı zaman da onun için de doğru insan olmaktı. Gerçi doğru insana da inanmıyordu, çok saçma bir şeydi bu. Zaten yeryüzündeki her şey çok saçma, aynı zamanda da çok mantıklıydı. Bugünlerde neyin ne olduğu konusundaki fikirleri iyice karışmıştı. Bunlardan da bahsetmedi Cengiz'e.

"Ali çok üzgün. Ne kadar üzgün olduğunu anlatamam."

Aslı önüne baktı.

"On beş gündür ruh gibi dolanıyor. Çok pişman."

"Eeee?"

"En azından buluşup konuşsanız... Zamana ihtiyacın olduğunu biliyorum. Çok kırgınsın şimdi."

"Hep çok kırgın olacağım."

"Haklısın... Yerden göğe kadar haklısın, bir şey demiyorum. Sadece Ali gerçekten düzgün bir adam, çok büyük bir eşeklik yaptı ama hemen silip atma. Herkes ikinci bir şansı hak eder."

Aslı sinirli bir şekilde güldü. Şu ikinci şans mevzuu, hakikaten sinirini bozuyordu.

"Siz mükemmel bir çifttiniz. Nazar değdi diye düşünmeden edemiyorum... Ruh ikizi diye bir şey varsa, işte o sizdiniz."

"Görünüşe göre biz üçüzmüşüz, Cengiz. Ruh üçüzleri... Ben, Ali ve Ayten."

"Deme öyle, o kızın adını ağzına aldığına değmez... Bak şimdi, çok kızgın olduğunu biliyorum..."

“Kızgın değilim… Sadece kafam karışık. Beni aldattığı için üzüldüm çünkü bana böyle bir şey olduğunda üzülmek gerektiği öğretildi. Bunun çok kötü bir şey olduğu, hatta insanın başına gelebilecek en kötü şeylerden biri olduğunu dinleye dinleye büyüdük. Belki de çok önemli bir şey değildir, bilmiyorum. Belki çok normaldir, belki saçma olan evlenmek ve sadakat sözü vermektir. Aslında bir taraftan bakarsan, iki insan sevişiyor, boşalıp tatmin oluyor, derdi niye bana düşüyor ki. Ben bu olayın içinde yokum bile, beni ilgilendiren bir durum yok ki! Gençler birbirlerini beğenmişler, sevişmişler, bana bok yemek düşer!”

Cengiz’in yüzündeki aptallaşmış ifade Aslı’nın susmasına neden oldu.

“Ben… Çok mu saçmalıyorum?”

“Yok canım estağfurullah… Yalnız ben hiçbir şey anlamadım bu dediklerinden. Kızmadın mı yani sen Ali’ye?”

Aslı derin bir nefes aldı:

“Ben kafamın karışık olduğunu anlatmaya çalışıyorum. Ne düşüneceğimi bilmediğimi…”

“Yani boşanma konusunda kararlı değilsin, öyle mi?”

“Öyle bir şey söylemedim. Artık Ali’yle devam edemem. Aslına bakarsan devam etmeyi isterdim, bütün bunları unutmak ya da bir kenara kaldırmak benim için çok daha iyi olurdu. Keşke bunun altından kalkabilecek gücüm ya da cesaretim olsaydı ama yok. Ben çok kavga edilen bir ailede büyüdüm. Güven ve sevginin olmadığı bir yerde… Öyle üzgün üzgün bakma bana, bunun iyi bir tarafı da var, nasıl biri olmak istemediğini öğrenebiliyorsun. Hayatımın kalan kısmını, Ali’nin telefonunu ya da bilgisayarını kurcalayarak geçirmek, her geç kaldığında tırnaklarımı yemek istemiyorum. Bunun alışkanlığa dönüşmesinin, zamanla huy, en nihayetinde de bir parçam haline gelmesinin ne kadar kolay olduğunu biliyorum. Annemi gördüm ben. Onun gibi biri olmaktansa, hayat boyu yalnız kalmayı yeğlerim.”

“Ali’yi de dinlesen bir kere… Bilirim beni seversin, hatırım vardır sende. Bırak, ne kadar pişman olduğunu anlatsın.”

"Bir şey değişmeyecek ki. O bana artık Ali gibi gelmiyor, başkası oldu sanki. Üstelik ona ikinci bir şans vermektense, başka birine ilk şansını vermeyi tercih ederim. En azından, böğürerek sevişmesini dinlemediğim birine..."

"Başka biri mi var?"

"Cengiz, sen niye bugün beni sürekli kıçından anlıyorsun?"

Cengiz güldü. "Ne bileyim be Aslı'cığım. Ben de şaşkına döndüm. Bu arada, haberin var mı, Ali kızı kovdu."

"Biliyorum, söyledi."

"Konuştunuz mu?"

"Hayır ama her gün otuz tane mesaj atıyor."

"Hemen kapının önüne koyması bile kızı umursamadığını göstermez mi?"

"Hayır, ahlaksız olduğunu gösterir."

"Sana bir şeyler ispatlamaya çalışıyor."

"Hayır vicdanını rahatlatmaya çalışıyor. Bunun için de o kızı harcıyor. Ali'nin iyi biri olduğunu biliyorum, senin kadar biliyorum ve bu, beni teselli edeceğine korkutuyor. Çünkü iyi insanların vicdanlarını rahatlatmak için yapmayacakları şey yoktur. Sırf başkaları onların iyi olduğunu düşünsün diye analarını bile satarlar. Ali de suç ortağını satmakla başladı işe. Çünkü bana karşı yaptığının yanlış olduğunu düşünüyor yani toplumsal olarak yanlış, bunun için de ilk iş olarak kızı kapı dışarı ediyor. Sonuçta o kız kötü kadın rolünde ve ona olanlar kimsenin umurunda değil, benim de değil elbette, sürünsün orospu ama Ali açısından baktığımda daha beter kuduruyorum. İnsanların onun hakkındaki düşüncelerini öylesine umursuyor ki, saf ahlak ya da gerçek ahlak aklına bile gelmiyor. Mesela benim babam adi herifin biridir, bildiğin kötü insan... Ama böyle bir durumda o kadını kapının önüne koymak yapacağı en son şey olurdu çünkü babam kimin ne düşündüğünü umursamaz, kimsenin gözüne girme kaygısı taşımaz. Bazen bencilliğin en büyük erdem olduğunu düşünüyorum. Daha az yalan, daha çok gerçekten oluşuyorsun o zaman.

"Abarttın sen de. Seni döndürmenin yolunu arıyor, ahlakla ne ilgisi var bunun. Kız orada kalsa, senin asla dönmeyeceğini biliyor."

"Ne yaparsa yapsın dönmem ki..."

Cengiz, evden omuzları düşmüş bir halde ayrıldı. Akşam yemeğinde, karısına, Aslı'nın depresyonda olduğunu, saçmasapan konuştuğunu söyleyecekti.

"Kafayı yemiş gibiydi, iyilik, kötülük, ahlak falan bir şeyler anlatıp durdu. Ben bir şey anlamadım ama sesimi çıkarmadım. Zayıflamış da galiba, çocuk gibi kalmış."

* * *

İlerleyen haftalar birbirinin aynıydı; bir türlü derinleşemeyen uykular, hayatın tümünü kaplamış bir isteksizlik hali ve yatak, koltuk, mutfak üçgeninde uçup giden günler... Ali'den yağmur gibi mesaj yağıyordu. Dört bir koldan Aslı'ya ulaşmaya çalışıyor, bunun için bir gün Burcu'yu arıyor, ertesi gün Sevil'e yalvarıyordu. Ne kadar ortak tanıdıkları varsa hepsini devreye sokmuştu. İlk başta Ali'ye en kızgın olanlar bile, bu çaresiz çırpınışlarından etkilenip, onun için üzülmeye başlamışlardı.

"Bir şans daha ver!" korosu gitgide büyüyordu. Ali iyi çocuktu, onun gibisini bulmak zordu, herkes hata yapardı. Aslı, bazılarının iyi niyetli olduklarını ve yardım etmeye çalıştıklarını biliyordu ama maalesef bunların sayıları pek azdı. Bir grup zaten kime kötü bir şey olsa sevinenlerden oluşuyordu. Konunun onlara değen bir yanı olmasına gerek yoktu, başkalarının mutsuzluğu ya da başarısızlığı hoşlarına gidiyordu. Aslı'nın asıl tahammül edemediği grup ise bu olay üzerinden kendi hesaplaşmalarını yürütenlerdi. Kendilerinde olmayıp sizde olan ne varsa, başınıza gelenlerin sebebi işte oydu. Zenginseniz para, sosyalseniz çok gezmek hatta kavga etmeyen bir çiftseniz kavga eksikliği bile bu sonucu doğurmuş olabilirdi. Önemli olan onlarda hangisinin eksik olduğuydu.

"Keşke, kocanı o kadar boş bırakmasaydın..." diyenler, kocalarının telefonlarını kurcalayanlardı. "Ali yakışıklı adam, kadınlar rahat bırakmaz," diyenler, çirkin adamlarla evliydiler. "Herkes yapar"cılar, çoktan boynuzu yiyenler ya da takanlardı. "Çocuk olsaydı şimdi donuna kadar alırdın," diyenler, kendilerinin güvencede olduğunu söylemeye çalışıyordu. Siz gezerken onların anası ağlamıştı ama şimdi kapı gibi çocukları vardı ellerinde. Aslı hepsine kibarca kendi işlerine bakmalarını söylüyor, onlar da arkalarını dönüp düşüncelerini başkalarıyla paylaşıyordu.

Bütün bunları annesinin boşanması sırasında da gördüğü için pek şaşırmıyordu, insanlar böyleydi. Çoğu bilerek bile yapmıyordu bunu, zavallıların kendi içini ferahlatmaktan başka amaçları yoktu. Sizi üzmek ya da incitmek niyetinde değillerdi, tek dertleri doğru yolda olduklarına olan inançlarını sağlamlaştırmaktı. Tatsız tuzsuz hayatları, mutsuzlukları, suya düşen hayalleri için bir bahaneye ihtiyaçları vardı.

* * *

Annesinin olanlardan hâlâ haberi yoktu, o kavgadan sonra hiç konuşmadıkları için söyleyecek fırsatı olmamıştı. Bu durum Aslı'yı bir yandan tedirgin ediyor, diğer yandan da işine geliyordu çünkü Beyza Hanım Goya'nın kara resimleriyle yarışacak kadar güçlü felaket tabloları çizecek ve hiç susmadan Aslı'yı ne kadar karanlık bir geleceğin beklediğini anlatacaktı. Şu sıralar annesinin ondan uzak durması en iyisiydi. Günü geldiğinde öğrenecekti ne de olsa...

* * *

Zeyno'yla günde on beş kelimeyi aşmayan sohbetlerinin konusu genelde tüketim maddelerine ilişkin oluyordu. "Peynir bitmiş", "Deterjan kalmamış", "Su söylemek lazım" ekseninde dönen, basmakalıp cümlelerle iletişim kuruyorlardı. Onun dışında Zeyno, kendi küçük dünyasında yaşamayı sürdürüyordu. Brüksel'den döneli haftalar olmuştu ve bir tek arkadaşı bile aramamıştı. Sürekli yanında tuttuğu telefonu neredeyse hiç çalmıyordu; annesi dışında kimse numarasını bilmiyor gibiydi. Çocukken de fazla arkadaşı yoktu ama Aslı onun bu kadar açık bir yalnızlık içinde olmadığını hatırlıyordu. Çok sık görüşmediği bir iki arkadaşı vardı en azından. Ölü balık gibi bakan, kahkaha attıklarını kimsenin duymadığı soluk benizli kızlar... Oysa şimdi ortada kimsecikler yoktu.

Bu süre zarfında kaydedilen tek ilerleme, Zeyno'nun, annesiyle babasına döndüğünü haber vermesiydi. Buna mecbur kalmıştı çünkü Aslı'yla iletişim yolu kapanan annesi günde beş kere Zeyno'yu aramaya başlamış ve bir keresinde telefonu kapalıyken, telesekreterin Türkçe konuşmasından fena halde işkillenmişti.

Annesini idare etme konusunda Aslı'nın reflekslerine sahip olmayan Zeyno da, "Şimdi geldim," demek zorunda kalmıştı, "sana sürpriz yapacaktım."

Hemen o gün, ilk önce annesine sonra da babasına uğramıştı. Brüksel'de tek başına yaşamaktan çok sıkıldığını, burada olmayı özlediğini anlatmıştı. Babası pek bir yorum yapmamış, annesi ise bu zamanda iş bulmanın zorlukları hakkında uzun uzun atıp tuttuktan sonra susmuştu. Onu daha çok sinirlendiren, Zeyno'nun ablasında kalmakta direnmesi olmuştu. Küçük kızını ikna etmek için epeyce bir dil dökmüş, lafını geçiremediğini görünce de etmediği hakareti bırakmamıştı. Zavallı Zeyno, o akşam eve sinirleri iyiden iyiye harap olmuş bir şekilde gelmiş ve hemen yatıp uyumuştu.

* * *

Aslı'yla ilgilenmek için fazla mesai yapan arkadaşları yavaş yavaş kendi dünyalarına dönüyorlardı. Sevil çılgın aşklarına, Burcu çocuklarına, Devrim de İstanbul gecelerine doğru direksiyon kırmıştı. Yine arayıp soruyor, arada uğruyorlardı ama ilk başlardaki "milli beraberlik" hissi, doğal olarak tavsamıştı.

Dünya hızla dönüyordu ve bu gezegende yaşayanlar meşgul insanlardı.

Alt katta durum sakindi. İzzet kendi evine geri döneli birkaç hafta olmuştu, yine de özellikle Beyoğlu civarında bir yerlere gittiği akşamlar, anneannesinde kalmaya gayret ediyordu. Onun yaşında genç bir adam için fedakârlık sayılabilecek bu durumdan yüksünmek bir yana, anneannesiyle aralarında son zamanlarda gelişen yakınlıktan memnun gibiydi. Pek karşılaşmıyorlardı ama kendi evine dönmeden önce Aslı'ya iki kere uğramıştı. İlkinde, anneannesine acil bir şey olursa haber vermeleri için telefon numarasını bırakmaya gelmişti. Ayaküstü sohbet etmişlerdi biraz. İki gün sonra annesi Türkiye'ye, o da kendi evine dönecekti. Bundan sonrası annesine kalmıştı, Münevver Hanım'ı kendisiyle yaşaması ya da yanına bir yardımcı alması için ikna etmeye uğraşacaktı kadıncağız. Gençliğin verdiği sebepsiz neşe yakışıyordu İzzet'e. Zeyno'yla aynı yaşlarda olmalarına rağmen hayatın ters köşelerinde duruyor gibiydiler. İzzet güldüğünde etrafını tasasız bir sevinç kaplıyordu, kız kardeşiyse hemen hiç gülmüyordu.

İzzet'in ikinci gelişi, kapağını yaptığı son kitabı getirmek içindi. Kitap ilgisini çekmemişti ama Aslı yine de İzzet'i içeri davet etmekten kendini alamamıştı. Münevver Hanım'ın hikâyesinin devamını öğrenmek için son fırsatını kaçırmak istemiyordu.

Söylediğine göre, Reşat Anlar'ın yazar olarak hızla ün yapması, Münevver Hanım sayesinde olmuştu.

"Anneannem'le evliyken yazdığı kitaplar mükemmeldi. Ne ondan önce, ne de sonra bir daha asla aynı seviyeyi yakalayamadı. Düşünsene, Hayalperest, Kaçmak, Sağırın Evi, hepsi inanılmaz romanlar ve hepsi anneannemin döneminde yazıldı."

"Sen bunu neye bağlıyorsun?"

"Bence, Reşat Anlar'ın iyi bir dili vardı yani harika bir anlatıcıydı ama hayalgücü ve kurgusu zayıftı. Büyük ihtimalle tıkandığı noktalarda, anneannem devreye girip onu yönlendiriyordu. Sonraki kitaplarına bakarsan, dil yine muhteşem ama hikâyelerin eski ışığından eser kalmamış."

"Peki neden ayrılmışlar?"

"Onu kimse tam olarak bilmiyor çünkü anneannem bu konunun açılmasına hiç izin vermezmiş."

Aslı hayal kırıklığına uğramıştı:

"Yaaa..."

"Bazı dedikodular geldi tabii kulağımıza. Dediklerine göre, Reşat Bey anneannemin mektuplarını okumuş."

"Ne mektupları?"

"Aşk mektupları. Söylenti tabii."

"Yapma ya! Münevver Hanım'a bak, üç koca ve bir sevgili eskitmiş demek. Mektupların sahibi kimmiş peki, başka bir yazar mı?"

"Hayır. Keşke öyle olsaydı," dedi İzzet muzip bir gülümsemeyle. Onun gelişiyle birlikte evdeki karamsar hava dağılıp gitmişti.

"Niye? Evli biri mi yoksa?"

"Yine bilemediniz."

"Siz deyip durma bana. Kim peki, söylesene?"

"İkinci kocasının yani dedemin erkek kardeşi."

Aslı hayretle elini ağzına götürdü.

"Daha neler!"

"Gerçek mi bilmiyorum ama böyle dedikodular var."

"Anneannene sormadınız mı hiç?"

İzzet eliyle saçlarını geriye atarak bir kahkaha patlattı.

"Valla ben cesaret edemedim ama istersen sen bir dene."

"Niye, çok mu kızar?"

İzzet'in kahkahası Aslı'yı da güldürmüştü. Oturmuş seksen beş yaşında bir kadının dedikodusunu yapıyorlardı.

"Yahu, o senin bildiğin anneannelerden değil diyorum ama anlamıyorsun. Hele annem için put gibidir anneannem; öyle bildiğin anne kız ilişkisinden eser yoktur aralarında. Mesela ben hayatımda ilk kez şu dönemde onun evinde kalıyorum. Çok mesafelidir, kendini asla öyle bir şey sorabilecek kadar yakın hissetmene izin vermez."

"Allah Allah..."

İzzet öne doğru eğildi ve gözlerini Aslı'nınkilere dikip, "Şimdi benim sana, 'Boşanıyormuşsun, doğru mu?' diye sormam yakışık alır mı? Almaz çünkü o kadar yakın değiliz. Ona da soramam işte!" dedi.

Aslı gözlerini kaçırdı ve "Anladım," dedi. Konunun aniden buraya gelmesinden huzursuz olmuştu.

"Söylediklerine göre, anneannem dedemle evlendiği günden beri amcaya âşıkmış, amca da ona. Dedem ve amca yayınevinde birlikte çalışıyorlarmış, Münevver Hanım oraya gelip gitmeye başlayınca amcayla aralarındaki aşk iyice alevlenmiş. Dedemin alkole dönmesini, bunu fark etmesine bağlayanlar bile var. Amca'nın hiç evlenmemesini de... Neyse, dedemden boşanıyor sonra Reşat Bey'le evlenip Paris'e gidiyor. Amcadan kaçmak için mi, unutmak için mi yoksa Anlar'a gerçekten âşık olduğundan mı, orasını bilmiyoruz ama mektuplaştıklarına göre ilişkinin bitmediği ortada.

"Boşandıktan sonra Türkiye'ye mi dönüyor?

"Evet. Kızı ve annesiyle oturmaya başlıyor. Amcayla görüşüyorlar mı o da sır ama amca öldüğünde anneannem cenazeye gelmiş. Herkes şok geçirmiş. Düşünsene dedem de oradaymış. Hiç konuşmamışlar tabii."

"Sen kaç yaşındaydın o zaman?"

"Üç-dört herhalde. Sonradan annem anlattı, o gün epey gerilmiş ortalık ama kimse gidip bir şey diyememiş. Bence iyi yapmışlar. Öyle küstah bir kadındır ki anneannem, bir şey söyler, altından kalkamazsın."

"Şu alt katta oturan mini minnacık kadından söz ettiğimize emin misin?" dedi Aslı gülerek.

"Boşanacağın doğru mu?" diye sordu İzzet aniden.

* * *

Onu Münevver Hanım'ın menekşe kolonyası kokulu evine atan şey, merak ya da merhamet olabilirdi ama Aslı salondaki rahatsız koltukta otururken onu buraya getiren şeyin yaşlı kadına duyduğu üstü kapalı hayranlık olduğunu düşünüyordu. Aslına bakılırsa hakkında anlatılanlar güzel şeyler değildi. Kendi çocuğunu terk etmekten çekinmeyecek kadar bencil, torununun dahi soru sormaktan çekineceği ölçüde uzak, küstah, fütursuz ve gözü kara olduğu söyleniyordu. Aslı'nın en çok ilgisini çeken Münevver Hanım'ın başkalarının düşüncelerine karşı takındığı kayıtsız tavırdı. Bunun yaşlılığın getirdiği bir rahatlık olduğunu sanmıyordu, tüm hayatını bu ilgisizlik sınırında geçirmişti. Karşılıklı oturmuş, Münevver Hanım'ın ikram ettiği bayatlamaya yüz tutmuş finger bisküvileri yerken, Aslı, "Ben boşanıyorum," dedi, "büyük ihtimalle bir süre sonra bu apartmandan taşınmak zorunda kalacağım."

Sırf Münevver Hanım'ın ne diyeceğini duymak için söylemişti bunu. Onun başka insanların hayatına nasıl bir uzaklık ya da yakınlıkta olduğunu merak ediyordu.

"Hayırlısı olsun!" dedi Münevver Hanım, "kulağıma gelmişti. Ne zaman taşınıyorsunuz?"

"Henüz belli değil ama sanırım altı ay içinde."

"Sizin için kısa, benim için epey uzun bir süre."

"Niye?"

"Eh bundan sonra ne kadar yaşayacağım belli değil. Belki buradan çıktığınızı bile görmem."

"Böyle konuşmayın! Belli olmaz ki bu işler."

Münevver Hanım elini, adam sen de, der gibi salladı, sonra soluk mavi gözlerini Aslı'ya dikti.

"Üzgün müsünüz?"

"Taşınacağım için mi?"

"Hayır, beyinizden ayrılacağınız için."

"Bilmem ki... Üzgünüm galiba. Aslında çok üzgünüm. Biraz ani oldu da."

"Barışma ihtimaliniz yok mu?"

"Yok, avukatlar ilgileniyor artık, bugün yarın dava açılacak."

"Vah, vah!"

"Kader işte," dedi Aslı gülümsemeye çalışarak.

"Kader değil yavrum, hayat! Müspet yahut menfi her şey, hayatın kendindendir. Kader, zannımca lügatlardaki en lüzumsuz kelime ama nedense herkes pek sever. Boynu bükük, tevekküle zorlayan bir yanı vardır. Biz de hayat deyip geçeceğimize, kaderimize yanmayı tercih ederiz."

"Ben de şöyle düşünürüm: Dediğiniz gibi hayatın içinde her şey var ama bunların hangilerinin başımıza geleceğini bize söyleyen kaderimizdir."

"Ben yaşadığım hiçbir şeyin kaderimde yazılı olduğunu sanmıyorum, hepsini ben yazdım. Şansın güldüğü ya da küstüğü dönemlere kader demek içime sinmiyor."

"Ama bazen hayatımızı yönetemiyoruz."

"Her zaman hayatımızı yönetebiliriz, sadece bazen istediğimiz gibi olmaz."

"Bir şey sorabilir miyim?"

"Buyurun!"

"Haddimi aşmak istemem ama neden kızınızla oturmayı reddettiğinizi merak ediyorum."

"Sizce öyle mi yapmalıyım?"

"Hayır, ben…"

"Bunun birçok sebebi var. İlki şu: Ben kızıma pek bakmadım, onu küçük yaşta bırakıp gittim. Anne olmak için yaratılmamıştım, başka hayatların özlemiyle yanıp tutuşuyordum ve yanımda bana ayak bağı olacak bir çocuk istemiyordum. Size gaddarlık gibi gelebilir, hatta gaddarlıktır da ama ben onu başkalarına bıraktım. Şimdi onun bana bakmasını istemem haksızlık olmaz mı?"

"…"

"Üstelik oraya gidersem ölümü beklemekten başka yapacak hiçbir şeyim kalmaz."

Aslı önüne baktı.

"Ölüm korkusu bütün diğer korkuları silip süpürüyor. Gitgide dünyada olanları daha az umursar hale geliyorsun."

"Ölümden korkuyor musunuz?"

"Elbette korkuyorum. Belki inançlı olsaydım daha az korkardım ama maalesef inancım yok. Size tavsiyem inanabiliyorsanız, inanın. Bir zararı yok. Cennete gideceğini sanmak korkuyu azaltıyor galiba."

Aslı yaşlı kadının bu yaklaşımı karşısında kahkahasını tutamadı:

"Siz niye inanmıyorsunuz o zaman?"

"Çünkü ben Tanrı'nın bize bunları niye yaptığını hiç anlamadım. Farklı mizaçlarda yaratılıp, aynı sınava tâbi tutulmamızın sebebini, öyle bir sınavın neden gerektiğini, neden en baştan kusursuz yaratılmadığımızı, içimize kötülük koyup sonra bizi bunun için yargılamayı aklım bir türlü almadı ama en başta onun bunu neden yaptığını anlamadım."

* * *

"Akşam dokuz gibi hazır ol!" buyuruyordu Devrim telefonda, "gelip seni alacağım, dışarı çıkıyoruz bu akşam."

"Kusura bakma ama saçım başım darmadağın, berbat bir haldeyim, hiçbir yere çıkamam."

"Vaktin var, böyle söyleyeceğini bildiğim için erken aradım. İtiraz yok. Ben haftalardır ne desen yapıyorum, şimdi sıra sende. Hadi kaldır kıçını kuaföre git, suratını boya. Şık giyinmene gerek yok, önce bir yemek yiyeceğiz sonra da senin oralarda bir yere gideceğiz."

"Off ya... Nereye peki?"

"Atlas Pasajı'nın orada bir bar, yeni açılmış, ben de gitmedim daha önce."

"Nereden çıktı şimdi bu?"

"Bizim Didem var ya, onun doğum günü. Sızlanma hadi, bir hava alacağız altı üstü. Sıkılırsan, çıkar dönersin evine. İki adımlık yer. Hem Sevil de geliyor."

"Tamam ama bak ben sabahlara kadar kalamam. Biliyorsun hem uykum gelir, hem de sıkılırım."

"Yok zaten o kadar uzayacak bir şey değil."

"İyi."

"Hadi görüşürüz akşam. Zeyno'yu da getir derdim ama gelmez biliyorum."

"Sorarım yine de."

Sordu da. "Yok abla, sağ ol," dedi Zeyno. Aslı da uzatmadı. Kız kardeşi hiçbir zaman sevmemişti gece dışarı çıkmayı.

Aslı Devrim'in söylediklerini harfi harfine yerine getirdi. Bazen birinin sizin yerinize düşünmesi iyi oluyordu. Kuaföre gitti, saçına fön çektirdi, makyaj yaptı, blucininin üzerine temiz bir atlet, ayağına da en topuklu ayakkabılarını geçirdi ve artık daha az bastıran ama bastırdı mı da kolay kolay geçmeyen sigara içme isteğiyle boğuştu. İçindeki kavga bitmiyordu, bir tarafı, 'Bunca derdimin arasında bir sigarayı bırakmak eksik!' diyordu, 'beni rahat bırak, içmek istiyorum, dumanı özledim,' öteki tarafı ise, 'İçmeyeceğim,' diyordu, 'Ali'yi de bırakırım, sigarayı da bırakırım, gerekirse ikisini üst üste koyup bırakırım.'

Onur savaşıydı bu. Dünyanın en saçma onur savaşı... Bütün işlerini bitirince internetin başına geçip, her gün yirmi kez yaptığı gibi, sigarayı bırakmanın faydalarını okumaya başladı. Hepsini ezberlemişti artık. Kanepeye uzanmış kitap okuyan Zeyno'ya baktı. Kız kardeşi sürekli aynı pozisyonda yaşıyordu, yemek yemek ve tuvalete gitmek dışında kanepeden kalktığı yoktu.

Cep telefonu bir kez çalıp sustu. Bu, "Aşağıya in!" demekti.

"Ben çıkıyorum!"

"Güle güle!" dedi Zeyno, kafasını kitabından kaldırmadan.

Devrim apartmanın kapısında bekliyordu. Aslı'yı görünce yüzüne kocaman bir gülümseme yayıldı.

"Oh be! Sonunda insana dönmüşsün. Fenalık gelmişti seni sürekli eşofmanla görmekten."

Aslı suratını ekşitti, yürümeye başladılar.

“Hâlâ sigara içmiyor musun?”

“İçmiyorum...”

“Aferin, iyi gidiyorsun!”

“Nasıl gittiğimi sen bana sor! Şimdi orada herkes sigara içecek, ben de bakacağım. Gece çıkarmakla bana iyilik yapmıyorsun, bunu bil. Gezerken sigara bırakılmaz.”

“Münzevi kız kardeşinle oturmayı tercih ederdin yani.”

“Evet!”

“Sana bir şey söyleyeceğim ama hemen itiraz etme!”

Aslı şüpheyle Devrim'e baktı.

“Söyle bakayım!”

“Bu akşam seni biriyle tanıştıracağız.”

“Ben dönüyorum!”

Devrim uzanıp kolundan tuttuysa da, Aslı onu silkeleyip ters istikamette yürümeye başladı.

“Dur bir dakika! Kızım dursana! Yahu bir dinle!”

Aslı durdu ve sinirden neredeyse titreyerek, “Siz manyak mısınız?” diye sordu. “Aklınızı mı kaçırdınız Allah aşkına? Sence benim birini arıyor gibi bir halim var mı? Şu anda kimseyi görecek gözüm var mı sanıyorsun? Daha bugün boşanma davası açtım. Biraz müsaade edin de kendime geleyim. Kaçmıyor ya adamlar...”

“Tamam tamam vazgeçtim. Seni kimseyle tanıştırmıyorum.”

“Geçti artık. Sinirimi bozdun bir kere. Gelmem ben.”

“Yemin ediyorum, kim olduğunu bile söylemeyeceğim. Hadi be Aslı, kırma beni. Sevil, sen, ben kafa dağıtacağız biraz.”

“Hah işte, onu tanıştır sen adamla. Bayılır böyle işlere.”

“Tamam öyle yaparım.”

“Bak ama eğer orada en ufak bir imada bile bulunursan, çıkar giderim, ona göre.”

“Söz veriyorum...”

Yolun geri kalanında hiç konuşmadan, yan yana yürüdüler. Havanın tatlı serinliği ve İstiklal Caddesi'nin karmaşık kalabalığı Aslı'nın sinirinin dağılmasını sağlamıştı. Nevizade'de her zamanki meyhaneye girdiklerinde neden sinirlendiğini unutmuştu bile.

Garson seri hareketlerle masayı donatırken Aslı uzanıp Devrim'in yanağını okşadı. Onun kendisi için gerçekten çabaladığını biliyordu ve bu Aslı'ya çok dokunaklı geliyordu. Pek fazla konuşmadan, daha çok etrafı seyrederek zamanın akmasını beklediler. Devrim boşanma hakkında birkaç soru sordu, Aslı da kısa cevaplar verdi. Uzaktan mutsuz bir çifte benziyorlardı, onları gören biri hiç ortak noktası kalmamış evli insanlar olduklarını sanabilirdi. Oysa birbirlerini eğlendirme zorunluluğu hissetmeyecek kadar eski dosttular ve bu yüzden sessizlik sorun değildi. Birlikte gülebilir, ağlayabilir ya da canları isterse sonsuza kadar susabilirlerdi.

Yemekten kalkıp, doğum gününün kutlanacağı yerin önüne geldiklerinde, Aslı Devrim'e tehditkâr bir bakış atıp, "Sakın ha!" demeyi ihmal etmedi.

İçerisi küçücüktü, insan kalabalığı yüzünden, tuğla duvarlar ve tavandaki metal borular dışında bir şey göremiyordu. Birkaç dakika boyunca barın nerede olduğunu bile anlayamadı. Müzik o kadar yüksekti ki, göğsüne baskı yapıyordu. Aniden bir yabancılık duygusuna kapıldı. Devrim uzanıp elinden tutmasa kaçıp gidecekti. Bir sürü tanımadık yüz, sayısız genç insan arasında, "Ne işim var benim burada?" diye mırıldanmaktan kendini alamadı.

Kalabalığı yararak yürümeye başladılar. Rastalı bir genç Aslı'ya gülümsedi, elinde kuş yemi tutuyordu. Devrim herkesle selamlaşıp, öpüşürken Aslı onu siper alıp kendini gizlemeye çalıştı. Kuş yemi yiyen arkadaşlar istemiyordu. Zorlu yolculuklarının sonunda bara ulaştılar ve doğum günü olan kızı kutlama bahanesiyle son birkaç kişiyi de aşıp, kendilerine kırmızı lake barın kenarında bir alan yaratmayı başardılar.

Aslı rahatlamıştı, en azından şimdi etrafında, aşina olduğu üç-beş kişi vardı. Hepsi Devrim'in arkadaşlarıydı ve Aslı çeşitli defalar onlarla bir araya gelmişti. Barmenin kendisine uygun gördüğü iğrenç kokteyli içmeye çalışırken kendisine sırıtarak bakan Devrim'le göz göze geldi; ardından da Devrim'in yanında duran kısa boylu, koca dudaklı ve koca kafalı adamla... İkisi ona doğru hareketlendiklerinde aklına ilk gelen sıvışmaktı ama etrafını saran et yığınını hatırlayınca buna teşebbüs etmedi. Öldürücü bakışlarını Devrim'e sapladı ama bunun caydırıcı bir etkisi olmadı.

Koca kafayı Aslı'yla tanıştırırken bir taraftan da gülümsemesini gizlemek için dudağını ısırıyordu. Aslı suratını asıp adamın elini sıktı ve hemen arkasını dönüp büyük bir ciddiyetle kokteylini incelemeye başladı. Biraz yeşil sıvı, birkaç buz ve bir dilim limona en fazla ne kadar bakılabilirse o kadar baktı; gözlerini ayırmadan, pür dikkat...

Devrim'in bunu yaptığına inanamıyordu, hem de o kadar söz verdikten sonra. Üstelik adam son derece iticiydi. Alnı, insanda boş alan hissi yaratacak kadar genişti ve bu nedenle tüm hatları yüzünün alt yarısına sıkıştırılmış gibi duruyordu. Adamın o kocaman dudaklarıyla kendisini öptüğünü düşündü ve içi kalktı. Bunu mu uygun görmüştü Devrim ona? Bu kadar çaresiz olduğunu mu düşünüyordu? "Onu öldüreceğim," diye söylendi, "hayvan herif!"

Dışarıya çıkmak istiyordu, evine gitmek istiyordu, sigara içmek istiyordu. Umutsuzca etrafını saran etten duvara baktı. Derin bir nefes aldı, denemek zorundaydı! Kolunu kurtardığında bacağı, bacağını kurtardığında kafası bir yerlere sıkışıp kalıyordu. Gösterdiği insanüstü gayrete rağmen kalabalığın arasından sıyrılıp, bir bütün olarak kapıya ulaşması yaklaşık on dakika sürdü.

"Merhaba," dedi biri. Sesin geldiği yöne baktığında, elinde bira şişesiyle kapının yanındaki çıkıntıya oturmuş İzzet'i gördü.

"Aaaa, merhaba!" Onunla burada karşılaşmayı beklemiyordu.

"İçerde gördüm seni ama kalabalıktan yanına gelemedim. Fazla dayanamayacağını tahmin etmiştim," dedi İzzet.

Aslı gülümsedi, bu çocuğu görmek onu gülümsetiyordu. "Gençlere göre buralar, bizden geçmiş artık."

"Hoşuna gidiyor galiba bu yaşlılık edebiyatı ya da bana daha çok küçüksün mesajı vermeye çalışıyorsun."

"Yok canım, neden öyle bir şey yapayım ki?"

"Belki sana asılırım diye korkuyorsundur."

"Daha neler!" dedi Aslı.

İzzet yanını işaret etti. "Otursana."

Aslı İzzet'in yanına otururken, topuklu ayakkabıların içine hapsolmuş ayakları sızlıyordu.

"Baksana, ayakta duracak halim kalmadı," dedi, "eskiden bir gecede beş yere giderdik, bana mısın demezdim."

"Alışkanlık meselesi bu. Gezdikçe alışırsın. Sana içki alayım mı?"

"İstemem, sağ ol. Eve gideceğim zaten birazdan."

"Bu kadar erken mi?"

"Ne yapalım, antrenmansızım."

Uzun saçlı bir kadın silueti koşar adımlarla onlara doğru geliyordu. Kim olduğunu anlamak için yakınlaşmasına gerek yoktu. Aslı bu ritimsiz adımları yüzlerce metre öteden tanıyabilirdi. Sevil'e el salladı ama o üzerine alınmadı. Gözleri iyi görmezdi, özellikle de karanlıkta. Kapının yanına gelene kadar fark etmedi Aslı'yı.

"Aaaa! Ne yapıyorsun burada?"

"Hiiiç, oturuyoruz."

Aslı arkadaşını öpmek için yerinden kalktı, sarıldılar.

Sevil yüzünde alık bir ifadeyle bir Aslı'ya, bir İzzet'e bakıyordu. Aklından geçenleri anlamak için fazla çaba sarf etmeye gerek yoktu.

"İzzet, Sevil," diyerek tanıştırdı Aslı, onlar da memnun oldular.

"Devrim içeride mi?"

"Evet ama kalabalıkta zor bulursun."

"Olsun ben bir bakayım," derken Sevil'in sesindeki imayı yakalamak Aslı için sorun olmadı.

"Evet sen bir bak!" dedi ters ters.

"Sen?"

"Ben gidiyorum."

Sevil, anladım dercesine başını sallayarak uzaklaştı.

"Bir şey sandı!" dedi İzzet.

"Ne?"

"Arkadaşın, bizim aramızda bir şey var sandı galiba."

Bunu söylerken memnun olmuş görünüyordu. Ondan sonrası, ne diyeceğini bilemeyen Aslı'nın art arda anlamsız cümleler kurmaya başlamasıyla, adım adım bir felakete dönüştü. Saçmaladığını fark ediyor, toparlamaya çalıştıkça daha beter batıyordu. "Bilmem, olabilir... yok aslında sanmamıştır, çok eski arkadaşım Sevil benim... yani ben barlarda birilerini bulmam ki. Gerçi biliyorsun eşimden ayrılıyorum, belki o yüzden aklına öyle bir şey gelmiş olabilir, bunalımdayım sanıyor galiba. Bunalımda falan değilim, gayet iyiyim, zorla çıkardılar zaten beni, birini bulursam iyi olur diye düşünüyorlar herhalde. Hatta içerde biriyle tanıştırdılar, ben istemedim tabii tanıştırmalarını, zaten çok çirkin biriydi."

Sustuğunda yüzü kıpkırmızıydı. İzzet mavi gözlerini ona dikip, hiçbir şey söylemeden dinlemişti anlattıklarını.

"Ben gidiyorum," dedi Aslı, küçük çantasını kolunun altına sıkıştırırken, "barmenin verdiği o iğrenç şey çarptı beni galiba."

"Ben de geliyorum, yalnız yürüme bu saatte."

"Yok, lütfen. Rahatsız olma sen!"

"Rahatsız olmam, merak etme."

Birlikte yürümeye başladılar.

'Gecenin bir saatinde, peşimde gencecik bir adamla, eve dönüyorum, serseriler gibi... Ev dediğim yer bile benim değil. Ne demeye konuştum öyle geri zekâlı gibi, bilmiyorum deyip geçsene. Ne işim var bu yolun ortasında? Bin kere geçtiğim sokaklar, niye bu kadar yabancı geliyor gözüme? Aynı yerden evli ya da bekâr olarak geçmek fark eder mi? Dünya medeni halimize göre şekil mi değiştiriyor?'

Besbelli değişiyordu... Var olan şeyler aynı kalsa da, senin gördüğün başkalaşabiliyordu.

Kendini gerçekten çok yaşlı hissetti bir an. Böyle düşünmek için erken olduğunu biliyordu ama her şeye baştan başlamak için çok geçti ve insanı yaşlı yapan da buydu.

Çocukken dünya kocaman bir oyun bahçesiydi ve senindi. Bilinmezdi, heyecanlıydı ve hayal kurabildiğin ölçüde sana aitti. Geleceği bilmiyordun ama onu gönlünce şekillendirebileceğine inancın vardı. Her şey ama her şey bir ihtimaldi. Dünyayı güzel kılan da, işte o ihtimallerdi. Her filmde yeni biri olabilirdin, her kitapta başka bir ömür sürebilirdin. Zengin, ünlü, astronot, veteriner, doktor, mutlu, prenses, başbakan, gizli ajan, ressam, rock yıldızı, futbolcu, hiçbiri imkânsız ya da uzak değildi.

Yaşlanmak ise ihtimallerin azalmasıydı. Sahip olamayacağını bilerek bakmaktı etrafa, geçmiş olsun demekti. Asla o kitaptaki adam ya da kadın olamazdın artık. 'Sınırlı mutluluklar dönemine hoş geldiniz' yazan görünmez bir tabelanın altından geçerdin! 'Gerçekler dünyasına hoş geldiniz! Yetinmeyi öğrendiniz mi, öğrenmeniz gereken tek şeyi?'

Gençliğin bittiği yer, hayatın bittiği yerdi aslında, ikinci baharlar falan hep palavraydı, dünya senin sahibindi ve hapı yutmuştun.

Burcu'yu düşündü. Kuracak tek bir hayali kalmış mıydı? Çocuklarının düğününü görmek bir hayal sayılırsa, belki. Her gün yemek yapacaktı, arada kocası ve çocuklarıyla tatile çıkacaktı, pek de sevmediği kocasıyla tatsız sevişmeler yaşayıp etrafa gülümseyecekti. Başı, ortası, sonu, hepsi buydu işte. Peki ya kendisi? Böyle darmadağınık, yazamadığı bir kitap, yitip gitmiş bir koca ve doğmamış çocuklarla hayalsizliğin daha dip bir noktasında durmuyor muydu? Bir ömür vardı elimizde ve hiçbir şey sığmıyordu içine. Hayat senden bağımsız, başlı başına, apayrı bir canlıydı, bazen seni yutuyordu ve sen içindeyim sanıyordun, işte tam o sırada seni kusuveriyordu.

"Niye hiç konuşmuyorsun?"

"Ben mi? Bilmem, düşünüyordum..."

"Ne düşünüyordun?

"Karanlık şeyler..." dedi Aslı gülümseyerek.

"Anlatmak ister misin?"

"Biraz karışık. Hayatın en güzel bölümünün çocukluk olduğunu düşünüyordum. Sonrası gazı kaçmış gazoza benziyor."

"Allah Allah, niye ki?"

"Sen hiç hayal kurar mısın?"

"Evet."

"Ne kadar sık?"

"Mesela şimdi kuruyorum..."

Aslı cevap vermedi, duymazdan gelmek en iyisiydi ama birkaç saniye sonra istem dışı bir kahkaha atıverdi.

"Çok özür dilerim," dedi kendini kontrol altına almaya çalışırken.

"Neye gülüyorsun?"

Aslı yok bir şey der gibi başını salladı.

"Söylesene, neye güldün?"

"Bir an bana asılıyorsun gibi geldi de..."

İzzet'in yüzündeki ifadeyi gördüğü an söylediğine pişman oldu. Öyle genç ve öyle kırgın bakıyordu ki, ağlamaya başlayacak sanırdınız.

"Buna gülmedim," diye toparlamaya çalıştı, "böyle bir şey düşünmeme güldüm. Yani bana asıldığını düşünmem çok saçma. Hani bazı kadınlar vardır ya herkesin kendine asıldığını sanır, onlar gibi..."

"Sana asıldığımı düşünmenin nesi saçma?"

"Nesi mi saçma? Ben senden çok büyüğüm, otuz beş yaşındayım. Sen taş çatlasın yirmi yedi, yirmi sekizsindir."

"Yirmi dokuz!"

"Fark etmez, küçüksün işte."

"Altı yaş!"

"Sen doğduğunda, ben ilkokula başlamıştım."

"Uydurma!"

"Evet. Ben bir sene erken gittim okula."

Konunun gittiği yönden hoşlanmamıştı.

"Sen bu akşam anneannende mi kalıyorsun?"

"Hayır, evime döneceğim."

"Boşuna yürüyorsun o zaman benimle."

"Fark etmez... Hem ben gencim, yorulmam," dedi İzzet suratını asarak. "Beraber geldiğin adam kimdi?"

"Devrim. Çocukluk arkadaşım. Daha doğrusu en iyi arkadaşım."

"En iyi arkadaşın erkek mi?"

"Evet. Burcu ve Sevil de var ama galiba Devrim'in yeri başka."

"Ben bazen geceleri görüyorum onu," dedi İzzet. Aslı onun ne söylemeye çalıştığını biliyordu. Serserinin tekiydi Devrim ve bu bir sır değildi. İflah olmaz bir zampara olarak namı alıp yürümüşken onun en iyi arkadaşı olmak çok iyi bir referans sayılmazdı ama yapılacak bir şey yoktu. Arkadaşlarını örnek insanlar arasından seçmek gibi bir gayreti hiç olmamıştı, hayatına ne kattıklarına bakardı. Devrim demek sürpriz demekti. Gecenin bir saatinde heyecanına engel olamayıp Aslı'yı arar, yeni keşfettiği bir müziği dinletirdi. Kimsenin bilmediği filmleri bulup çıkarır, en ücra köşelerde unutulmuş lezzetler yakalardı. Öte yandan, beraber bir yere gittiklerinde iki kızın peşine takılıp Aslı'yı ekebilirdi ama hayatına olağanüstü melodiler üfleyip, büyülü tohumlar serpen birinin ahlakını sorgulamaya niyeti yoktu.

İzzet, "Neden boşanıyorsun?" diye sorduğunda kafası Devrim'le doluydu.

"Bu konuda konuşmayı sevmiyorum," dedi. İzzet'in böyle aniden açılması, haddini aşan sorular sormaya başlaması sinirine dokunmuştu. Çıtır erkeklerle gezen sosyete kokonalarına benzer bir tarafı mı vardı?

Apartmanın önüne geldiklerinde, Aslı elini uzattı, "Teşekkür ederim, iyi geceler."

İzzet Aslı'nın elini görmezden gelip uzandı ve dudağına minik bir öpücük kondurdu. Bunu öyle doğal bir şekilde yapmıştı ki, Aslı yerinden kıpırdamaya fırsat bulamamıştı. Kanın beynine sıçraması ise sadece bir saniye sürdü.

"Sen şimdi bunu niye yaptın ki?"

İzzet bir şey söyleyemedi.

"Yeni neslin tuhaf âdetlerinden biri mi bu? Hepiniz kuş yemi yiyip, birbirinizi dudaktan mı öpüyorsunuz?"

"Bu kadar kızmana gerek yok. Sen de beni öpersin, ödeşiriz."

Aslı sinirden nefesinin hızlandığını hissetti. Göğsü hızlı hızlı inip kalkıyordu. Dişlerinin arasından, "Ben birini öpersem, öyle bebek gibi öpmem, tamam mı!" diye hırladı ve apartmanın kapısını açıp, içeri girdi.

Demir kapı İzzet'in burnunun ucunda gürültüyle kapandı.

* * *

Zeyno'yu, salonda, elinde şarap dolu bir kadehle bulmayı beklemiyordu. Kardeşinin akşamları erkenden, birkaç kitap eşliğinde, odasına kapanmasına o kadar alışmıştı ki, bu durumdan memnuniyet mi yoksa endişe mi duyması gerektiğini bilemedi. Zeyno ablasına, yarım yamalak bir gülümseme ve suçluluk dolu gözlerle bakarken, Aslı içerde birinin daha olduğunu hissetti. Birkaç adım daha attığında tahmininde yanılmadığını gördü. Zeyno'nun karşısındaki koltukta, Ali oturuyordu. İkisi de Aslı'nın tepkisini ölçmek ister gibi, nefes bile almadan, pür dikkat ona baktılar.

"Zeyno'ya kızma!" dedi Ali, titrek bir sesle. "Çat kapı geldim, emrivaki oldu kıza."

"Ne istiyorsun?"

"Konuşmak istiyorum..."

"Gecenin bu saatinde mi?"

"Mesajlarıma cevap vermiyorsun, telefonlarımı açmıyorsun, maillerimi okumuyorsun. Hem ben geleli saatler oldu..."

Zeyno varlığının altını çizmeyen, hafif hareketlerle ayağa kalktı.

"Ben odama gidiyorum, siz konuşun."

Kimse ona iyi geceler dilemedi, o da parmak uçlarına basa basa, korkudan ufalmış bir halde salondan çıktı.

"Bugün avukatın aradı, açmışsın davayı," dedi Ali.

Sesi boğazında düğümleniyor, güçlükle işitilebiliyordu. Ellerini başının arasına alarak kanepeye oturdu.

"Aslı, senden beni affetmeni istemiyorum. Elbette dünyada daha çok istediğim bir şey yok ama bunu senden bekleyemem. Korkunç bir şey yaptım, iğrenç bir şey... Ne kadar üzgün olduğumu anlatamam. Her şeyi geri sarıp düzeltebilmek için canımı bile verirdim."

Sustu. Ağlamak üzereydi. Sözlerinin Aslı'ya tesir edip etmediğini anlayamıyordu. Yine o bilmediği bakış vardı karısının gözlerinde.

"Sadece benimle konuşmanı istiyorum. Bunun için sana yalvarıyorum, lütfen benimle iletişimi kesme. Bu beni darmadağın ediyor. İstediğini söyle bana, hakaret et, nasıl istiyorsan öyle yap ama ne olur, benimle konuş. Delirmek üzereyim. Uyuyamıyorum, düşünemiyorum, hiçbir şey yapamıyorum. Seni kaybetmeye dayanamam... Beni boşamak mı istiyorsun, boşa! Yerden göğe kadar hakkın var, hiçbir şey diyemem ama boşasan bile hayatımdan çıkma, sana ihtiyacım var. Hayatımın bir parçası olduğunu bilmeye ihtiyacım var."

"Şu halin..." Aslı yüzünü buruşturdu, "o kadar sinirime dokunuyor ki anlatamam."

Ayağını acıtan topuklu ayakkabıların sinirli hareketlerle fırlatırken, kelimeler de ağzından fırlıyordu.

"Bütün bu olanların senin için en kötü tarafı, özenle kurguladığın 'düzgün adam' imajının darbe alması. Şimdi öyle ısrarla üzülüp, beni geri kazanmak için öyle perişan oluyorsun ve öyle umutsuzca çabalıyorsun ki bir süre sonra insanlar seni suçlamayı bırakıp, sana acımaya başlayacaklar. İçeriye girdiğimde Zeyno'nun bakışlarından anladım bunu. Onu bile kandırmışsın."

"Kandırmak mı? Bunun kandırmakla ne ilgisi var? Ben gerçekten üzgünüm, numara yapmıyorum ki."

"Şimdi beni iyi dinle. Senin dayanamadığın şey, kötü bir şey yapmış olman ya da beni üzmen değil, insanların bunu bilmesi."

"Yapma be Aslı'cığım, o kadar da değil."

"Sen olmak istediğin insan değilsin ve bunu kabul etmediğin için sürekli bunalıma giriyorsun. Oysa kabul etsen çok rahatlayacaksın. Niye olmadığın biri gibi görünmek için bu kadar çaba harcıyorsun ki? Ne gerek var buna?"

"Bunu nereden çıkardığını sorabilir miyim?"

Aslı güldü. Sinirden ya da numaradan değil, gerçekten gülümsedi.

"Yanılıyorsam söyle! İlişkiniz olduğu müddetçe, o kızın mutlu olmasına izin vermediğinden eminim. Türlü vicdan azabı numaraları, bitmek bilmeyen depresyon halleriyle onu bunaltmışsındır, yaşadığı her anı burnundan getirmişsindir. Ayrılmaya çalışıp bunu başaramamanın kederine bulamışsındır ortalığı. Zavallı kız! Böyle bir şey yaşanacak son adamın sen olduğunu nereden bilsin. Karanlıklar prensi..."

"Ne yapacaktım ki?"

"Tadını çıkarabilirdin."

"Saçmalama lütfen."

"Doğru söylüyorum. Kendine karşı dürüst olsaydın, yaşadığın şeyin hakkını verebilirdin ama buna bile cesaret edemedin. Çünkü olduğun insanla olmak istediğin insan çatıştı. Şimdi boktan bir ilişkide, boktan zamanlar geçirmiş, üstüne üstlük aptallığı yüzünden karısını da kaybetmiş biri olarak duruyorsun burada. En azından, o zaman yaşadıklarına değerdi."

"Karısını vicdan azabı çekmeden aldatmış bir adam olmam daha mı iyi olurdu?"

"Senin için daha iyi olurdu. Benim için ikisi de aynı. Sonuçta vicdan azabı çekmen sonucu değiştirmedi ya da seni durdurmadı. Dediğim gibi o vicdan azabı beni düşünmenden kaynaklanmıyordu, kendinle yüzleşmenin ağırlığıydı o."

"Aslı, ben öyle biri olmayı hiç istemedim, karısını önüne gelenle aldatan o adamlardan olmak, bana göre bir şey değil."

"Ama maalesef onlardan birisin... Hatta daha beterisin."

"Değilim. Bir hata yapıp pişman olmuş sıradan bir adamım."

"Yakalandığına pişmansın sen. Tek gecelik bir şey yaşayıp pişman olmayı anlayabilirim ama koca bir sene sürdü senin ilişkin. Yakalanmadan önce pişman olmak için epey zamanın vardı. Şimdi kendini kendine karşı temize çıkarmak için vicdan azabı çekiyorsun."

"Sana yemin ederim, kurtulmayı denedim. Bataklık gibi bir şey bu, çırpındıkça batıyorsun... Nasıl anlatacağımı bilmiyorum, çok zor... Eğer âşık olsaydım, âşık oldum derdim. Söylerdim sana."

"Eğer âşık oldum deseydin, bunu anlardım. Daha çok üzülürdüm ama en azından anlayabilirdim. Böylesi daha korkutucu geliyor bana çünkü kendi hayatını yönetmekten aciz olduğun ortaya çıkıyor."

"Bir de şöyle düşün, biz iyiydik değil mi? Yani bu olaya kadar... Söylediklerinin hepsinin doğru olduğunu kabul edelim. Diyelim ki, ben gerçekten göründüğüm gibi biri değilim ama biz mutluyduk."

"Eeee?"

"Yani biz iyi bir çifttik... Birlikte olmaktan sıkılanlardan değildik."

"Nereye bağlayacaksın?"

"Bunun üstesinden gelemez miyiz? Mücadele etmeye değmez mi? İnsanlar çok daha kötü giden evlilikler için bile çaba sarf ediyor. Biz mutlu bir çifttik ve bir sarsıntı atlattık, hepsi bu."

"Ben hiçbir şeyi atlatmış değilim."

"Ama atlatabilirsin, en azından deneyebilirsin."

"Evet deneyebilirim ama denemeyeceğim."

"En azından seni görmeme izin ver!"

"Hayır!"

"Peki arayabilir miyim?"

"Hayır."

Yıllarca sevdiği adam, yaşlı gözlerle evden çıktığında, Aslı onun nereye gideceğini biliyordu. Birine tutunmadan yaşayamazdı Ali, sırtını sıvazlayacak kimse olmadan ayakta duramazdı. Bugün olmasa yarın, Ayten'in kollarında derin bir mutsuzluğu doğru yuvarlanacağından emindi. Ayaklarını uzatıp televizyonu açarken, 'Şimdi onu oraya ben yolluyorum,' diye düşündü, haklıydı da. İstese Ali'yi geri alabilirdi ama almamıştı; bunu yapmak yerine onu cehenneme göndermeyi tercih etmişti.

Eğer Ali bir parça daha kendi hayatını kontrol edebilen biri olsaydı, bunu yapmakta tereddüt edebilirdi. Onun gidip mutlu olacağı başka bir kadın bulma ihtimali Aslı'yı ürkütebilirdi ama bunu yapamayacağını öyle iyi biliyordu ki. Nefesi kadar tanıyordu bu adamı. Kendi kısırdöngülerini yaratır ve durduran olmazsa sonsuza dek onların içinde dönüp dururdu. Olaylara müdahale etmek, değiştirmek, durdurmak ya da yönetmek ona göre değildi. Ayten'i yeterince beğenmediği, ona hayranlık duymadığı ya da âşık olmadığı ortadaydı, bütün bunlara rağmen yine de ona gidecekti ve eğer Ayten ona sahip olmakta kararlıysa, bir daha kurtulamayacaktı.

* * *

İçine taze sonbahar katılmış yaz sabahı, güne tasalı başlayanları bile gülümsetecek bir neşe taşıyordu. Ilık rüzgârların, başka ülkelerin mutlu insanlarından alıp getirdiği ve İstanbul'un üzerine serpiştirdiği tatlı bir rehavet, sebebi olmayan bir iyimserlikle el ele, şehrin sokaklarında gezintiye çıkmıştı.

Aslı, taksiden indiğinde içindeki sevince bir anlam veremedi. Sabahın erken saatiydi ve henüz etrafta Ortaköy'ün o meşhur kalabalığından eser yoktu. Yıllardır böyle bir saatte gelmemişti buralara; curcunadan uzakken öyle güzeldi ki. Hayatında ilk defa, erken kalkanlara hak verdi. Aheste hareketlerle tezgâhlarını hazırlayan birkaç satıcıdan ve esneyen tembel kedilerden başka kimsenin olmadığı ara sokaklardan sahile doğru ilerlerken çok uzak bir anıyı hatırladı:

Ege'nin en kuzeyindeki küçük, şirin bir tatil kasabasında, Devrimlerin yazlık evindeydiler… Aslı, Zeyno, Devrim, Burcu, Sevil, Cenk ve başka birkaç kişi daha… Nermin Hanım gençlere yemek yetiştirme telaşıyla, sabah akşam, oradan oraya koştururken, onlar hayatlarının en kaygısız, en güzel tatilini yapıyorlardı. Her gece evin bahçesinde sabahlıyorlar ve sabahın ilk ışıklarıyla birlikte havlularını kapıp evin hemen önündeki kumsala koşuyorlardı. Akşamüstleri çıkan rüzgârın ve kabaran dalgaların, yerini sonsuz bir sükûnete ve çarşaf gibi bir denize bıraktığı tatlı sabahlardı, tıpkı bu sabah gibi… Eskilikten tahtaları kıymık kıymık olmuş bir iskele vardı; üzerine serilip yattıkları.

Sahildeki çay bahçesinde oturmuş onu bekleyen arkadaşlarını görünce yüzüne kocaman bir gülümseme yayıldı.

"Günaydın," dedi Devrim'in yanındaki sandalyeye çökerken.

"Hayırdır? Pek neşelisin…"

Soru Burcu'dan gelmişti.

"Hoşuma gitti sabah sabah buralar."

"Hayret valla. Senin saat on birden önce güldüğünü gördük ya, artık gam yemeyiz."

Sabah huysuzluğu meşhurdu Aslı'nın. Ne kadar erken yatarsa yatsın, uyanmak sorun olurdu. "Ben uyumuyorum ki, ölüyorum," derdi kendisine takılan arkadaşlarına, "ve her sabah yeniden doğmak zorunda kalıyorum. Haliyle güne başlamam biraz sancılı oluyor."

"İyi misin peki?" diye sordu Sevil.

"İyiyim yahu."

"Ne diyor peki Ali?"

"Ay ne diyecek, biz mutluymuşuz, tekrar denemeliymişiz."

Sessizlik oldu. Aslı yanına gelen garsona, menemen siparişi verdi ve gözlerini Devrim'in sucuklu yumurtasına dikti.

"Al istiyorsan."

Beklediği buydu. Taze ekmekten kocaman bir parça koparıp Devrim'in önündeki sahana daldırdı.

"Oha!" dedi Devrim.

"Çok güzelmiş, keşke ben de bundan söyleseydim."

"Al ye. Ben de senin menemenini yerim."

Aslı ikiletmeden sahanı önüne çekti. Devrim'in yemeğinden vazgeçmesi az şey değildi.

"Sağ ol. Gel bir öpeyim."

"Git oradan. Yağlı ağzınla..."

"Aslında, Ali haklı bir taraftan..." dedi Sevil ve destek bekler gibi Burcu'ya baktı. "Gerçekten de mutluydunuz."

Burcu bu konunun tekrar açılmasından memnun olmadığını gösteren bir bakış attı Sevil'e.

"Doğru, mutluyduk çünkü ben o mızmızın depresyona girmesine izin vermiyordum. Sürekli onu kolluyordum, nasıl iyi mi, sesi nasıl geliyor, morali bozuk mu, yüzü asıldı mı... Hayatım ona şaklabanlık yaparak ve olayların iyi tarafını göstermeye çalışarak geçiyordu. O habire karanlık tablolar çiziyordu, ben de o tablolara güneş, kuşlar falan kondurup duruyordum. Sonuçta bir şey değişmedi, ben tepeme bir çift boynuz taktım ve o yine bunalımda."

Sevil dudaklarını ısırdı.

"Ali'yi savunmak için söylemiyorum ama..." Bir anda öfkelendi, "siz niye susuyorsunuz şimdi, Aslı gelmeden önce barışması gerektiğini söylüyordunuz!"

"Öyle mi diyordunuz?" Aslı Burcu'ya baktı.

"Kesip atmasın dedim ben," diye itiraz etti Burcu. Sevil'in onu ortaya atmasına sinirlenmişti. İntikamını almakta gecikmedi. "Ayrıldın diyelim, bir de bunun sonrası var. Sevil gibi mi olacaksın?"

"Niye Sevil gibi olayım be!"

"Hooop, bir dakika, neyim varmış benim?"

"Dengesiz ilişkilerin var, onu söylüyor," dedi Aslı, gerçeği yumuşatarak.

"Ay sen kendine bak," dedi Sevil Burcu'ya, "o kıroyla evlendin..."

Söylenecek söz değildi ama doğruydu. Aslı ve Devrim göz göze geldiler, Devrim sırıttı. Bunu söyleyenin Sevil olması inanılır gibi değildi, Burcu'yla dalaşmaktan çekinirdi çoğunlukla. İyice damarına basılmamış olsa, kafasını kesseler böyle bir şey demezdi.

Ortalığı yatıştırmak Aslı'ya düştü. Burcu kocası için söylenen söze fena halde içerlemişti. Sevil defalarca özür diledi ve aslında Osman'ı ne kadar sevdiğini anlatmaya çalıştı ki bu kuyruklu bir yalandı. Hiçbiri sevmezdi Osman'ı. Sorun, Osman'ın bir anda çok para kazanması ve bu paranın bünyesine ağır gelmesiydi. Urfa'da son derece yoksul bir ailenin dokuz çocuğundan biri olarak dünyaya gelip, sonra kendini kolunda elli bin dolarlık bir saatle, koca bir yalının bahçesinde bulunca dengesi şaşıyordu insanın. Hele de bu para, çalışılarak kazanılmadıysa...

* * *

Burcu Osman'la tanıştıktan üç ay sonra evlenmeye karar vermişti. Diğerleri ilk kez düğünde görmüşlerdi adamı ve Burcu'nun onu kendilerinden neden fellik fellik kaçırdığını o zaman anlamışlardı. Arkadaşlarının hatırına ilk zamanlar Osman'ın iyi bir tarafını bulabilmek için epey gayret göstermişlerse de, adamın marazi bir yapısı vardı ve gerginlik yaratmaktan hoşlanıyordu. Kendi anacığı dışında bütün kadınları hor gören tavırlarıyla Aslı'yı çileden çıkarıyordu. Ona göre kadınlar eziyet çektikçe değer kazanırdı ve bu şehirli şımarık kadınlar, sadece dere kenarında çamaşır yıkamadıkları için, saygıyı hak etmiyorlardı. Zamanla, Osman'ın insanı deli eden konuşmalarının ve rahatsız edici fikirlerinin, kendi varlığını belli etme isteğinden kaynaklandığını fark etmişlerdi. Tek istediği dikkat çekmekti. Bunun üzerine onu ciddiye almamaya başladılar. Ne kadar saçmalarsa saçmalasın cevap vermiyor, ilkel dönemlere ait düşüncelerini duymazdan geliyorlardı. Saldırganlığın işe yaramadığını gören Osman başka yollar aradı. Aslı'ya doğum gününde pırlantalı kolye almak, Ali'ye bilmem kaç bin dolarlık puro kutusu getirmek o yolların en anlamsızlarıydı.

Devrim ile Burcu'nun arkadaşlığına ses çıkarmaması, Devrim'in eşcinsel olduğuna duyduğu sarsılmaz inançtan kaynaklanıyordu. Kaç kere böyle bir şey olmadığını söyledilerse de Osman ikna olmamıştı. Nasıl bir erkek kızlarla arkadaşlık ederdi ki? Burcu'nun bekâretini henüz on yedi yaşındayken, Devrim'in yatağında kaybettiğini bilseydi böyle düşünmezdi elbette.

* * *

"O akşam senin yanındaki çocuk kimdi. Hani kapının önünde konuştuğun..." diye sordu Sevil, meraktan çatladığını gizlemeye çalışan, ilgisiz bir sesle.

"İzzet. Alt komşunun torunu."

"Bizim komşuların hiç öyle torunu olmaz. Ne yakışıklı çocuktu o öyle."

"Yirmi dokuz yaşında!" dedi Aslı gözlerini devirerek.

"Ne fark eder?"

"Sevil, tepemi attırma! Birini bulayım da kim olursa olsun önemli değil sizin için. Kocam, alt komşunun torunu ya da Devrim'in bana uygun gördüğü koca kafa... İlla biri olsun. Yalnız kalırsa intihar edecek birine mi benziyorum?"

"Çocuk yakışıklıydı dedim ben sadece."

"Çocuk!"

"Erkekler kendinden genç kadınlarla beraber olunca kimse dert etmiyor," diye itiraz etti Sevil. "Ali yirmi dört yaşında kızla beraber olunca sorun yok."

"Bu kişisel bir tercih, tamam mı! Ben yanımda bir zıpçıktı istemiyorum, bu kadar basit."

Devrim, "Sigara işi nasıl gidiyor?" diye sordu.

"Sen sorana kadar aklıma gelmemişti," dedi Aslı şaşkınlıkla. Gerçekten de bugün uyandığından beri bir kez bile sigarayı düşünmemişti. Tam o sırada telefonu çaldı.

"Üç gündür senden nasıl özür dileyeceğimi düşünüyorum."

İzzet'in sesini tanımıştı.

"Önemli değil!"

"Peki sana güzel bir pazar kahvaltısı ısmarlayabilir miyim?"

"Ben zaten güzel bir pazar kahvaltısındayım," dedi Aslı. Arkadaşlarının dikkatli gözlerle kendisini izlediğini görebiliyordu.

"Sonra ne yapacaksın?"

"Sinemaya gideceğiz, oradan da eve döneceğim."

"Sana uğrayabilir miyim?"

"Olur ama benim ne zaman geleceğim belli olmaz."

"Önemli değil, ben anneannemde kalıyorum bu gece."

"Gelince ben uğrarım o zaman. Hem Münevver Hanım'a da merhaba demiş olurum," dedi Aslı. Aralarındaki mesafeyi korumakta kararlı olduğunu belli etmek istiyordu. Telefonu kapattıktan sonra, bitmek bilmeyen sorulara ve alaylara maruz kaldı. Masadaki herkes Aslı'nın İzzet'le kırıştırdığını ama bunu kendilerinden gizlediğini düşünüyordu. Yoktu öyle bir şey, yeminler etti.

* * *

Akşam eve mahsus geç döndü. Apartmanın kapısından içeri girerken saat sekizi geçiyordu. Her zamanki gibi merdivenleri kullanmak yerine asansöre bindi ve sağ salim beşinci kata çıkabilmek için dua etmeye başladı.

O ve Ali dışında herkes kullanıyordu bu asansörü ve taşındıklarından beri bir kez bile bozulduğunu duymamıştı; yine de hiç güveni yoktu bu döküntüye. Soluğunu tuttu ve katları teker

teker geçerken asansörün çıkardığı ürkütücü sesleri duymamaya çalıştı.

Aklına gelen başına geldiğinde dördüncü kata ulaşmıştı. Demir yığını büyük bir gürültüyle durdu ve etraf karanlığa büründü. Soluğu ciğerlerinin içinde dondu kaldı; ne içeri ne de dışarı çıkabiliyordu. Düğmelere basmayı düşünmedi bile, kıpırdarsa asansörün korkunç bir hızla aşağıya düşeceğinden emindi. Saniyeler boyunca hiç hareket etmeden durdu, soluğu hâlâ oradaydı; ciğerlerinin ta dibinde...

Mantıklı düşünmeye çalıştı. İnsanlar sık sık asansörde kalırdı, sonra birileri gelip onları kurtarır ve eğer Patrick Swayze değilse, kimse aşağıya düşmezdi. Şimdi sakinleşip bağırması gerekiyordu çünkü bağırmazsa burada olduğunu bilemezlerdi. Eğer ses tellerindeki sıkı düğümler çığlığının gırtlağını aşıp dışarı çıkmasına izin verseydi, avazı çıktığı kadar bağıracaktı da. Titreyen ellerle ahşap iç kapıyı kendine doğru çekerken, korkudan ölmek üzereydi. Asansör beş santim daha yukarıya çıksa katla aynı hizada olacak ve dış kapı açılabilecekti ama o Allah'ın cezası beş santim yüzünden burada ecel terleri döküyordu.

Buz gibi olmuş elleriyle önce hafif hafif vurdu kapıya; kimsenin işitemeyeceği kadar zayıf ve çekingen bir şekilde. Düşmeyeceğinden emin olunca ise var gücüyle yumruklamaya başladı.

İlk duyduğu ses İzzet'inkiydi, sonrakiler birbirine karıştı. Öyle büyük bir panik havası esmiyordu dışarıda, insanlar rahat bir tavırla birkaç dakika sonra onu asansörden çıkaracaklarını söylüyorlardı. Sanki herkesin başına gelen, sıradan bir olay gibi davranıyorlardı. Utanmasalar, sen bekle biz çayımızı bitirince geliriz, diyeceklerdi. Aslı bembeyaz bir yüzle dışarı çıktığında, Ziya Efendi yarım yamalak bir geçmiş olsun deyip, başlamak üzere olan dizisini seyretmek için aşağıya koşturdu. Münevver

Hanım'ın karşı dairesinde oturan emekli çift ise sorunun halledildiğini görünce kapılarını kapattı.

İzzet gülümseyerek, "Beni bu kadar bekletirsen, böyle olur işte," dedi. "Ne o, çok mu korktun?"

Gerçekten çok korkmuştu ve bunun alay konusu olması hoşuna gitmemişti.

"Ben bunda dalga geçilecek bir taraf görmüyorum," diye terslendi.

"Tamam canım, kızma. Bak ben de sen geleceksin diye koca bir pazar gününü anneannemle geçirdim."

"Ben geleceğim diye mi? Uydurma, zaten burada kalacağını söylemiştin."

İzzet yüzüne dökülen saçlarını geri attı, "Sarı yakışmış."

Aslı ilk kez görüyor gibi üzerindeki civciv sarısı tişörte baktı ve "Sağ ol," diye mırıldandı.

"Hadi içeri gel, donla burada durup apartmana daha fazla rezil olmayayım."

"Ben onu şort sanmıştım."

Gerçekten de ilk bakışta şort gibi görünüyordu.

"Kapıya öyle bir vuruyordun ki, apartman yıkılıyor sandım. Olduğum gibi fırladım," derken İzzet pek utanmışa benzemiyordu.

Aslı İzzet'in peşi sıra içeriye girdiğinde Münevver Hanım ortada görünmüyordu.

"Anneannen nerede?"

"Ben burada maç seyrediyorum diye odasına çekildi. Onca gümbürtüyü nasıl duymadı, hayret. Kabul etmiyor ama kulakları bitmiş onun. Haber vereyim mi geldiğini?"

"Hayır, sakın ha! Rahatsız etme kadıncağızı."

"Uyumamıştır ki..."

"Olsun."

Aslı çirkin çekyata oturdu. Kalbinin atışları yavaş yavaş normale dönüyordu. İzzet elinde iki birayla gelip yanına yerleştiğinde, aralarındaki yakınlıktan rahatsızlık duymadı. Kırk yıllık arkadaşlarmış gibi konular akıp gitti ve Aslı kendini, ondan beklenmeyecek bir açıklıkla, evliliğinin detaylarını İzzet'e anlatırken buldu.

"Onu seviyordum ve bu gerçeği görmemi engelliyordu. Daha doğrusu gerçeği görüyordum ama görmezlikten geliyordum, üzerine düşünmüyordum."

"Gerçek dediğin ne?"

"Söylendiğinde kulağa saçma geldiğini biliyorum," dedi Aslı gülümseyerek, "onun gibi birini sevmemin aslında mümkün olmadığını görmüyordum yani kendimi kandırıyordum."

"Neden böyle bir şey yapasın ki?"

"Onu sevmek işime geliyordu herhalde. İlk tanıştığımızda gerçekten de sırılsıklam âşık olmuştum ama daha sonra yani onu yakından tanıdıkça, bazı şeyler dikkatimi çekmeye başladı ama üzerinde durmak istemedim. Hoş biriydi, eğlenceliydi, iyi bir hayatımız vardı, dışarıdan harika görünüyorduk, kavga etmeyen, bir sürü ortak zevke sahip parlak bir çift... Bir kusur aramak saçmaydı, ben de aramak istemiyordum çünkü bulmaktan korkuyordum yine de ne kadar bakmak istemesem de orada olduğunu hissediyordum."

"Peki sorun neydi?"

Aslı birasından büyük bir yudum aldı ve çirkin çekyata yayıldı. "Ali kötü biri değildi ama kurgu bir karakterdi."

"Anlamadım," dedi İzzet, dürüstçe.

"Ali anlamadım demez, anlamasa bile asla bunu itiraf etmez. Ali yapamadım demez. O yapamadığı, anlayamadığı, başaramadığı şeyler için başkalarını suçlar. Aslında bunu yapmaya hakkı var çünkü hayatının idaresi kendi elinde değil. Olaylar akar, Ali bakar. Hiçbir şeyi değiştirecek, durduracak, yeniden şekillendirecek gücü yoktur ve bütün kurgusunu bunu gizlemek üzerine yapmıştır. Beni aldattığını anladığımda yüzleştiğim şey, başka bir kadının varlığı değildi, Ali'nin karakteriyle karşılaştım ben. Sevmediği bir kadınla ilişkiye giriyor, durdurmak istiyor ama yapamıyor çünkü o aslında hiçbir şey yapamaz. Benimle çok mutsuz olsa, çıkıp ben çok mutsuzum ayrılalım da diyemezdi hatta sana çok komik gelebilir ama çocuk yapalım diye tuttururdu çünkü bu sayede ayrılmamak için güçlü bir sebep elde etmiş olurdu. Kendini çaresiz bırakmaya bayılır, mahkûm olduğu şeyi yaşamayı sever."

"Edilgen biri yani..."

"Hem de nasıl. Gerçi bilmiyorum belki de onu sevmemek için bütün bunları ben uyduruyorum ama işe yarıyor."

"Nasıl?"

"Bu düşünceler, onu sevmemi engelliyor. Böyle gördüğün birine saygı duyamıyorsun."

"Üzülmedin mi peki evliliğin böyle aniden bitince?"

"İlk başta çok üzüldüm ama şimdi üzüntü yerine derin bir utanç var içimde. Niye bunu görecek cesareti kendimde bulamadım ve nasıl öyle bir adamla beraber olabildim diye yerin dibine girmek istiyorum." Aslı yüzünü buruşturdu, "Düşünsene, seneler boyu sümük gibi bir adamla yaşadım. Sırf korkaklığımdan, rahatımı bozmamak için yaptım bunu; demek ki ben de sümük gibi biriyim."

"Sanmam," dedi İzzet, "öyle biri olsan, bunu söyleyemezdin."

"Söylemek sorumluluğumu azaltmaz, sadece beni itirafçı yapar."

"Olsun. İtiraf etmek iyidir, günah çıkarmak gibi..."

"Günah çıkmaz ki."

"Emin misin?"

"Hayır."

İlk kimin kimi öptüğünü söylemek zordu. Aslı İzzet'i, İzzet Aslı'yı ya da ikisi birbirini... Söylenecek tek şey, o gece, Münevver Hanım'ın çirkin çekyatının üzerinde güzel şeyler olduğuydu.

Utancın kül gibi dağılıp uçtuğu, iki insanın birbirine tutunup düştüğü, umulmayanın unutulmaz olduğu, hesabının tutulması ve sorulması tamamen gereksiz, müzik olarak nitelenebilecek ve ancak öyle dinlenebilecek, sadece anlardan oluşan kusursuz bir zincir...

Şükretme isteği uyandıran, insanı kendinden doğuran, uğruna ömürden uzunca bir sürenin üzerinin seve seve çizilebileceği, hayaliyle bir ömür geçirilebilecek epey zevkli bir sevişmenin ötesinde ve yukarısında, iki insanın kendi tanrılarını arama ve bulduklarına inanma hali...

* * *

Gecenin kimbilir kaçında, tükenmesine az kalmış bir sarhoş gibi eve girerken ellerini kokladı ve İzzet'in kokusunu içine çekti. Olan bitenden habersiz odasında uyuyan yaşlı bir kadının evinde yaptığı, yapmaktan kendini alamadığı, bunun için zerre kadar pişmanlık da duymadığı şeyin izleri avuçlarındaydı.

Evin derin sessizliğinde her adımı yankılanırken, titreyen bacakları ve İzzet kokan avuçlarıyla odasına girdi. Işığı açmadan, henüz beş dakika önce üzerine giymiş olduğu tişörtü ile pantolonunu tekrar çıkardı, duş almayı aklından bile geçirmeden kendini yatağa attı.

Hemen dalıp gideceğinden o kadar emindi ki, on dakika kadar sonra, hissettiği yorgunluğa karşın vücudunun uykuya direnmesine şaşırdı. Kasları, tonlarca taş taşıdıklarından emin, dinlenmek için yalvarıyor; bitkin beyni koyun saymak için gereken koyun görüntüsünü bile sağlayamıyor, bunlara rağmen uykuya düşmeyi de bir türlü başaramıyordu. Üzerinden biraz önce deniz çekilmiş kumlar gibi hissediyordu kendini. Denizken kumsala dönüşüvermişti. Yarım saat boşlukta sallandıktan sonra vücudu gevşedi ve uykunun onu sarıp sarmalamasına izin verdi. Rüyasında denize girdiğini ve neşeli kahkahalar atarak sularla oynadığını gördü. Uyandığında tek bir saniyesini bile hatırlamayacağı, güneşli, sıcak bir rüyaydı. Yastığa yapışmış yüzünde mutlu bir tebessümle, hiç kıpırdamadan sabaha kadar uyudu.

Onu uyandıran, tarifi zor, kasvetli ve karanlık bir iç sıkıntısı oldu; gözlerini açmadan ve kızarmış ekmek kokusu odasına yayılmadan birkaç saniye önce... Gece açık bıraktığı oda kapısından içeriye Zeyno'nun sesi doldu.

"Abla kalk hadi, kahvaltı hazır! Burcu Abla geldi."

Aslı, "Tamam geliyorum," dedi ve hızla yataktan fırladı. Alelacele yüzünü yıkayıp, üzerine bir şeyler geçirirken, duş yapacak vakti olmaması canını sıkmıştı. Salona gidip Burcu'yu öptü.

"Hoş geldin! Hayırdır?"

"Dün bütün gece rüyamda seninle uğraşıp durdum. O kadar canım sıkıldı ki çocukları okula gönderir göndermez evden çıktım. İyi misin sen?"

Aslı omuzlarını silkti, "Gayet, iyiyim..."

Zeyno salona girince sustular ve kahvaltıya oturdular. Bir ara Aslı, "Ne yapıyordum rüyanda?" diye sorduysa da net bir yanıt alamadı. Kahvaltı bitip, Zeyno kitapları eşliğinde odasına çekilinceye kadar Burcu konuyu tekrar açmaya yanaşmadı.

"Bir merdivene oturmuş ağlıyordun. Saçların darmadağındı. Yanına oturup, neyin var diye sordum, kalbimde bir delik var, dedin. Çok uğraştım ama niye ağladığını söylemedin, sadece, kalbimde bir delik var deyip durdun."

Burcu'nun rüyadan fazlaca etkilenmiş olduğu belliydi, telaşlı ve gergin bir hali vardı. Bu tür duygusal yaklaşımları genelde Sevil'den görmeye alışık olan Aslı şaşırıp kalmıştı.

"Ben gerçekten iyiyim. Merak edecek bir şey yok," diyebildi.

"Sen hep böyle dersin," dedi Burcu ve ayağa fırladı. Salonun içinde hızlı adımlarla dört dönerken bir taraftan da susmamacasına konuşuyordu. "Her durumda iyi olmayı matah bir şey sanıyorsun. Güçlü olma takıntın var senin. Düşünsene hangi normal insan, hayatının en kötü günlerini geçirirken sigarayı bırakır ki? Kimin aklına böyle bir şey yapmak gelir? Kime neyi ispatlamaya çalışıyorsun? Niye kendini rahat bırakmıyorsun?"

“Sen delirdin mi? Gece bir rüya gördün diye gelmiş sabah sabah dünyayı bana dar ediyorsun. Hem senin rüya dalında kanıtlanmış bir başarın var mı? Yani gördüğün bir rüyanın çıktığı oldu mu bugüne kadar?”

Burcu yutkundu ve hiçbir şey söylemeden Aslı’nın yanına oturdu. Yeniden konuşmaya başladığında sesi özür diler gibiydi. “Ben bir süredir vicdan azabı çekiyorum,” dedi.

“Haydaaa! Vicdan azabını da nereden bulup çıkardın şimdi?”

“Boşanma konusunda sana hiç destek olmadım. Aradım, sordum, dinledim ama kendi fikrimi söylemekten kaçındım. Şimdi bana öyle geliyor ki, kendini mutsuz etmek üzeresin ve ben bunu engelleyecek hiçbir şey yapmadım, parmağımı bile kıpırdatmadım. Ali’yi ne kadar çok sevdiğini biliyorum, ne kadar inatçı ve gururlu olduğunu da biliyorum. Sırf inadın ve o iğrenç gururun yüzünden onu terk ediyorsun.”

Burcu ağlamak üzereydi, dudakları titriyor, sesi kontrolsüzce inip çıkıyordu. Aslı arkadaşının yanına oturup ona sarıldı. “Sana yemin ederim, onu terk etmemin gururla ya da inatla bir ilgisi yok.”

“Nasıl yok ya!” diye bağırdı Burcu. “Şimdi beni iyi dinle! Eğer onu hâlâ seviyorsan ve onsuz mutsuz olacaksan lütfen boşanma. Kim ne derse desin, insanlar ne söylerse söylesin umursama çünkü bu onları değil seni yaralayacak.”

Burcu’nun gözlerinden yaşlar akmaya başlamıştı, Aslı ne yapacağını bilmez halde arkadaşını ikna etmeye çabaladı.

“Kimseyi umursadığım yok, merak etme. Gerçekten istediğim için ayrılıyorum.”

Burcu ıslak gözlerini Aslı’ya dikti:

“Sevdiğin birinden ayrılınca zamanla acın geçer derler ya, o yalan. Bazen geçmiyor, bir gram bile azalmıyor, ilk gününde nasılsa öyle kalıyor. Kocaman bir delik kalbinin orta yerinde duruyor ve sen onunla yaşayıp gidiyorsun. Bak benim halime.”

“Ne varmış senin halinde?” diye sordu Aslı. Bu sabah arkadaşından taşan hüznü hissedebiliyordu ama sebebi hakkında en ufak bir fikri bile yoktu. Burcu başını ellerinin arasına alıp, "Bak ben de Devrim'i terk ettim ama geçmedi. Hiç geçmedi," dediğinde kulaklarına inanamadı. O kadar eskilerde ait bir zaman diliminde kalmıştı ki Burcu ve Devrim'in hikâyesi, çoktan unutmuşlardı bile. Üniversite yıllarında birkaç sene sevgili olmuşlar sonra da Burcu Devrim'i terk etmişti.

"Neredeyse yirmi senedir her sabah daha gözümü bile açmadan aklıma o geliyor. Kocamla her seviştiğimde Devrim'den nefret ediyorum. Sadece onu gördüğüm günler yaşıyormuşum gibi hissediyorum. Peki bunu bana kim yaptı? Ben yaptım. Neden? Çünkü Devrim serserinin biriydi ve onunla olmam mantıksızdı. Sana bir şey söyleyeyim mi, bu dünyada mantıklı olmaktan daha mantıksız hiçbir şey yok. Sen de benim gibi olacaksın."

Aslı gülmeye başladı.

"Yani sen Devrim'i hâlâ seviyor musun?"

"Bunda gülünecek ne var?"

"Özür dilerim."

Duyguları keskin bir şekilde ortadan ikiye bölünmüştü. Burcu'nun söyledikleri bir taraftan çok acı, bir taraftan da çok komik geliyordu kulağına. Eğer seçme şansı olsaydı, kesinlikle bilmemeyi tercih edeceği bir durumdu bu.

"Yeter artık, gülme! Sinirimi bozuyorsun."

Aslı gözünden akan yaşları sildi ve "Önüne gelen beni kandırıyor," derken tekrar kahkahalara boğuldu.

"Düşünsene, ben Ali'nin sevgilisi olduğunu anlamadım diye hayıflanırken, sen beni yirmi senedir uyutuyormuşsun."

"Ben seni uyutmadım, sadece duygularımı kendime sakladım."

"İyi de o kadar seviyorsan, neden terk ettin?"

"Çünkü ondan koca olmazdı. Ben evlenmek ve çocuk yapmak istiyordum."

"Zengin olmak da istiyordun, onu da unutmayalım."

"Evet, o da var."

"Evlendin, çocuk yaptın, zengin de oldun."

"Yine de mutsuz olmam saçma mı?"

"İnsan mutlu ya da mutsuz olmaz ki. Öyle bir şey yok."

"Ne olur?"

"Ne mutlu ne de mutsuz olur. Bazen mutlu, bazen mutsuz, genelde mutsuz... Kimi zaman idare edersin, kimi zaman edemezsin, bu kadar basit. Devrim'le de fazla bir şey değişmezdi."

"Biliyorum ama onu seviyorum. On sekiz yaşında sevdiğin birini otuz beş yaşında hâlâ sevebiliyorsan sorun var demektir."

"Bence sende takıntı haline gelmiş. Sevilecek bir tarafı yok ki Devrim'in. Dünyanın en kötü huylu adamı o, huysuz, sinirli, bencil, yalancı, patavatsız, satıcı ve üstelik çirkin."

"Çirkin değil!" Burcu yalnız buna itiraz edebilmişti, "Ama bende takıntı haline gelmesi konusunda haklı olabilirsin. İlk ayrıldığımız zaman, bu sana çok saçma gelebilir ama gülersen öldürürüm, eğer ben onu sevmekten vazgeçersem, o da beni sevmekten vazgeçer gibi geliyordu. Bu fikre nereden kapıldığımı bilmiyorum ama sanki benim beynim onunkine bağlıydı ve ben onu düşündüğüm sürece o da beni düşünecekti. Bazı günler, yoğunluk içinde kazara aklımdan çıkarsa öyle büyük bir paniğe kapılıyordum ki anlatamam. Beraber olmamız gerekmiyordu, beni sevdiğini bilmek yeterliydi. Yıllar geçti ben evlenmeye karar verdim, bana gelip, evlenme, diyeceğinden adım gibi emindim ama gelmedi hatta düğünümde ne kadar eğlendiğini hatırlarsın..."

* * *

Burcu'nun düğününü çok iyi hatırlıyordu Aslı. Tüm ömrü boyunca içinde bulunmaktan utanç duyduğu hadiselerin en başta geleniydi. Boğaz'ın kenarında o sıralar yeni açılmış otelin bahçesinde bir servet harcanarak yapılmıştı. Sadece süslemek için çiçeklere verilen parayla varoşlarda bir ev alınabilirdi.

Aslı daha arabadan inerken ortada bir gariplik olduğunu hissetmişti. Pahalı arabaların etrafında siyah takım elbiseli, bıyıkları çenelerine kadar inmiş adamlar cirit atıyor, abartılmış hareketlerle ceketlerinin önünü tutuyor ve iki büklüm olmak suretiyle arabaların kapılarını açıp, içinden korkunç elbiselerle inen kadınlar ile tıknaz adamların peşinden girişe doğru seğirtiyorlardı. Genç yaşlı, şişman ya da zayıf tüm bu kadınların ortak özelliği süslenerek çirkinleşmiş olmalarıydı. Yine de kafalarındaki aşiyanları ve birbirinden cart renkli tafta kıyafetlerini gururla taşıyorlardı. Adamlar ise rahat olduklarını gösterme isteğinden kaynaklanan bir kabalık içinde, garsonlar başta olmak üzere tüm otel çalışanlarına hakaretamiz emirler yağdırıyor, en pahalı votkalardan, viskilerden istiyorlardı. Aslı pek çoğunun daha birkaç sene öncesine kadar sahte rakı içtiğinden emin, tiksinerek izliyordu bu hallerini. Yüksek sesle yapılan gereksiz telefon konuşmaları, özellikle vurgulanan aksanlar, arabadan bir şey getirmeleri için çağrılıp durulan şoförler ve her saniye kulağa çalınan "yenge" nidalarıyla absürd filmleri aratmayan bir düğündü.

Burcu'nun ailesi kendilerine ayrılan yere pusmuş, misafir gibi oturuyordu. Bir süre önce bütün varlıklarını kaybedene kadar hali vakti yerinde sayılabilecek insanlardı. Başkalarına rahatsızlık vermekten ödü kopan, ölçülü ve mütevazı bir geleneğe mensup olduklarından, birbirine sokulmuş kedi yavruları gibi, ürkek bakışlarla izliyorlardı olup biteni. Aslı bir ara Burcu'nun babasının yanına oturmuştu. Adamcağız ağlamaklı bir halde, "Zamanında Anadolu'da çok bulundum, hemen her karışını gezdim ama bu insanların kim olduğunu, nereden geldiğini bilmiyorum," demişti. "Köylülerin bilgeliğine sahip değiller ama köylüler, kasabalı saygısından yoksunlar ama kasabalılar, şehrin sahibi gibiler ama şehirliye benzemiyorlar, kuş desen kuş değil, bir garip tür... Kim kızım bunlar?"

Aslı, "Bunlar çiftlik!" deyince, zavallı adamcağız uzun uzun gülmüş, "İlahi Aslı!" diyerek yanağını okşamıştı.

Sevil, o kadar çok içip sarhoş olmuştu ki, Aslı onu toplayacağım diye, düğün süresince ağzına bir yudum içki koyamamıştı; o yüzden bütün ayrıntılar, hiçbir erozyona maruz kalmadan hafızasındaydı. Asık suratlı bir gelindi Burcu ve herkes bunu gerginliğine vermişti, olurdu öyle şeyler.

Gecenin sonunda ayrılırlarken arkadaşlarına sıkı sıkı sarılıp uzunca bir süre bırakmamıştı. Aslı'ya, Sevil'e ve Devrim'e... Kocası onu elinden tutup uzaklaştırırken, arkasına dönüp onlara bir bakışı vardı ki, ancak bugün anlam kazanıyordu; demek ki sadece Devrim'e bakmıştı öyle mahzun mahzun, başkasına değil.

* * *

"Devrim'in bundan haberi var mı?"

"Hayır."

Aslı derin bir nefes aldı. Devrim'in artık Burcu'ya karşı bir şey hissetmediğini biliyordu ama onun kendisine ilgisini bildiği takdirde arkadaşlığa pek aldırış etmeden bu durumu sonuna kadar kullanacağından da emindi.

"Endişelenmene gerek yok, bizim Ali'ye durumumuz böyle olmayacak. Bu bir savunma mekanizması mı bilmiyorum ama ona karşı bir duygum kalmadı. Daha doğrusu olumlu bir duygum kalmadı. Küçümsemeye benzer bir his var sadece içimde. Onun kendine acıma haline, olaylar karşısındaki edilgenliğine tahammül edemiyorum. Biliyor musun, şimdi Ayten'in kollarında olduğundan eminim çünkü bu evreyi tek başına atlatacak gücü yok ve bu bile canımı yakmıyor. Sonra da sızlana sızlana onunla kalacak ve hayatını mutsuzluk türküleri söyleyerek geçirecek."

"Yok daha neler."

"Bak görürsün."

"Bence bir anda duygularının bu kadar değişmesi normal değil. Söylediğin gibi bir savunma mekanizması kurmuş olabilirsin ve eğer öyleyse acısı sonradan çıkar."

"Sence onu hâlâ seviyor olsaydım başkasıyla güzel güzel sevişebilir miydim?"

Burcu'nun gözleri yüzünün yarısını kaplayacak kadar açıldı.

"Yaptın mı bunu gerçekten?"

Aslı başını salladı.

"Kiminle?"

Aslı alt katı işaret etti.

"Sevil'in gördüğü çocukla mı? İnanmıyorum sana. Komşunun oğlu mu yani?"

"Torunu."

"Ne zaman?"

"Dün gece."

Burcu kafasını toplamaya çalıştı.

"Bilinçaltın Ali'den intikam almaya çalışıyor olabilir."

"Zevk aldım diyorum sana. Üstelik Ali aklıma bile gelmedi, ne sevişirken ne de seviştikten sonra."

Zeyno'nun ayak seslerini duyup sustular. O ise ruhlar âleminden biri gibi odaya girdi, onlara bakmadan ve girişiyle oluşan sessizliğin dahi farkına varmadan bilgisayarını alıp çıktı.

Zeyno gider gitmez, Burcu heyecanla, "Ne olacak şimdi?" diye sordu.

"Ne, ne olacak?"

"O çocukla, adı neydi?"

"İzzet!"

"Yani sevgili misiniz?"

"Hayır sevgili falan değiliz, hem benden altı yaş küçük. Olmaz o iş."

"Unutalım mı yani?"

"Unutalım."

* * *

Beşiktaş'taki eski püskü apartmanın önünde, gözlerini beşinci katın penceresine dikmiş dakikalardır duruyordu. Buraya gelmek için çıkmamıştı yola, arabayla öylesine şehirde bir tur atacak ve kafasını dağıtıp şirkete geri dönecekti. Ayten'in evine gelmeyi planlamamıştı, aklından bile geçirmemişti bunu. Yine de oradaydı işte, Ihlamur'daki çirkin apartmanın önünde, yukarı çıkmak ile çıkmamak arasında bir yerde sallanıp duruyordu.

İşten çıkarıldıktan sonra ilk birkaç gün küfür dolu, ardından yalvaran mesajlar atmış, sonra sessizliğe gömülmüştü Ayten. Ali'ye dokunan da bu sessizlik olmuştu zaten.

Arabadan indi, karşıya geçti ve çirkin apartmanın çirkin zillerinden birine bastı. Kapı açıldığında hafif bir tereddüt geçirdi; ne demeye gelmişti buraya! İşleri iyice karıştıracaktı bu yaptığı, hatta belki Aslı'yı geri kazanması imkânsızlaşacaktı. İçini çekti, Aslı'yı kaybedeli çok olmuştu ve bunu hiçbir şey değiştirmeyecekti. Ne yaptığının Aslı için önemi yoktu, onu sevmiyordu artık, daha da kötüsü hor görüyordu. Karısının, eve gittiği son geceki bakışlarını hatırladı. Ali derin bir çukurun en dibindeymiş de, onu görebilmek için gözlerini kısması gerekiyormuş gibi bakmıştı. Küçücük hissetmişti kendini. O günü hatırladıkça içi öfkeyle doluyordu.

Asansöre bindi ve beşinci katın düğmesine bastı. O serseri Devrim'in her yaptığını hoş gören bir kadının ona böyle davranmaya ne hakkı vardı? İnsanın değer yargıları kişiden kişiye değişmezdi ki. Devrim kız arkadaşlarını aldatınca kimse karakter analizi yapıp onu paçavraya çevirmiyordu. Bir hata yapmıştı ve işitmediği hakaret kalmamıştı, hem de hakaret formatında değil kibarca söylenmişti hepsi:

"Sen olmak istediğin insan değilsin, sen göründüğün gibi değilsin, sen bir karikatürsün, hayatını kontrol edemiyorsun, acizsin, seni hep başkaları yönetir."

Vicdan azabı çekmesi bile suç olmuştu. Merak ediyordu, kirasını ödeyemediğinde Aslı'nın suratında yine o her şeyi bilen ifade olacak mıydı? Yarın ilk iş televizyonu ve buzdolabını isteyecekti. Espresso makinesini yollamakla kahraman olunmuyordu. 'Hayatın gerçekleriyle yüzleşsin bakalım,' diye düşündü.

Asansörden indiğinde Ayten daire kapısına dayanmış bekliyordu. Üzerinde dizlerine kadar inen kahverengi penye bir elbise vardı ve saçlarını tepesinde gelişigüzel toplamıştı. Ali'yi görünce donup kaldı.

"Merhaba," dedi Ali.

Ayten yaslandığı kapıdan uzaklaştı, kollarını göğsünde kavuşturup tereddütlü bir sesle, "Neden geldin?" diye sordu.

Belli ki bu ziyareti hayra mı yoksa şerre mi yorması gerektiğine karar verememişti.

"Özür dilemeye geldim."

Ayten dik dik baktı.

"Yaptıklarının hangisi için? Yüzüstü bıraktığın için mi? Kovduğun için mi?"

Listeyi daha uzatacaktı ama Ali elini uzatıp kızın yanağına dokundu ve "Hepsi için," diyerek susturdu onu.

Ayten bir adım geri gitti ve alt kısmı gri badanalı duvara yaslandı.

"Barıştın mı karınla?"

"Yok ayrılıyoruz biz."

"Kurtaramadın yani."

"Kurtaramadım," dedi Ali zayıf bir sesle, "kafayı yemiş o."

Ayten bir şey söylemedi ve köhne apartmanın gereğinden uzun süre yanan lambası sönerken Ali'ye sarıldı. Yanağını onunkine yaslayıp kokusunu derin bir nefesle içine çekti ve "Döndüğüne inanamıyorum," diye fısıldadı. "Her saniye seni bekledim, hem de geleceğine hiç inanmadan bekleyip durdum. Bunun nasıl bir şey olduğunu bilmiyorsun, gelmeyecek birini beklemenin neye benzediğini anlayamazsın. Defalarca, senin isminle kendime mesaj attım, sonra açıp okudum. Düşünsene ne zavallılık!" Gözyaşları ikisinin yanağına akıyordu.

"Ben iğrenç bir herifim."

"Hayır değilsin."

"Sana yaptıklarıma baksana... Kendime, herkese..."

"Saçmalama! Sen iyi birisin, o yüzden başa çıkamadın bunlarla. Doğru olanı yapmaya çalıştın kendince. Tamam ben çok üzüldüm belki ama sen iğrenç biri değilsin, bunu biliyorum. Yakalanınca şoka girdin, ne yapacağını bilemedin, hepsi bu."

"Gerçekten böyle mi düşünüyorsun?"

"Evet," dedi Ayten inançla ve daha sıkı sarıldı Ali'ye, "bence sen çok iyi birisin."

Bazı anlar kendi büyüsünü yaratır ve duyguların taklitleri asıllarını aratmayacak bir koyulukta ortaya çıkar; samimiyetinden şüpheye düşmeyecek kadar inanırsınız yaşadığınızın gerçekliğine. O an, kısa ya da uzun, bütün gücüyle sarıp sarmalar sizi ve gökyüzüne doğru çıkarır. İşte bu da öyle bir andı. Ali içeriye girerken kendini uzun zamandır olmadığı kadar iyi hissediyordu.

* * *

İki gün boyunca İzzet'ten hiç ses çıkmadı; ne bir telefon ne de mesaj... Her ne kadar kendi kendine böylesinin daha isabetli olduğunu defalarca telkin ettiyse de kafasının içinde bir kemirgen var gücüyle didinip, ruhunun huzursuzca çırpınmasına neden oluyordu. Bir taraftan aramasını beklerken diğer taraftan telefonun çalmasından korkuyordu. Market rafları arasında bezgin bakışlarla yumuşatıcı seçmeye çalışırken en iyi senaryonun ne olduğuna karar vermişti: İki gün aramadıysa, hiç aramasın!

Telefonuna mesaj geldiğini haber veren sesi duyduğunda mavi yumuşatıcı ile pembesi arasında seçim yapmaya çalışıyordu.

"Bana ait eşyaları ne zaman alabilirim?"

Aslı elindeki yumuşatıcıyı tekrar rafa bıraktı ve Ali'den gelen mesajı bir daha okudu. Eşyadan kast ettiği neydi acaba? Evde kalan kıyafetlerini ve pek değer verdiği ıvır zıvırlarını peyderpey göndermişti şirketine, bir çift çorap bile bırakmamıştı. Ali'nin denebilecek hiçbir şey kalmamıştı ki. Avukatları özel eşyalar dışındaki her şeyin Aslı'da kalması konusunda anlaşmışlardı. Boşanma gerçekleştikten sonra Aslı kirasını kendisi ödemek şartıyla altı ay bu evde oturacak sonra da evi Ali'ye bırakacaktı. Kimse kimseye para ödemeyecekti. Her şey son derece basit bir şekilde halledilmişti.

"Hangi eşyalar?" yazıp gönderdi ve mavi yumuşatıcının kapağını açtı... koklamasına fırsat kalmadan cevap geldi:

"Televizyon, buzdolabı ve resimler."

Telefonun ekranında yazanları üç kez üst üste okudu. İhtimaller ardı ardına sıraya dizilip teker teker elendi ve sonunda bunun bir şaka, yanlışlık ya da yorum hatası olmadığını anladı. Bu saçmalığın nereden çıktığı hakkında bir fikir üretemiyordu. Neden kanepe, yatak, çamaşır makinesi değil de bunları istiyordu ki? Hem de hiçbir açıklama yapmadan, sanki en doğal hakkıymış gibi. Pembe yumuşatıcıyı aldı ve sepete koydu.

Boşanma sırasında insanların küçük hesaplar peşine düşmesi duyulmamış şey değildi ama nedense Ali ile kendisine böyle olacağı hiç aklına gelmemişti. Hele resimleri istediğine inanamıyordu. Tamam çoğunun parasını Ali ödemişti, bu doğruydu ama Aslı'ya hediye etmek için almıştı hepsini. Doğum günü, yılbaşı, evlilik yıldönümü gibi vesilelerde güzelce paketlenmiş olarak vermişti. Öyle aman aman bir koleksiyon sayılmazdı ama hediyeydi ve üstlerine "Evli kaldığımız sürece" diye bir not düşülmemişti. Televizyon ile buzdolabını yeni değiştirmişlerdi, herhalde hâlâ taksitlerini ödediği aklına gelmişti. Bir mana vermek zordu.

Avukatının ısrarına rağmen ne tazminat davası açmış ne de bir şey istemişti, buna rağmen karşısında buzdolabının hesabını yapan bir adam bulmuştu. Sinirli bir şekilde güldü, biraz ileride deterjan alan kadın merakla ona baktı. 'Öyle bakmayın hanımefendi, eski kocam olacak geri zekâlı buzdolabımı istiyor da ona gülüyorum. Anlayacağınız bugün dondurulmuş gıda almasam daha iyi olur,' demek istedi ama kendini tuttu ve alışveriş arabasını iterek uzaklaştı. Dondurulmuş gıda alamama fikri komik gelmişti, daha neler almaması gerektiğini düşünmeye çalıştı. O kadar çoktu ki... Cola, bira, tavuk, yumurta, peynir, yoğurt... Buzdolabı yoksa hiçbiri yoktu. Görünüşe bakılırsa, her gün bakkala gidip, "Bana bir yumurta otuz gram da peynir ver," demesi gerekecekti. Kış olsaydı balkona koyabilirdim diye dü-

şündü ve bu defa kahkahasını bastıramadı; neyse ki o anda çalan telefon imdadına yetişti.

"Alo?" derken gözünden akan yaşları siliyordu.

"İyi misin?" dedi bir erkek sesi.

"Pardon, tanıyamadım."

"Ben İzzet."

"Merhaba. Kusura bakma kimin aradığına bakmadım. Gülüyordum da..."

Ne kadar anlamsız bir cümleydi bu, daha beter gülmeye başladı.

"Müsait değilsin herhalde."

"Yok canım marketteyim."

"Neye gülüyorsun o zaman?"

"Uzun hikâye... Aslında pek komik de sayılmaz ya sinirim bozuldu galiba," dedi Aslı. En sonunda sakinleşmeyi başarmıştı.

"Sana uğrayabilir miyim bugün?"

"Uğramasan daha iyi."

İki gündür aklı neredeydi ki? Hem kendinden altı yaş küçük bir adamla nereye varacaktı?

"Lütfen! Sadece on dakika. Sana söylemek istediklerim var."

"İyi, uğra o zaman."

"Akşam yedi gibi gelsem olur mu?"

Olurdu. Aslı fazla uzatmadan telefonu kapattı. İzzet'in gelip asabını bozacak ipe sapa gelmez şeyler söylemesinden korkuyordu. Çok eskiden Burcu'nun başına gelen bir olay vardı, zaman zaman hatırlayıp gülerlerdi. Kızcağız bir erkek arkadaşıyla, sevgili değil gerçek arkadaş, yemeğe gitmişti ve çocuk ertesi gün gelip ben ayrılmak istiyorum demişti. Burcu donup kalmış, "Biz çıkmıyorduk ki!" bile diyememişti. Beyefendi uzun uzun neden ayrılmaları gerektiğini anlatıp gitmiş ve Burcu da ona iki çift laf edip haddini bildirmediği için günlerce saçını başını yolmuştu. İzzet de böyle şeyler söylerse diye endişelenmekten kendini alamıyordu.

Alışverişini bitirip kasaya geldi ve aldıklarının hesaplanıp paketlenmesini beklerken kasiyer kız, belli bir miktarın üzerindeki alışverişlerde dondurma promosyonları olduğunu söyleyince, "Ben almayayım," dedi ve kalabalık bir grubun şaşkın bakışları altında, rezil olma korkusunu bile unutup boğulurcasına güldü, güldü, güldü…

* * *

İzzet tam söylediği saatte geldi. Mahcup bir şekilde içeriye girerken etrafına bakınıp, "Zeynep yok mu?" diye sordu.

"Anneme gitti. Birazdan gelir. Ayrıca Zeynep değil onun adı, Zeyno. Öyle koymuş annemler."

"Seni daha önce arayamadığım için özür dilerim," dedi İzzet ve ellerini sıkıntılı bir tavırla cebine soktu. "Halletmem gereken bir konu vardı."

Aslı kanepenin koluna oturup hiçbir şey söylemeden ona baktı. İyi görünmüyordu İzzet, halinde tavrında bir tuhaflık vardı, her zamanki neşesinin yerini belirgin bir gerginlik almıştı.

"Bir şey mi söylemek istiyorsun?" diye sordu sonunda.

"Nereden başlayacağımı bilmiyorum. Oturabilir miyim?"

Aslı omuz silkti.

İzzet Aslı'nın karşısındaki koltuğa oturdu ve gözlerini Aslı'nınkilere dikti. "Benim bir kız arkadaşım vardı yani sevgilim. Neredeyse on senedir beraberdik, çocukluk aşkı gibi bir şey… O gün seninle beraber olduktan sonra ondan ayrıldım. Biraz sorunlu oldu, iki gündür bununla uğraşıyorum ve tam anlamıyla noktalamadan sana gelemedim."

"Ben…"

Aslı kelimeleri bir araya getirmeye çalıştı ama beceremedi.

"Bırak da bitireyim. Bunu çok daha önce yapmam gerekirdi aslında, seni gördüğüm ilk gün gidip ondan ayrılmalıydım çünkü o günden beri aklımda senden başka hiçbir şey yok. Bunun nasıl olduğunu bilmiyorum ama sana düpedüz âşık oldum ben."

"Benim durumumu biliyorsun," diye mırıldandı Aslı, "hayatım karmakarışık. İşim yok, boşanıyorum, daha bir sürü sorunum var. Bir ilişki için doğru zamanda olduğumu da sanmıyorum."

"Beklerim," dedi İzzet. Bakışları Aslı'nın gözlerini kaçırmasına neden oldu.

"Sen benim için fazla gençsin. Çok tatlısın, çok yakışıklısın, senden gerçekten hoşlanıyorum ama gençsin işte ya da ben yaşlıyım, ne bileyim."

"Daha otuz beş yaşındasın ve yaşlı falan değilsin."

"Öyle mi? Neden o zaman benim bileklerimde çizgiler var da sende yok?"

Oturduğu yerden kalktı ve kolunu İzzet'e uzatırken çizgileri belirginleştirmek için elini hafifçe oynattı. "Bak, görüyor musun?"

"Hiçbir şey görmüyorum, daha doğrusu sadece çok güzel bir bilek görüyorum. Biraz cılız ama çok güzel," dedi İzzet gülerek.

"Üç tane çizgi var. Sen uzat şimdi bileğini."

İzzet gömleğinin kolunu sıvayarak Aslı'ya uzattı.

"Dümdüz," dedi Aslı bir şey ispatlamış gibi.

"Bunun ne anlamı var ki?"

* * *

Sabah İzzet bileklerini öperek uyandırdığında, Aslı'nın ilk aklına gelen Zeyno oldu. Gece kardeşinin gelişini duymamıştı, onun da bu odadan yükselen sesleri duymamış olmasını diledi.

"Günaydın," dedi İzzet, Aslı'nın gözlerinin aralandığını fark edince.

"Günaydın."

Çırılçıplak vücutları birbirine dolandığı anda kapı sertçe vuruldu.

"Abla, eşya almaya gelmişler. Senin haberin var mı?" Zeyno'nun sesi şaşkındı.

Aslı panik içinde yataktan fırladı.

"Ha evet, biliyorum. Sen buzdolabını boşaltmaya başlar mısın? Hemen geliyorum."

Gece etrafa fırlattığı kıyafetlerini toplayıp giyinmeye çalışırken normal davranmaya çalışıyordu ama insanın alışık olmadığı birinin karşısında külotunu giymesi tedirginlik vericiydi ve sonunda dayanamayıp, "Bakmasana ya!" diye çıkıştı kendini izleyen mavi gözlerin sahibine.

"Buzdolabını mı alacaklar?" diye sordu İzzet, bakışlarını tavana çevirirken.

"Evet. Bira isteme bundan sonra benden."

İzzet yataktan çıkıp odanın içindeki banyoya doğru yürümeye başladı. Aslı aceleden eli ayağına dolanmışken bile gözlerini ondan zorlukla alabildi ve apar topar odadan çıktı.

Koşarak mutfağa girdiğinde karşısında Ali'yi görmeyi beklemiyordu. Kan beynine sıçradı.

"Bizzat mı geldin eşyalarını almaya? Buzdolabının bir rafını çalarım diye mi korktun yoksa!"

"Estağfurullah, unuttuğum bir şey kaldı mı diye bakmak istedim, seni bir daha rahatsız etmeyeyim diye..."

"Çok kibarsın. Bu kadar kibar birinin verdiği hediyeleri geri alması ne kadar garip."

"Ben, artık o resimleri görmek istemezsin diye düşündüm Aslı."

"Biraz fazla mı düşünüyorsun acaba? Yani beynini kapasitesinin üzerinde zorluyor olabilir misin?"

"Aslı, güzelim..."

"Ben o resimleri görmek istemezsem bu sorunu kendim çözebilirim. Atarım, birine veririm, yakarım ya da canım ne istiyorsa onu yaparım, kısacası senin benim yerime düşünmene ihtiyacım yok ama madem düşündün, nasıl istiyorsan öyle yap, al götür hepsini ve bana seni ömrümün sonuna kadar bayağı biri olarak hatırlama zevkini ver. 'İlk kocam, nur içinde yatsın, ibnenin tekiydi,' diyeyim herkese."

"Ya ben bu kadar sinirleneceğini bilsem..."

"Neyin varsa topla ve def ol git bu evden!"

Mutfak kapısını hırsla çarptı, yatak odasına girip başucunda asılı resmi hoyrat hareketlerle çıkarırken, yatağın kenarına oturmuş sıkkın bir halde kendisini izleyen İzzet'e bakmadı bile.

"Kavga mı var içeride?"

"Evet."

"Bu resim de mi gidiyor?"

Aslı kucağında koca tuvalle, boğazı düğüm düğüm, odanın ortasında duruyordu. "Hı hı."

Onu üzen, resimlerin gitmesi değil, resmi tarihin yine yalan çıkmasıydı. O resimlerin hediye edildiği anların, sarılmaların, sevinçlerin, teşekkürlerin, heyecanların talan edilmesi dokunuyordu ona. Bir zamanlar sevdiğin birinin aslında dibinin olmadığını görmek, onun mağmaya kadar kayarcasına inebildiğine şahit olmak...

"Ben sana daha güzelini yaparım, üzülme!" dedi İzzet.

"Üzülmüyorum ki," dedi Aslı asık suratla, "gerçekten resim yapıyor musun?"

"Evet."

"Ben gidip bunu vereyim. Burada biraz daha kalman gerek. Fazla sürmez merak etme, on beş yirmi dakika sonra biter."

"Dert değil."

* * *

"Hepsi birbirinden kötü. Yüz yaşında gibi görünüyorum. Nasıl mezun ettiler seni Güzel Sanatlar'dan anlamadım."

Aslı elindeki çizimlere hoşnutsuz bir ifadeyle bakıyordu. Yaklaşık bir saattir salondaki koltukta oturmuş, hiç kıpırdamadan İzzet'e poz veriyordu ve sıkıntıdan patlamak üzereydi.

"Ben resim bölümünden değilim ki, grafik okudum," derken İzzet alınmışa benzemiyordu.

"Niye kandırdın beni resim yapıyorum diye?'

"Eskiz kızım bunlar," dedi İzzet gerinerek.

"Şevkini kırmak istemem ama hiç umut vaat etmiyorsun İzzet."

Aslı yerinden kalktı ve İzzet'in yanına oturdu.

"Kardeşin benden hoşlanmıyor galiba."

"Bunu nereden çıkardın?"

"Bilmem, ben her geldiğimde odasına kapanıyor da."

"Öyledir o, seninle ilgisi yok. Ben gidip hazırlansam iyi olur."

Üç haftadır birlikteydiler ve bu kesinlikle İzzet'in marifetiydi. Aslı'nın bu ilişkinin yürümeyeceğine dair ürettiği her fikri çürütüyor ve genç kadını sevgiye boğuyordu. Aslı'nın temkinli olmak ve ağırdan almak için gösterdiği tüm çaba, neşeyle bakan bir çift mavi gözün içinde eriyiveriyordu.

Bazı sabahlar ilk uyandığında beline dolanmış kolun ya da kendisine yaslanmış bedenin Ali'ye ait olduğunu sanıyordu. Gözlerini açtığında karşısında kocası yerine İzzet'i bulmak onu şaşırtıyordu. Alışmak, beş duyuyla yapılan bir şeydi. Kulaklarınız yeni birinin sesine, onun sevdiği müziğe, uykuda nefeş alışına alışmalıydı; diliniz onun tadına, sevdiği yemeklere, içtiği içkilere...

İzzet'in onu herkesten ayıran bir kokusu vardı. Aslı, derisinin ellerinde bıraktığı hissi öğreniyordu, onun elini tutmanın başka bir eli tutmaktan farkı olduğunun ayrımına varıyordu.

Münevver Hanım olup bitenin farkındaydı ve bundan duyduğu memnuniyeti açıkça söylemese de ima etmişti.

"O kadar kırılgan görünüp, başına gelenleri hiç zorlanmadan, hem de bu denli zarafetle taşıyabilmesi şaşırtıcı. Benim yaşımda birini şaşırtmak kolay değildir," demiş ve eklemişti, "öyle bir kadın dünyaya ancak birinin düşü olarak gelmiş olabilir." İzzet gülümseyerek, "Onu ben düşledim," dediğinde, yaşlı kadın hayatında ilk kez torununun saçlarını okşamıştı. "Umarım öyledir."

* * *

Aslı dümdüz, siyah keten bir elbiseyle salona girdiğinde İzzet'in yüzüne yayılan hayranlık ifadesi hoşuna gitti. Her kadın kendisine böyle bakan bir erkeğin varlığından memnuniyet duyardı.

"Hazırım. Çıkabiliriz."

O akşam ilk kez İzzet'in bazı arkadaşlarıyla tanışacaktı. Etiler'de yeni evli bir çiftin evine yemeğe gidiyorlardı. Aslı ilk başta gönülsüz davrandıysa da İzzet'in ne kadar hevesli olduğunu görünce, gitmeyi kabul etmişti.

Eğer ev sahibesinin burnunda piercing olduğunu, içerisinin Kurt Cobain'in arkadaşları olması muhtemel insanlarla tıka basa dolu olduğunu ve oradaki tek topuklu ayakkabı giymiş kadının kendisi olacağını bilse ölse gitmezdi.

Kurt Cobain'in arkadaşları mangal yakarken, siyah elbisesiyle antik Roma'dan çıkıp gelmiş gibi göründüğünü düşünüyordu. Kırmızı şarap diye eline tutuşturulan şey berbattı ve gerçekte sirke olarak sınıflandırılmayı hak ediyordu. Kadehi İzzet'e uzatıp, "Bana bira getirir misin lütfen?" derken kendini öyle yaşlı hissetti ki, dokunsalar ağlayacaktı. Aslında yabancılık çekmiyordu; sonuçta o bir reklamcıydı ve ajanslar böyle gençlerle dolup taşıyordu. Farklı olanın sadece kıyafetleri olduğunu biliyordu, hayalleri ve hayal kırıklıklarıyla diğer herkes gibiydiler. Ona gayet iyi davranmışlardı, kıyafetini yadırgadıklarını hissettiren bir bakış bile yakalamamıştı. Tek sorun Aslı'nın oraya ait olmamasıydı. Kötü şaraplar içip, ayakta sosis yemek için fazla yaşlıydı.

İzzet Aslı'nın hemen yanında, balkon demirlerine yaslanmış, bir arkadaşıyla sohbet ediyordu. Aslı'nın ona baktığını görünce cümlesini yarıda bırakıp sustu ve gülümsedi. Öyle bir gülümseyişti ki, Aslı kalbinin sıkıştığını hissetti. Daha birkaç dakika önce mızırdanan kendisi değilmiş gibi bir huzur ve sevinç kapladı ruhunu.

Kötü şaraplar umurunda bile değildi, uzanıp kollarını İzzet'in boynuna doladı ve onu öptü. Uzun, kalpten gelen ve toplum içinde biraz ayıp kaçacak cinsten bir istekle, aşkla öptü. Kurt Cobain'in arkadaşları gülümsediler.

* * *

Eve girdiğinde Zeyno bilgisayarın başında, ağlamaktan kan çanağına dönmüş gözlerle oturuyordu. Ablasını görünce aceleyle yerinden kalktı ve elinden geldiğince normal bir sesle, "Hoş geldin," diyerek mutfağa doğru gitti.

"Ne oldu?" diye sordu Aslı, onun peşinden mutfağa girerken, "nedir bu halin?"

"Yok bir şey. Ekranın önünde fazla oturunca böyle oluyor. Gözlerimde hassasiyet var."

"Uydurma. Burnunda da mı hassasiyet var? O da kıpkırmızı."

Zeyno sert bir hareketle su ısıtıcısının düğmesine bastı.

"Kızım, çatlatmasana insanı!"

"Abla beni rahat bıraksana..."

Zeyno'nun çenesi titremeye başladı, gözlerine yaşlar hücum etti. Sesi giderek yükseliyor ve histerik bir hal alıyordu.

"Tamam çok kötüyüm, tahmin edemeyeceğin kadar kötüyüm ama anlatmak bana daha iyi gelmeyecek. O yüzden sorup durma olur mu çünkü konuşmak istemiyorum. Hele seninle konuşmayı hiç istemiyorum."

"Peki. Tamam. Sen bilirsin, istemiyorsan anlatma, ben sadece sordum."

Zeyno mutfaktan çıktı, biraz sonra Aslı onun oda kapısının kapandığını duydu.

Aklına tek gelen babasına kızmak oldu. Bütün bu olanlar için birini suçlamazsa aklını kaçıracaktı. Çaresizliliğinin bir açıklaması olmak zorundaydı. Annesini terk ettiği için, Zeyno'yla yeterince ilgilenmediği için, boşandıktan sonra onları iyice boşladığı için, kendini beğenmişliği, bencilliği, sorumsuzluğu, duygusuzluğu için suçladı babasını.

Kendisini yarım akıllı bir anne ve karanlıklar prensesi bir kız kardeşle bu kadar eli kolu bağlı bıraktığı için ondan nefret etti. İkisini de seviyordu ama yardım etmeye gücü yetmiyordu. Denedikçe her şeyi eline yüzüne bulaştırıyor, tamir etmeye çalıştıkça daha beter kırıyordu. Ağız dolusu sövdü babasına.

Sakinleşinceye kadar, salonu aşağı yukarı, sağa sola, birkaç kez arşınlamak zorunda kaldı. Bilgisayarın başına oturduğunda, Zeyno'nun posta kutusunu açık bulmayı ummuyordu... ve oradaydı işte. Tam karşısında duruyordu. Yaklaşık yirmi mail vardı ve hepsi Agnes'tandı. Dört tanesinin tarihi o günü gösteriyordu.

İçini kemiren meraka teslim olmadı ve yerinden kalkıp doğruca odasına gitti. O maillerde yazan şeyler kardeşinin yaşadığı ülkeyi terk etmesini, kaybettiği kiloları ve bugün döktüğü gözyaşlarını açıklayabilirdi ama, 'Buna hakkım yok,' diye düşündü. Kimsenin hayatının gizli odalarında turlamaya, sırlarını deşmeye hakkı yoktu. Duşa girmek için soyunduğunda içinden bir ses, 'Ama belki bilirsen, ona yardım edebilirsin,' diye fısıldadı. Aslı ise sesi bastırabilmek için duşu sonuna kadar açtı.

Yaklaşık on beş dakika sonra, bilgisayarın başında, titreyen parmaklarla ilk maili açarken saçlarından sular süzülüyordu. Tahmin ettiği gibi tüm yazışmalar Fransızca'ydı. Agnes'ın yazdıklarını, Zeyno'nun ona verdiği cevapların hepsini kopyalayıp bir dosya yaptı ve kendi postasına gönderdi. Yarın Fransızca bilen birini bulurdu.

İşi bitmişti ama içindeki huzursuzluk daha da büyümüş, organlarını sıkıştırır olmuştu. Böbreği kalbine, ciğerleri dalağına baskı yapıyor, kalbi taşikardik bir ritimle atıyordu. Haddini aşmayı sevmezdi, insanlar arasında sınırlar olduğuna ve bu sınırların ihlal edilmemesi gerektiğine inanırdı, gel gör ki bugün, tam da annesine yakışan bir merak ve densizlikle, kız kardeşinin özel hayatını talan etmişti. Büyük bir günah işlediğine inanan biri gibi, vicdanının ağırlığıyla ezilerek yerinden kalktı.

Tam müzik setinin düğmesine basacaktı ki, saatin bunun için uygun olmadığını hatırladı. İzolasyon diye bir şey yoktu bu apartmanda ve komşuları uykularından uyandırmak uygun bir davranış olmazdı, hele de kız kardeşi içeride, kimbilir hangi sebeple gözyaşlarına boğulmuşken. Kısık sesle bir şeyler dinlemek akılcı bir çözüm olabilirdi ama ona uygun değildi, müzik bangır bangır dinlenmeliydi, aksi halde başı ağrıyordu Aslı'nın. Dünyada ondan başka, alçak sesle müzik dinleyince başı tutan kimse var mıydı acaba?

I-pod'unu kulağına taktı ve camın önündeki koltuğa oturup, ayaklarını pufun üzerine uzattı. Yaklaşık bir saat, hiç kıpırdamadan ve İzzet dışında bir şey düşünmeden sadece müzik dinledi, gevşedi. Uyku, huzursuzluğu bile alt edip onu teslim alırken, "black magic woman" çalmaya başlamıştı. Gözlerini kapattı ve şarkının çok sevdiği girişini bile dinleyemeden uyuyakaldı.

* * *

Diğerlerine benzemeyen bir sabahtı. İlk defa Zeyno'dan erken uyanmıştı ve Amy Winehouse'un Frank albümü eşliğinde kahvaltı hazırlarken aklında hâlâ İzzet dışında bir şey yoktu. Kalbi İzzet'i hayatında isterken, beyni hiç durmadan endişeler üretiyor ve "O şu yaştayken ben bu yaşta olacağım," diye hesaplar yapıyordu.

Günü yaşayıp, gerisini düşünmemek ona göre değildi. Bir gece önce hissettikleri, İzzet'e olan duygularının kontrolden çıkmaya başladığını görmek onu ürkütmüştü ama arkasını dönüp gidecek kuvveti de kendinde bulamıyordu. Gözlerinde ışıklar yanıp sönen adamdan vazgeçmeye hazır değildi. Hem bugüne kadar hep akılcı davranmıştı da ne olmuştu, ne elde etmişti ki?

Burcu'nun mantıklı olmakla ilgili söyledikleri aklına gelince, acele etmemenin daha doğru olduğuna karar verdi. "Bazen mantıklı olmak, dünyadaki en mantıksız şeydir," demişti Burcu ve bunun doğru olma ihtimali vardı.

Çözümü ertelemek keyfini yerine getirmişti. Zihninden cümleler gelip geçerken, güneş var gücüyle evin içine doluyor ve değdiği yerlerde ışık gölge oyunları yapıyordu. Gazetesini alıp ayaklarını açık renk Fransız sehpanın üzerine uzattığında, gözü tam kaval kemiklerinin ortasından geçen beş parmak kalınlığında aydınlık şeride takıldı. Etrafa bakınıp güneş ışıklarının nerede kırılıp bu hattı oluşturduklarını bulmaya çalıştıysa da başaramadı ve bunu dert etmeden gazetesine döndü.

Ne kardeşini, ne annesini ne de Ali'yi hatırlatmak istiyordu bu sabah. Zeyno'nun düşüncesizliğinden de sıkılmıştı artık. Aslı'nın neler çektiğine bakmadan, sürekli bunalım ifadesiyle ortalıkta dolaşması, dünyada kendinden başka dertli insan yokmuş gibi davranması sinirine dokunuyordu.

Onu uyandırıp bu konuda konuşmayı düşündü. Tüm yaşadıklarının üzerine bir de Zeyno için endişelenmek fazla geliyordu bugünlerde. Başka zaman olsa yüksünmezdi kardeşini taşımaktan ama son zamanlarda gücü kendini taşımaya bile ancak yetiyor, hatta bazen yetmiyordu. Üstelik yardım da kabul etmiyordu Zeyno, sadece başka bir gezegene aitmiş de Dünya'ya sürgüne gönderilmiş gibi davranarak Aslı'yı boğuyordu.

"Biraz izan olur insanda!" diye söylendi kendi kendine, "niye hep ben başkalarını düşünüyorum ki? Onlar beni umursamıyor bile. Gitsin annesinde kalsın o zaman!" Bu konuda daha fazla düşünerek kendini doldurmak ve zar zor yakaladığı sabah neşesini kaçırmak istemiyordu. Kardeşini uyandıracak ve kesin bir dille artık ikisinin de normale dönmesi gerektiğini söyleyecekti. Güzel bir kahvaltı yapacaklar sonra da kendilerini sokağa atıp biraz hava alacaklardı. İtiraz hakkı tanımayacaktı Zeyno'ya.

Yarından da tezi yok, ciddi ciddi iş aramaya başlayacaklardı. Eğer Zeyno bu hayata geri dönme planında yer almak istemiyorsa annesinin yanına gidebilirdi. Kararlı bir şekilde ayağa kalktı ve kendinden emin adımlarla Zeyno'nun yattığı odaya doğru yürüdü. Olaylara müdahale etmenin zamanı gelmişti artık. Aslı odanın kapısını tıklattı ve cevap gelmeyince kafasını içeri uzatarak neşeli bir sesle, "Zeyno!" diye fısıldadı.

* * *

Tavandan sarkan bedene bakarken ilk düşündüğü Zeyno'nun orada ne işi olduğuydu. Saniyenin binde biri kadar bir zaman içinde aklı başına geldi, beyni karşısındaki görüntünün izahını yaptı.

Kendi kulağının duymadığı çığlıklar atarak kardeşinin bacaklarına sarıldığında dünyanın bittiği yerde durduklarından emindi. Sarılmanın etkisiyle sarsılan aslında katılaşmış vücut, Aslı'nın kalbini umutla doldurdu. İnanmayı çaresizce isteyen herkes gibi o umuda var gücüyle tutundu.

"Yaşıyor! Yaşıyor!"

Boynu –ki çoktan kırılmıştı– incinmesin diye onu havaya kaldırmaya çalıştı, "Zeyno dayan, şimdi indireceğim seni oradan, Allah aşkına dayan! Ne olur dayan!"

Hemen bir adım ötede duran komodinin üzerine çıktı ve kalorifer borusuna bağlanmış çarşafı çözmeye çalıştı. Bir yandan da avazı çıktığı kadar, delirmiş gibi, "Yardım edin bize!" diye bağırıyordu. Bedenin ağırlığıyla iyice gerilen düğümü açması hiç kolay olmadı. Boşalan çarşafla birlikte kardeşinin vücudu hızla parke zemine düşerken onu tutabilmek için umutsuzca çabaladı. Zeyno'nun başı güm diye yatağın kenarına çarptığında, çıkan ses tüm beyninde yankılandı. "Ona bir şey olmasın, Allahım ne olur ona bir şey olmasın."

Kardeşinin nabzını bulmaya çalışırken elleri öyle şiddetle titriyordu ki, aradığını bulamamasının sebebinin bu olduğunu sandı. Koşarak evin kapısını açtı apartman boşluğuna haykırarak yardım istedi, sesi her katta yankılanırken kapılar teker teker açılıyordu.

Onu yerde, sırtını yatağa dayamış otururken buldular, kardeşinin başını kucağına almış, ellerinde onun saçlarından bulaşan kanlarla…

"Onu ben öldürdüm!" diye bağırdı gelenlere. "Bulduğumda yaşıyordu, sarıldığımda kıpırdadı ama ben onu düşürdüm, başını çarptığı için öldü!"

Bir yıl sonra

Farların apartmanların ışıklarına, insanların birbirine karıştığı, herkesin acelesi varmış gibi –belki de vardı– koşuşturduğu bir akşamdı. Dükkânlarını kapatmaya hazırlanan esnaf kepenklerini indiriyor, çiçek almak isteyen yaşlı iki kadın çingenelerle gün sonu pazarlığı yapıyor, taksiler kapanın elinde kalıyor, trafik polisi usanmadan çaldığı düdüğüyle yolu açmaya çalışıyor, kısacası şehir yaşıyordu.

Kalabalığın bir parçası olmak, hiç kimse olmaktı ve insan ancak hiç kimse olabildiğinde kendini bütünün bir parçası gibi hissedebiliyordu. Biri olmak, bütünden kopmaktı. Hangisinin iyi ya da doğru olduğu üzerine düşünmedi. O anda halinden memnundu, bu keşmekeşin bir parçası olmak hoşuna gitmiş, kendini güvende hissetmesini sağlamıştı.

"Aslı!" diyen tanıdık bir ses onu bütünden ayırdı ve tekrar özel isim yaptı. Ali gülümseyen bir yüzle ona bakıyordu. Farlar ve insanlar akıp giderken, Aslı durdu, "Merhaba!" dedi.

"Merhaba! Nasılsın?"

Ali uzanıp onu iki yanağından öptü.

"İyiyim sağ ol, sen nasılsın?" dedi Aslı.

"Fena değil, sağ ol. Hayırdır? Senin yolun düşmezdi pek bu taraflara."

Psikiyatristten çıktım, demedi Aslı. Utandığı için değil, utanmıyordu. Onun yaşadıklarını geçiren birinin psikiyatristlere taşınmasından daha doğal bir şey olamazdı; yine de söylemek istememişti.

"Bir arkadaşıma uğradım, işyeri buralarda. Sonra da yürümek hoşuma gitti."

"Çok sevindim seni gördüğüme. Vaktin varsa bir kahve içelim mi şurada? Çok merak ediyorum neler yaptığını. Tabii istersen…"

İsterdi. Yeni tanışmış iki yabancı gibi, yan yana ama uzak, yirmi metre ilerideki kahve dükkânına girdiler. Saçları uzamıştı Ali'nin, anlaşılan artık eskisi gibi kısacık kestirmekten vazgeçmişti. Aslı yan gözle onu süzerken eski kocasının üzerindeki hiçbir şeyi tanımadığını fark etti. Gömlek, pantolon, ceket, ayakkabılar, hepsi sonradan alınmıştı. Cam kenarındaki masaya oturdular ve Ali bacak bacak üstüne attığında, Aslı'nın gözü onun çoraplarına takıldı. Eskiden giydiği çoraplardan değildi. Ayrılmak böyle bir şeydi demek; bir zamanlar onun kazaklarını katlar, takım elbiselerini temizleyiciye gönderir, gömleklerinin ütüsü düzgün olsun diye temizlikçi kadının başının etini yerdi. Kendi kıyafetleri kadar iyi tanırdı onunkileri. Şimdi başka bir adam, başka kıyafetler giymiş karşısında oturuyordu. Onu özlemiş değildi; gördüğü anda kalbi doğal ritmini artırmamıştı bile, yine de içinde bir yer acımıştı.

Ali'den ziyade kendisiyle ilgili bir sızıydı bu; hayatının kapanmış ve bir daha asla geri gelmeyecek bir dönemine dair belli belirsiz bir kalp kırıklığı... Dünyanın ve hayallerin bu kadar kolay değişebilmesi ne kadar garipti; ömrünün sonuna kadar birlikte yaşayacağını sandığın biri, üç gün sonra "el" olup çıkıyor ve sen buna alışıyordun. Koca dünya yıkılıyor sonra hiçbir şey olmamış gibi yeniden kuruluveriyordu. Canlar el, eller can olup çıkıyordu.

"İşe başlamışsın diye duydum," dedi Ali, "Ne kadar oldu?"

"Dört ay..."

"Memnun musun?"

"Evet, iyi gidiyor. Hepsi aynı zaten, ha o reklam ajansı olmuş ha bu, sonuçta aynı işi yapıyorum. Yine müşteriler gıcık, yine bütün işler acil... Senin şirket nasıl?"

"Valla biz epey bir durduk, yeni yeni hareketleniyoruz."

"Cengiz'den ne haber?"

"İyi o da, bildiğin gibi. Koşturuyor."

"Selam söyle benden."

"Söylerim," dedi Ali.

Aniden bir durgunluk çökmüştü üzerine. Neşesi uçup gidivermişti. Onun bu hallerine alışıktı Aslı, mutluluktan hüzne nasıl çabucak kaydığını iyi bilirdi. Yıllarca bu geçişlerin önünü almaya çabalamıştı. Bazen bir kelime ya da gülüş yeterken onu eski haline döndürmeye, bazen saatlerce dil dökmek bile para etmezdi.

"Ben evleniyorum." Kelimeler fısıltı gibi dökülmüştü Ali'nin ağzından, "Ayten hamile..."

Bunu söylerken, tepkisini ölçmek ister gibi, dikkatle Aslı'ya bakıyordu. Eğer o kadar merakla bakmıyor olsa, Aslı'nın ilk aklına gelen şey, sarsıldığını belli etmemek olmazdı. Ne hissettiğini henüz bilmiyordu; üzüntü, şaşkınlık, kırgınlık, nefret... Hepsi olabilirdi ya da hiçbiri olmazdı, bununla daha sonra ilgilenecekti.

"Hayırlı olsun! Tebrik ederim."

"Bilmem artık..." dedi Ali, durumdan memnun olmadığını ima eden bir tavırla.

"Fena mı canım, iyi olmuş."

Ali omuz silkti, "Sürekli sinir harbi içindeyiz, nasıl olacak bilmiyorum. Hele hamilelikten sonra iyice asabi oldu, bulantılar falan. Aldır dedim, tutturdu doğuracağım diye."

Dünya ne kadar değişirse değişsin bazı şeyler hep aynı kalıyordu. Ali'nin yüzündeki hoşnutsuz ifadeye bakarken onun saç modelini değiştirebileceğini ama ruh modelinin hep böyle kalacağını düşündü. Kendi hayat akışlarında etkisi olmayan insanlar vardı; onları kollarından tutup istediğiniz yere götürürdünüz; sizinle gelirler, söylediklerinizi yaparlar ama ne sizi ne de kendilerini mutlu etmeyi başaramazlardı. Tek bildikleri yakınmaktı. Sızlanmak, sızlanmak, sızlanmak... Ali de onlardan biriydi ve edilgenler grubunun en başına yazılmayı hak ediyordu. 'Ben de geri zekâlılar grubunun en başına yazılmayı hak ediyorum,' diye düşündü.

Onca zaman büyülenmiş gibi sevmişti bu adamı. İniş çıkışlarını, gereksiz hüzünlerini, durduk yerde asılan yüzünü bile taparcasına sevmişti. Bıkıp usanmadan onun bu hallerine bahane üretmekten, bir gün bile Ali'yi şimdi gördüğü gözle görmemişti; kendi işinin patronu ama hayat esiri... Bir anda kalbinin ona

karşı yumuşadığını hissetti. Olanlar Ali'nin değil kendisinin suçuydu; bir hayal kurmuş ve Ali'nin o hayalin kahramanı olduğuna inanmıştı. Oysa kahramanlar filmlerde ve kitaplardaydı, gerçek dünyada gerçek insanlar vardı; etten kemikten, kusurlu, eksik, zayıf insanlar. Eski karılarını yoldan çevirip "Biliyor musun seni boynuzladığım kadın hamile, biz evleniyoruz," dedikten sonra ağlamaklı gözlerle bakan insanlar...

"Ne oldu? Niye öyle bakıyorsun?" diye sordu Ali'ye.

"Nasıl bakıyorum ki?"

"Üzgün."

"Bilmem. Fena oldum galiba seni görünce."

"Kalkalım hadi, geç oldu. Hamile kadını merakta bırakma."

Kalktılar. Dışarı çıktıklarında kaldırımdaki insan seli biraz hafiflemişti. Aslı Ali'yi yanaklarından öptü ve onun bir şey söylemesine izin vermeden, "Hoşça kal" dedi, "Cengiz'e selam söylemeyi unutma, annenlere de tabii."

İkisi ayrı yönlere doğru yürürken, inceden yağmur yağmaya başladı, şehir adımlarını hızlandırdı, silecekler çalıştı ve Aslı, Konak Pastanesi'nin çok sevdiği vitrinine bile bakamadan, bulduğu ilk taksiye atladı.

* * *

Kardeşi o gece, Aslı i-pod'unu takmış sakin sakin müzik dinlerken asmıştı kendini ve sabaha kadar o ipin ucunda sallanıp durmuştu. Konu komşu, polis, Devrim, Ali, Sevil, annesi, babası, Banu, İzzet, kapıcı, yönetici, Burcu, Burcu'nun kocası Osman hatırlamadıkları bir sırayla doluşmuşlardı eve. Başka kimlerin olduğunu hatırlamıyordu ama algılamakta zorlandığı bir kalabalığın evi sardığını biliyordu.

O güne ait en sağlam anısı, annesinin babasına, "Buraya da mı getirdin orospunu?" diye bağırması ve Arif Bey'in onu tekme tokat dövmesiydi. İnsanlar toparlanıp araya girene kadar Beyza Hanım'ın ağzı burnu kanlar içinde kalmıştı bile. Devrim Arif Bey'in beline sarılmış tutmaya çalışırken, adam hâlâ var gücüyle, yere düşen Beyza Hanım'ı tekmeliyordu. Salondaki nefret o kadar boğucu bir şekilde kendini hissettiriyordu ki, Aslı yerinden kalkıp camı açmıştı. Arif Bey'i başka bir odaya götürmüşlerdi ama Beyza Hanım'ı yatıştırmak kolay olmamıştı. Durumun vahametini korumak için yüzündeki kanın temizlenmesine izin vermiyor, hiç durmadan bağırıp çağırarak eski kocasına bela okuyordu.

Ambulans, polis, sorular, karakol... Hepsi birbirinden bulanık, seyreltilmiş parçacıklar olarak zihninde uçuşuyordu. İşin o kısmına ait hatırladıkları, akış ya da mantık sırasına koyamadığı kopuk görüntülerden ibaretti. İzzet, Devrim, Burcu ve Burcu'nun kocası Osman hep yanındaydılar. Sözcükler akın akın yerlerini bulup, Zeyno'nun kendi küçük gerçekliği su yüzüne çıkarken, Aslı ölüme kaçan gözlerini onlara dikiyordu. Yanındakilerin yüz ifadelerinden yardım alarak, ne hissedeceğini bulmaya çalışıyordu. İçi, kurumuş bir dere yatağı gibi çatlak çatlaktı. Ne bir his, ne bir anlam, sadece derinden bir uzun hava geliyor gibiydi kulağına. Sonsuz bir sessizliğin içinde, o sessizliği zerrece bozmayan bir uzun hava... İnsanlar Zeyno'nun Agnes'a âşık olduğunu söylüyor, bir polis kaşlarını çatıyordu. Çevirmen yüksek sesle ve hatalı vurgularla Zeyno'nun e-postalarını okuyor, Devrim dudaklarını ısırıyordu. Agnes'ın sonradan bir adamla evlenip Zeyno'yu terk ettiği konuşuluyor, Burcu önüne bakıyordu.

"Ben sana lezbiyen olmadığımı, ilk tercihimin daima erkekler olduğunu hep söyledim, bu yüzden bu tepkine anlam veremiyorum. Biz eğlendik ve bitti; hepsi o kadar," yazıyordu Agnes bir e-posta'da. Burcu'nun kocası Osman'ın gözleri kocaman açılmıştı, olayın ne olduğunu tam olarak anlamadan kendini ortaya atıp karakola geldiği için kendine lanet ediyor olmalıydı. İntihar etmiş lezbiyen bir kızın yakını olduğunu düşünen polislerden fena halde utanıyor ve laf arasında Zeyno'yu doğru düzgün tanımadığını ima edip duruyordu.

Son e-postada kendini öldüreceğini yazmıştı Zeyno: "Ancak seninle bir parçası olabildiğim bu dünyadan ayrılmakta bir sakınca görmüyorum. Seni tanıyana kadar, yaşamak benim için hiçbir zaman keyif olmamıştı, seni tanıyıp da kaybettikten sonra ise içi boşalmış bir deniz kabuğundan farkım kalmadı. Mutlu olmanı bütün kalbimle diliyorum."

* * *

Zeyno'nun Agnes'tan önce hiçbir cinsten sevgilisi olmadığı, ayrılıktan sonra bunalıma girip Agnes'tan kopmamak için elinden geleni yaptığı, bundan bunalan Agnes'ın en sonunda çaresiz kalıp Zeyno'yu işten çıkardığı açıkça anlaşılıyordu yazışmalardan. Hepsi ortadaydı.

Tüm konuşulanları dinliyor ve anlıyordu Aslı ama anladıklarına duygu olarak bir karşılık bulamıyordu içinde. Bir taraftan durmadan ince ince kanayan burnunu siliyor, diğer taraftan da bir yapının mimari özelliklerini ya da balinaların yaşamını dinler gibi kulak veriyordu söylenenlere. Koyu bir sisin ardından, Zeyno'yla ilgili bilgileri en ufak ayrıntısına kadar beynine kazıyıp, diğer her şeyi, polis memurlarını, soruları, daktilo sesini topyekûn unutmak suretiyle oturuyordu kendisine gösterilen sandalyenin üzerinde.

Hiç hatırlamadığı olaylar da yaşanmıştı o gün; çoğunu sonradan Burcu'dan dinlemişti. Ali yanında otururken, İzzet gelip ona sarılmış ve keşke senin acını alıp ben çekebilsem demişti. Aslı başını onun omzuna yasladığında Ali öfkeyle yerinden kalkıp, Devrim'e, "Neler oluyor burada? Kim bu herif?" benzeri bir şeyler söylemiş, Devrim de ona okkalı bir küfür savurmuştu. Böyle bir tepkiyle karşılaşmayı beklemeyen Ali basıp gitmiş, yarım saat sonra, muhtemelen orasının hâlâ kendi evi sayıldığını hatırlayıp geri gelmişti. Olay çıkarmadan, İzzet'e kötü kötü bakmakla yetinerek akşama kadar oturmuştu bir köşede.

Herkesin içindeki şiddet ortaya çıkmış gibiydi, Devrim Ali'yi dövmek istiyordu, Ali İzzet'i... Babası ise annesini çoktan dövmüştü.

Aslı'nın nerede kalacağı sorun olmuştu. Annesi kendi evine, babası ise kendininkine götürmek istiyordu kızlarını, kızları ise ikisinden de mümkün oldukça uzak bir yerde olma ihtiyacı duyuyordu.

Evlatlarının öldüğü gün bile kendi hesaplaşmalarını bir tarafa bırakamayan bu insanlara yakın olmak uyuşmuş hislerine tesir etmese de, midesinde bir bulantı yaratıyordu. Buna rağmen, o akşamüzeri çok sevdiği evinden annesinin peşi sıra çıkmış; birkaç parça eşyasını daha sonra Burcu ile Sevil gidip toplamışlardı. Beyza Hanım, bir komşusunun marifetiyle, ertesi gün gazetelerden öğrenmişti kızının lezbiyen olduğunu. İlk önce inanmamış sonra dizlerine vura vura ahlar vahlar çekmişti. Onun gibi insana yapılacak şey miydi bu? İnsanların yüzüne nasıl bakacaktı? Bilgisayar kayıtlarını polise verenin Aslı olduğunu öğrenince o kadar hiddetlenmişti ki, ona vurmamak için kendini güç bela zapt edebilmişti. Annesine, bunu yapmaya mecbur kaldığını anlatabilmek için akla karayı seçmişti. Olayın bir intihar olduğunu ispatlamak, arkasında bir veda notu bırakıp bırakmadığını anlamak için yapmıştı bunu. Nereden bilecekti Fransızca e-postalardan kız kardeşinin lezbiyen olduğunun ortaya çıkacağını.

Beyza Hanım Zeyno'nun lezbiyen olduğu gerçeğini içine sindiremiyor ve bu detayı üzüntüsünü yenmek için bir can simidi olarak kullanıyordu. Aslı ise annesinin üzüntüden çok öfke içinde olduğunu seziyor ve buna dayanamıyordu.

Gelen gidenin saçmalıkları da katlanılır gibi değildi. İnsanlar detayları öğrenmek istiyorlardı: nasıl olmuş, niye olmuş, kim bulmuş, ne zaman bulmuş, hemen mi ölmüş yoksa can çekişmiş mi, ailesi lezbiyen olduğunu bilmiyor muymuş, daha önce kimlerle yatmış gibi üzerlerine vazife olmayan şeyleri delicesine merak ediyorlardı. Beyza Hanım'ı ya da Aslı'yı görünce susup, onlar uzaklaşır uzaklaşmaz yeniden kafa kafaya vermeleri bundandı. Herkesin bir fikri vardı ve kimse fikrini kendine saklamayı düşünmüyordu. Laf arasında Zeyno'nun fazla dini bütün bir ortamda yetiştirilmediğini, eğer öyle olsa intihar etmeyeceğini söyleyenler dahi oluyordu.

Cenk'in annesi bile gelip, "Bu acıya nasıl dayanacaksınız? diye sormuştu da, Aslı da sinirli bir şekilde, "Sizin dayandığınız gibi!" demişti. Annesi daha sonra, "Neden kadıncağızı tersledin?" diye sorduğunda, "Bizim durumumuzun kendisininkinden daha kötü olduğunu söylemeye çalışıyordu!" demişti bağırarak. "Oysa onun oğlu kazada öldü yani ölmeyi istemiyordu, ona sorsalar yaşamayı seçerdi; karısı, çocukları, hayalleri vardı. Zeyno ise ölmeyi kendi tercih etti, zaten yaşamak istemiyordu. Bu yüzden de onun durumu bizimkinden iyi değil." Annesinin evinde dört gün kalabildi. Cenaze töreni bitip gelen giden azalmaya başladığında küçük valizini aldı ve Devrim'in yanına taşındı.

Soranlara, annesini de babasını da suçlamadığını söylüyordu; Zeyno'ya olanlar kimsenin kabahati değildi. Aslı da o aileden çıkmış, üstelik anne ve babasıyla çok daha yakın ilişki kurduğu halde kendini öldürmeyi hiç aklından geçirmemişti. Zeyno hayatının her evresinde dünyayla iletişim kurmakta zorlanmıştı ama onun da suçu yoktu; herkes yaşamaktan hoşlanmak ve hayata katlanmak zorunda değildi. Agnes'a karşı da kin gütmüyordu, kimse birini terk ettiği için böyle bir vebali boynunda taşıyamazdı. Mantığıyla herkesi bağışlamasına rağmen içinde bitmeyen bir hesaplaşma ve huzursuzluk vardı. Sürekli kardeşinin o gece yaşadıklarını, ipin ucunda çırpınışını düşünerek kendini delirtmeyi deniyordu.

Tam iki haftasını Devrim'in Arnavutköy'deki küçük apartman dairesinde duvarlara bakarak geçirdi. Tek başına yaşama düşüncesi aklına bile gelemeyecek kadar uzak bir yerde duruyordu. Bir şeyler yapmak zorundaydı; iş aramak, ev bulmak, hayatı bir yerlerinden tutmak... ama kolunu kaldıracak hali bile yoktu. Ali tekrar umutlanmıştı, Aslı'nın yaşadığı darbenin onları birleştireceğini sanıyor, yeni bir eve taşınmaları ve her şeye baştan başlamaları için yalvarıp duruyordu. Sanki kardeşinin kendini asmadığı bir evde yaşamak onun öldüğü gerçeğini değiştirecekmiş gibi...

İzzet neredeyse her gün onu görmeye geliyordu. Bir süre sonra Aslı, artık gelmemesini söyledi. Çok kısa zamandır tanıdığı bir kadının peşinden bir kâbusun içine girmesi haksızlıktı. Gidip kendine, neşeli, genç ve güzel bir kız bulup hayatın tadını çıkarmalıydı. Daha sefasını sürmediği bir ilişkinin cefasını çekmesi akla yakın değildi. İzzet inatla direndi ama Aslı ondan daha inatçıydı ve mavi gözlü adam pes etmek zorunda kaldı. Herkes için zor günlerdi. Devrim ve Burcu Aslı'yı bırakıp İzzet'i teselli etmek zorunda kalmışlardı.

"O acı çekerken arkamı dönüp gitmemi istiyor. Onu bu halde bırakıp yaşamaya devam etmeliymişim. Saçmalığın daniskası!" diye söylenip duruyordu İzzet. "Onu sevdiğimi neden anlamıyor?"

Bir akşamüstü kendini bir psikiyatristin karşısında otururken buldu. Orada olması Burcu'nun fikriydi ve Aslı bunun işe yarayacağına kesinlikle inanmıyordu.

"Benim başıma çok kötü bir şey geldi. Psikiyatrist bunu değiştiremez ki," deyip duruyordu. "Halimde bir anormallik olduğuna inanmıyorum, benim yerimde kim olsa aynı şeyleri yaşar. Toparlanmak için psikiyatriste değil zamana ihtiyacım var."

Yine de fazla itiraz etmeden arkadaşının inadına boyun eğmişti. Aylar sonra bir gün Burcu'ya, "Beni oraya götürmen, hayatım boyunca bana yapılmış en büyük iyilikti," diyecekti.

* * *

Kendini ilk kez iyi hissettiği günü hatırlıyordu. Devrim'in evindeki son sabahında evde tek başına uyanmıştı. Dışarıda lapa lapa kar yağıyordu ve beyaz örtünün çekiciliğine kapılıp balkona çıkmıştı. İri tanecikler gökyüzünden öyle yumuşak bir şekilde dökülüyordu ki, içinde mutluluğu andıran bir his duydu.

Geceden beri hiç ara vermeden yağan kar sayesinde hava yumuşamıştı ve üzerindeki ince kazağa rağmen üşümeden temiz havayı içine çekti. Evden Leonard Kohen'in "The Guests"i yükseliyordu. Normalde çok sevdiği bir şarkı değildi ama sanki o an için yazılmıştı. Sıradan bir günde, tek başına, soğuk balkon demirlerine tutunup, sonsuz bir hafiflikte usul usul düşen kocaman kar taneciklerini seyrederken ve İzzet'i özlerken dinlenmek için söylenmişti. Kendini, bir sırrı çözmüş gibi hissediyordu. Her şarkı sadece tek bir ana aitti; yazanın, besteleyenin ya da söyleyenin bile bilmediği, uçsuz bucaksız zaman tünelinde sadece bir nokta kadar yer kaplayan, tek ve küçücük bir an...

İçeri girdiğinde kendini iyileşmiş hissediyordu ama sadece yarım saat sonra eskisinden daha beter bir girdabın içinde çırpınmaya başlamıştı. İlerleyen günler, küçük yükselişlerin ve ani düşüşlerin birbirini yorucu takibiyle geçti. Bu, kendini sürekli kötü hissetmekten daha beter bir dönemdi ve insanı halsiz bırakıyordu. Zayıf düşüp İzzet'i aramaktan korkuyordu, kendi karanlığında onu da boğmaktan... Yanında sadece Devrim, Burcu ve Sevil kalmıştı. Diğer herkes, başsağlığı vazifelerini yerine getirdikten sonra kayıplara karışmıştı.

Ailenizden biri intihar ettiğinde, öldürüldüğünde, tecavüze uğradığında ya da başınıza bunlara denk başka bir felaket geldiğinde insanların sizi algılama şekli de sakatlanıyordu. Dillendirmeseler de onlar için marazlı bir ağaçtan farkınız kalmıyordu. Sizin suçunuz değildi ama içlerinde sizin suçunuz olduğuna dair bir his vardı ki, bunu anladığınızda, bu da sizin kendinize karşı şüphelerinizi besliyordu. Dünya ikiye ayrılıveriyor ve siz, başına ürkütücü bir şey gelenler olarak karanlık tarafta kalıyordunuz. Belki de onlar, felaketlerin bulaşıcı olduğuna inanıyor ve aynı marazın kendilerini de sarmasından korkuyor ve yine, belki de onlara hayatın korkunç yüzünü hatırlattığınız için sizden uzak duruyorlardı. Bunu ustalıkla yapıyorlardı; aramaları gerektiği kadar arayıp, bulunmaları gerektiği kadar yanınızda duruyorlardı ama siz aranıza çekilen çizgiyi hissediyordunuz; zaman içinde incelecek ama hiç silinmeden sizi onlardan ayırmaya devam edecek çizgiyi...

* * *

Minik tüy yumağı, bacaklarına sürünerek karşıladı onu. Birkaç hafta önce arabasının lastiğinin dibinde uyurken bulduğu kedi yavrusunu, ezilmesin diye kenara koymak için kucağına almıştı. Tek yapmak istediği buydu, yerden alıp kaldırıma bırakmak. Ufaklık, pembe dilini göstererek esneyene kadar, onu eve götürmeyi aklından bile geçirmemişti. Birkaç saniye tereddüt ettikten sonra, kalbinin sesine kulaklarını tıkayıp, kediciği tıpkı planladığı gibi kaldırıma bırakmayı başardı. Ardından bakan bebek mavisi gözler, birkaç dakika sonra aklından çıkmıştı bile.

Aynı günün akşamı, eve dönerken tekrar karşılaşmasalar, aralarındaki ilişki orada son bulabilirdi ama onu akşamın karanlığında sokak köpeklerine bırakmaya Aslı'nın içi elvermedi ve sadece o gece için, kaşınıp duran pire torbasını yanına almaya karar verdi. Yarım saat sonra, pire torbası karnı doymuş bir şekilde Aslı'nın yatağının ayakucunda ilk ve kesinlikle son olmayan uykusuna dalmıştı.

Eğilip kediyi yerden aldı ve omzuna koydu; ağırlığı neredeyse yok gibiydi. Birlikte yatak odasına gittiler, Aslı üzerine eşofmanını geçirirken, kedicik de patilerini yalayarak onu izledi. Zavallının hayatındaki en büyük heyecan, evin içinde sahibini takip etmekti; mutfağa, salona, nereye giderse gitsin o da peşindeydi. Aslı banyo yaparken, duşakabinin önünde oturup bekliyor, tuvalete oturduğunda, tam karşısına geçip gözlerini ona dikiyordu. "Yapışkan" ismini almasının sebebi de buydu.

Doğruca mutfağa girdi ve normalde mutfağa konulmayacak büyüklükteki kanepesine yayıldı. Altı aydır bu evde oturuyordu ve burayı tutana kadar düzinelerce ev gezmişti; daha güzel, daha ucuz, daha ferah, daha yeni, daha geniş bir sürü ev ama hiçbirinin böyle bir mutfağı yoktu. İnsanın kendisini harikalar dünyasında hissetmesini sağlayan kırmızı parlak lake dolaplar ve tam önünde, yazın Nermin Teyze'ninkilerden bile büyük ortancaların açtığı minicik bir bahçe... Daha önce hiçbir evde, mutfağın salondan büyük olduğunu görmemişti ve bu tuhaflık çok hoşuna gitmişti.

Bu eski püskü apartman dairesini tuttuğunu söyleyip sebeplerini sıraladığında, Burcu şaşırmış ve "Sanki yemek yapmayı çok seversin de..." diyerek burun kıvırmıştı. "Orada yemek yapmayacağım ki, yaşayacağım," demişti Aslı da.

Gerçekten de, altı aydır seyrek olarak yemek pişirmişti ama evde olduğu sürenin çoğunu burada geçirmişti. Mekânın insanları saran hoş bir büyüsü vardı ve eve gelen herkes, doğruca mutfağa giriyordu. Tahta yemek masasının önüne koyduğu büyük beyaz kanepe burayı zaman geçirmek için ideal bir yer haline getirmiş, ilk taşındığında salona koyduğu plazma televizyon bile, çok geçmeden yerinden sökülüp mutfağa taşınmıştı.

Kanepesine yayılmış, umutsuzca televizyonda seyredecek bir şeyler ararken, Münevver Hanım'ı düşündü. İki hafta önce yaşlı kadının beyin kanaması geçirip felç olduğu haberi gelmişti. Şimdi kendini bilmez bir halde kızının evinde yatıyordu. Bu habere canı sıkılmıştı elbette ama öyle aman aman üzülmemişti. Zeyno'dan sonra her şeyi normal karşılar olmuştu, yüreği başkalarının acılarına eskisi kadar duyarlı değildi; ne de olsa hepimiz ölmek için doğmuştuk.

Yarısını çoktan geçmiş bir film ve Amerikalı bir rock şarkıcısının hayatını anlatan kıytırık bir belgesel dışında, televizyonda ilgisini çekecek bir şey yoktu. Belgeseli izlemeye çalıştıysa da, kötü çeviri, sonuna kadar dayanmasına engel oldu. Buzdolabını kurcalarsa neler bulabileceğini düşünürken aklına bir gece önceden kalan yarım şişe kırmızı şarap geldi. Yerinden kalkmaya karar verdiği anda sokak kapısı açılıvermeseydi, buzluktaki köfteleri de hatırlayabilirdi. İzzet'i karşılamak için mutfaktan çıktı. Ayrılıkları bir ay sürmüştü; Aslı'nın acısına acı katmaktan başka bir işe yaramayan uzun bir ay. Sonunda dayanamayıp telefonu eline almış ve "Gelir misin?"diye sormuştu korkudan titreyerek. "Gelirim ama bir daha asla gitmem," demişti İzzet de. Bu eve birlikte taşınmışlardı.

İzzet elinde iki koca torbayla antrede duruyordu. Aslı'yı görünce gülümsedi ve güzel yüzü aydınlandı.

"Selam!"

Aslı kollarını onun boynuna doladı.

"Nerede kaldın? Özledim seni."

"Anneannemin evindeydim, ortalığı karıştırdım biraz," dedi İzzet Aslı'nın saçlarını öperken.

Aslı merakla torbalara baktı.

"Ne getirdin peki?"

"İnanmayacaksın."

"Söylesene, ne bunlar?"

"Anneannemin günlükleri. Tam on altı tane. Kitaplığın altındaki kilitli dolapta buldum."

"Okuyacak mısın?"

"Okumamalı mıyım?"

"Bilmiyorum," dedi Aslı.

"Ben de bilmiyorum. Bunları aldım ama bir taraftan da vicdan azabı çektim. Düşünsene, sen bilinçsiz yatıyorsun, insanlar da fırsattan istifade, senin geçmişini kurcalıyor.

"Almasaydın keşke o zaman."

"En ufak bir iyileşme umudu olsaydı almazdım zaten. Sence bu durumda okumak yanlış mı olur?"

"Bana öyle geliyor ki, okunmamasını isteseydi buna bir çözüm bulurdu. Yaşlı olduğunu, başına her an bir hal gelebileceğini biliyordu. Bence o istemeseydi günlükler asla elimize geçmezdi."

Yine de tüm yaşamı boyunca sırlarını kendine saklamayı tercih eden bu yaşlı kadının kendi el yazısıyla tutulmuş hayat kaydını okuma konusunda ikisi de isteksiz davrandı. Henüz nefes alan birinin çaresizliğinden yararlanıp özel hayatını didiklemek içlerine sinmemişti. "İleride okuruz," dedi Aslı defterleri torbaya geri koyarken. Öldükten sonra, demeye dili varmamıştı.

İzzet'in Münevver Hanım'ın evinden getirdiği diğer şeyler az kalsın Aslı'nın şaşkınlıktan dilinin tutulmasına sebep olacaktı. Yaklaşık otuz tane kitabı yeni baştan yazmıştı yaşlı kadın. Başkalarının yazdığı, basılmış, satılmış tam otuz roman, onun parmaklarının ucunda dünyaya tekrar gelmişti.

Kiminde karakterler farklılaşırken, kiminde kitabın sadece sonu değişmiş, kimiyse bambaşka bir kurguyla ters yüz edilmişti. Bütün hafta sonunu Münevver Hanım'ın yeniden yazdıklarını okuyarak ve yaşlı kadının böyle bir şeyi neden yapmış olabileceğini tartışarak geçirdiler. Sonunda bu kitapları mükemmelleştirmeye çalıştığına karar verdiler; üstelik pek çoğunda bunu başarmıştı da.

"Bence Reşat Anlar'ın kitaplarına yaptığı şey de buydu," diyordu İzzet. "Ondan ayrıldıktan sonra da aynı şeyi yapmayı sürdürdü, kitapları nasıl daha iyi hale getireceğini iyi biliyordu. Düşünsene, basılmış kitapların editörü..."

Aslı sevmişti bu tanımlamayı. Yaşlı kadına hayranlık duyduğunu fark etti. Muazzam bir yeteneği böyle mütevazı bir eğlenceyle avutabilmek için insanın ya tüm hırslarından arınmış olması ya da gerçekten sadece kendini önemsemesi gerekirdi... Belki de bu ikisi birbirinin alternatifi değil, tamamlayıcı parçalarıydı. Gösterecek çok şeyi olmasına rağmen bunu kimselere göstermeye gerek görmemek, hayli kibirli bir tutum olmakla beraber, tam da Münevver Hanım'a uygundu.

* * *

Geçmiş geçmemiş, gelecek gelmemiş ama dünya yeniden kurulmuştu. Eski ruhlar, eski acılarını da alıp yeni mekânlara taşınmıştı. Yaşama içgüdüsü, gözlerini topraktan kaldırıp güneşe çevirmişti ve onun ışığı altında karanlık gezegenimiz pek hoş bir yere benziyordu. Delik deşik, kan revan içindeki kalpler bu ışıkta görünmediği için, insanlar sağlam bedenlerinin içinde taşıdıkları yaralarını saklayarak otobüslere, trenlere, uçaklara biniyor, oradan oraya koşturuyorlardı...

Aslı yeni dünyasına alışmıştı. Yemek yiyor, işe gidiyor, televizyon seyrediyor, sevişiyor, kavga ediyor, dışarı çıkıyor, içeri giriyor, sıkılıyor, eğleniyor, evlenmekten, çocuk yapmaktan konuşuyorlardı.

Devrim, Burcu ve Sevil'e, İzzet'in daha genç arkadaşları da eklenmişti ve kimsenin bu durumdan bir şikâyeti yoktu.

İzzet'in varlığı hayatını daha tasasız ve güzel kılıyordu. Gözlerinde ışıklar yanıp sönen bu adam, onun yaşamını da aydınlatıyordu. Yine de, tüm bu doğal akış içinde bile Aslı, bazen kendini diğerlerinden ayıran hattı açıkça görebiliyordu; ancak başına büyük bir felaket gelenlerin bildiği o incecik çizgi, tam onun ile başkaları arasında duruyordu. İşte öyle zamanlarda canı şiddetle bir sigara yakmak istiyordu.